MAX BENTOW

ROTKÄPPCHENS TRAUM

MAX BENTOW

ROTKÄPPCHENS TRAUM

THRILLER

GOLDMANN

Originalausgabe

Sollte diese Publikation Links auf Webseiten Dritter enthalten,
so übernehmen wir für deren Inhalte keine Haftung,
da wir uns diese nicht zu eigen machen, sondern lediglich auf
deren Stand zum Zeitpunkt der Erstveröffentlichung verweisen.

Dieses Buch ist auch als E-Book erhältlich.

Verlagsgruppe Random House FSC® N001967

1. Auflage
Copyright © der Originalausgabe 2019
by Wilhelm Goldmann Verlag, München,
in der Verlagsgruppe Random House GmbH,
Neumarkter Str. 28, 81673 München
Dieses Werk wurde vermittelt
durch die Literarische Agentur Michael Gaeb
Umschlaggestaltung: UNO Werbeagentur, München
Umschlagmotiv: arcangel / Jennifer Gavend
CN · Herstellung: kw
Satz: Uhl + Massopust, Aalen
Druck und Bindung: CPI books GmbH, Leck
Printed in Germany
ISBN: 978-3-442-20543-1
www.goldmann-verlag.de

Besuchen Sie den Goldmann Verlag im Netz

Für Christina

*Es war einmal eine kleine, süße Dirne,
die hatte jedermann lieb, der sie nur ansah.*
BRÜDER GRIMM, »ROTKÄPPCHEN«

ERSTER TEIL

Ihr Name ist Annie, und ich bin verrückt nach ihr. Das war, seit ich denken kann, und wird immer so sein. Sie ahnt es nicht, doch ich bin in ihrer Nähe, am Morgen und am Abend, nachts hüte ich ihren Schlaf. Ich bin der Mondschein auf ihrem Kissen, der Windhauch, der sie streift. Bereits als Kind habe ich sie beobachtet, und von Jahr zu Jahr hat sich mein Blick geschärft. Ich war bei ihrer Einschulung zugegen. Rot war die Farbe ihrer Schultüte, und rosa leuchteten ihre Socken. Kein Detail ist mir entgangen, keine Falte ihres Rocks, nicht einmal der Kaugummi, den sie nach Betreten des Klassenzimmers unter das Pult geklebt hat. Niemandem außer mir ist das aufgefallen.

Ich war die Person, die sich am Rand herumdrückte, während sie im Mittelpunkt stand. Ich kenne das Aufsatzheft mit ihrem Namen vorne drin. Darin erzählt sie von ihrem schönsten Ferienerlebnis, wie sie auf der Skireise im Sessellift festsaß, allein in fünfzig Metern Höhe, um sie herum nichts als Berge und Schnee. Sie hatte keine Angst, dafür hat sie lauthals gelacht.

Ich wollte ihr beistehen, sie retten, doch andere waren wie immer schneller. Annie, auf der Bergspitze von ihren Bewunderern empfangen, umringt und beklatscht. Nie muss sie sich einsam fühlen, stets ist sie von einer Schar Verehrer umgeben.

Annie hat die Wahl. Sie ist Glück und Schönheit in Person, ihr Name steht für Glanz und Lächeln, und ich habe sie jederzeit begleitet, doch niemals fiel ihr Augenmerk auf mich. Ihre Blicke haben mich höchstens gestreift, und selbst wenn ich ihr direkt gegenüberstand, konnte ich nicht sicher sein, ob sie mich wirklich sah.

Dabei weiß ich von jeder Schürfwunde an ihrem Knie, wenn sie als kleines Mädchen hingefallen ist, jedem Kratzer an ihrer Wade, wenn sie im Gestrüpp Verstecken gespielt hat.

Ich habe beobachtet, wie sie zum ersten Mal einen Jungen küsste, und kenne Datum und Uhrzeit, da sie ihre Unschuld verlor. Mir ist bekannt, welches Kleid sie zum Abiturball trug und wie aufgeregt sie war, als sie sich an der Hochschule für ihr Lieblingsfach einschrieb.

Ich kenne die Melodie, die sie summt, wenn sie unter der Dusche steht, und weiß, zu welchen Liedern im Radio sie beim Autofahren mitsingt. Ich habe Einblick in ihre Handtasche und manchmal auch in ihre Träume, denn sie führt Buch darüber. Sie schreibt gern mit Bleistift und kaut gedankenverloren an den Stummeln. Ich weiß von ihrer Schusseligkeit, was Hausschlüssel anbelangt, ihrer notorischen Unpünktlichkeit, und ich bin über ihre Schwäche für saure Drops informiert.

Ich sehe ihr zu, aus der Nähe und aus der Ferne, doch sie bemerkt mich nicht. Leise sage ich ihren Namen beim Aufwachen und brülle ihn nachts im dunklen Wald.

Zwei Silben, ein Aufseufzen: An-nie, Licht in meinem Leben, Hitze meiner Träume.

Annie, meine Seele, meine Lust.

EINS

Das Geräusch kommt näher, es ist hinter ihr her. Sie rennt, Tannennadeln bohren sich in ihre nackten Fußsohlen. Der Weg ist rutschig, kalte Erde, moosbeflecktes Gestein. Sie gerät ins Straucheln. Es ist laut, es will in sie hineinfahren, es möchte sie zerteilen. Sie stürzt, rappelt sich auf. Sie darf sich nicht umsehen. Schon hat sie das Gleichgewicht wiedererlangt, sie muss schneller laufen.

Finster ragen Baumstämme vor ihr auf. Ihr Atem ist ein Hecheln, die Angst das Ticken an ihren Schläfen, wo das Blut durch ihre Adern jagt. Über ihr faucht der Wind durchs Dach des Mischwalds. Streifen fahlen Mondlichts durchstoßen die Wipfel und gleiten zuckend vor ihr über das Laub.

Es ist ein Kreischen, das sie verfolgt, so gellend, beißend und schrill. Es ist dicht hinter ihr. Immer wieder jault es auf, der Lärm sticht drohend in sie hinein. Wenn sie aufgibt, wird es sie zerreißen. Sie denkt an die dunkle Fontäne, die sie bespritzt hat, und wischt sich im vollen Lauf das Blut aus den Augen. Knochensplitter kleben an ihren Wangen. Entsetzt rast sie weiter.

Sie verlässt den Weg, hastet durchs Unterholz. Ihr Kopf droht zu bersten. Schneller, durchfährt es sie, schneller. Und wieder brüllt es in ihrem Rücken auf, ein heller Ton, durchdringend, scharf, etwas, das sie zerstückeln will. Sie kann nichts tun außer rennen, ihr bleibt nur die Flucht.

Abermals fährt sie sich mit der Hand durchs Gesicht. Sie spürt das Blut feuchtwarm in ihren Haaren. Sie ist besudelt, in Panik, ihr Atem ein Stakkato.

Das Geräusch ist nun so nah, dass sie meint, ihr Ende sei gekommen. Ein Jaulen, Jammern, plötzlich scheint es aus allen Richtungen zu ihr zu dringen. Umzingelt ist sie, dreht sich im Kreis. Sie taumelt, wirft den Kopf in den Nacken, über ihr wanken die Wipfel der Bäume. Sie erkennt den hellweißen vollen Mond, dann besinnt sie sich und rast weiter. Schlägt Haken, beschleunigt, bündelt ihre Kräfte und rennt, rennt.

Kriiihiiiiiii, kreischt es hinter ihr, und sie umkurvt die Bäume, prallt mit der Schulter gegen einen Stamm, es haut sie um. Sie findet sich auf allen vieren wieder. Sie hechelt, richtet sich auf. Sie läuft, im wuchernden Gestrüpp wird sie von Dornen zerkratzt. Glitschiges Laub, Wasserpfützen, die an ihren Beinen hochspritzen. Sie ist kaum bekleidet. Über ihrer Unterwäsche trägt sie bloß einen Regenmantel mit Kapuze. Halb nackt stürmt sie durch den Wald.

Kriiihiiiiiii, tönt es hinter ihr, im Takt ihrer Angst. Äste fliegen an ihr vorbei, Zweige peitschen ihr ins Gesicht. *Kriiihiiii, ich krieg dich, ich krieg dich.* Es ist ihr dicht auf den Fersen.

Das Unterholz lichtet sich, das Gelände wird abschüssig, ihre Füße schmerzen. Sie wirft sich auf den Boden und lässt sich den Hang hinunterrollen, so ist sie schneller.

Doch dann blickt sie in die Tiefe. Sie ist in der Falle. Vor ihr tut sich der Abgrund auf. Sie stoppt ab, erhebt sich. Sie ist an einer Felskante. Es geht steil abwärts. Unten im Tal funkeln ein paar Lichter durch die Nacht. Das Kreischen nähert sich, und sie ist kurz davor zu springen. Einfach fallen lassen, und dann ist es aus.

Ihr Überlebenswille ist stärker. Gehetzt sieht sie sich um,

entdeckt einen schmalen Pfad, der sich an der Felskante entlangschlängelt, und sie rennt weiter, immer am Rand des Abgrunds. Sie darf nicht hinuntersehen, richtet den Blick auf den Bergrücken. Schmerzen hämmern in ihrer Brust, ihr ist, als würde ihre Lunge platzen. Schneller, sie muss schneller sein, aber sie darf nicht stürzen. Eine falsche Bewegung, und sie rutscht über das schroffe Gestein hinaus. Ihr schwindelt, wenn sie nur daran denkt. Sie schätzt die Höhe auf drei-, vierhundert Meter. Links von ihr gespenstisch im Mondschein die Krüppelkiefern am Hang, rechts die schwarze Tiefe, vor ihr durchziehen Felsspalten den Pfad, über die sie hinwegspringen muss. Hinter ihr brüllt das Geräusch.

Der Weg führt sie um einen weiteren Felsen herum, für einen Moment scheint sie außer Sicht zu sein. Der Kiefernhain wird von Buchen abgelöst, ein Laubteppich tut sich neben ihr auf. Und dann entdeckt sie ein Plateau, einige Meter über ihr, wie eine Terrasse, die aus der Anhöhe ragt. Sie verlässt den Pfad und kraxelt hinauf.

Sie rutscht ab, nimmt die Hände zu Hilfe, sie hangelt sich hinauf. Kaum ist sie oben, wirft sie sich flach auf den Boden. Sie wühlt im Laub und gräbt in der Erde. Sie bedeckt sich mit Ästen und Blättern, dann hält sie still.

Wieder jault das Geräusch auf, drohend, einige Meter unter ihr. Sie versucht, ihren Atem zu beruhigen, das ängstliche Zittern in ihrem Körper zu unterdrücken. Sie spürt ihren pochenden Herzschlag, das Blut rauscht in ihren Ohren, und das kreischende Wimmern kommt näher und näher.

Kriiiihiiiiiii, giert es. Sie darf sich nicht rühren, sonst dringt es in sie ein. Es will sie vernichten, es macht sie zu Brei. Sie ringt nach Luft, kauert sich zusammen, beißt sich auf die Zunge, sie hat einen kupfrigen Geschmack in ihrem Mund.

Es riecht modrig nach Wurzeln und Gewürm. Es ist kalt und feucht um sie herum, und sie kämpft gegen das Zittern an. Sie stellt sich tot. Der Singsang naht, gnadenlos durchstößt der schrille Ton die Stille des Walds.

Kriihiii, kriiihiiiiiii, ich krieg dich, ich krieg dich, es ist jetzt so nah, dass sie meint, gleich werde es sie durchbohren.

Sie erwartet den Schmerz, das Aufplatzen ihrer Haut und eine Explosion in Rot.

Lautlos liegt sie da, unter Erdklumpen und Laub, still harrt sie aus, verborgen wie in einem Grab.

ZWEI

Sie erwacht aus einem kurzen Schlaf. Wo ist sie? Sie hebt den Kopf, verwelkte Blätter gleiten von ihr herab. Nebel wabert aus dem Tal herauf, das Morgenlicht wirft lange Schatten. Sie hat die Arme um ihren Körper geschlungen, die rote Kapuze ihres Mantels ist tief in ihr Gesicht gezogen. Ihre Glieder sind klamm. Sie bewegt die Zehen, bis allmählich ein Gefühl in sie zurückkehrt. Ihr ist so kalt, dass ihre Zähne aufeinanderschlagen.

Sie ist einen halben Meter tief eingegraben, nun arbeitet sie sich langsam aus der Senke hervor. Plötzlich macht sie eine Bewegung aus, ganz in der Nähe. Sie zuckt zusammen. Instinktiv hält sie den Atem an.

Sie wendet den Kopf und erschrickt. Etwas starrt sie an. Gelbe Augen, direkt vor ihr. Sie zieht den Regenmantel noch enger um sich.

Es ist ein Tier. Atemwolken stieben aus seinen Nüstern. Ein großes Tier, das sie für einen Wolf hält. Silberne Streifen im dunkelgrauen Fell, dampfend seine schwarze Schnauze. Die Nackenhaare aufgestellt, die Ohren gespitzt. Langbeinig, der Schwanz halb erhoben. So steht er da und stiert sie an.

Sie überlegt, was sie tun soll. Innehalten oder aufspringen und wegrennen?

Gibt es Wölfe in dieser Gegend? Wie ist sie hierhergeraten?

Schützend hält sie sich die Hände vors Gesicht. Ihr Blick fällt auf die blutigen Schlieren auf ihren Ärmeln. Das Tier knurrt, offenbar hat es das Blut gewittert.

Sie winkelt ihre Beine an, das Laub raschelt, und wieder knurrt das Tier, diesmal lauter.

Sie ist jetzt in der Hocke, fluchtbereit. Sie schaut sich um, misst in Gedanken die Entfernung zum nächsten Baum, schätzt ab, wo sie hinaufklettern und sich vor dem Wolf in Sicherheit bringen kann.

Aber ist es wirklich ein Wolf? Sind diese Tiere nicht eher selten in ihrer Heimat? Wo um alles in der Welt befindet sie sich?

Wieder fällt ihr Blick auf das Blut an ihrem roten Mantel. Das Tier duckt sich. Sie fürchtet, dass es sie jeden Moment anfallen wird.

Da hört sie Schritte. Von oben. Abermals wendet sie den Kopf. Eine Gestalt nähert sich hangabwärts. Sie muss hier weg. Vorsichtig erhebt sie sich. Das Tier ist bereit zum Sprung.

»Ruhig, ganz ruhig«, murmelt sie, mehr um sich selbst Mut zu machen. Abwechselnd blickt sie zu der Gestalt, die auf sie zusteuert, und zu dem großen Tier, das ihr den Fluchtweg versperrt. Sie hat keine andere Wahl, als in gebeugter Haltung auszuharren.

Nun schleicht sich das Tier heran. Es stößt ein Bellen aus.

Die Gestalt ruft etwas von oben. Das Tier hält den Kopf gesenkt und fletscht die Zähne.

»Artur, aus!«, ruft die Stimme von oben.

Kein Wolf, denkt sie, bloß ein großer Hund.

Ängstlich schaut sie sich nach der Person um. Es ist eine ältere Frau, ihr Haar ist angegraut, ihre Schritte sind energisch. Sie trägt eine dunkle Outdoorjacke, Jeans und braune Stiefel.

»Der tut nichts«, sagt die Frau. Noch wenige Meter, dann ist sie bei ihm und packt ihn am Nackenfell. Er trägt kein Halsband.

»Ich dachte, es ist ein Wolf.«

Die Frau lächelt. »Das tun viele. Artur ist ein Tamaskan Husky, dem Wolf sehr ähnlich.«

Sie ist um die sechzig, macht einen resoluten Eindruck. Ein freundliches Gesicht, die Wangen gerötet. Sie mustert sie und runzelt die Stirn. »Brauchen Sie Hilfe?«

Sie antwortet nicht.

»Sie haben Blut unter den Augen. Gütiger Himmel, was ist passiert? Sind Sie gestürzt?«

»Ich weiß es nicht.«

Eine Weile schauen sie sich schweigend an. Dann reicht ihr die Frau die Hand. »Ich bin Margot.«

Sie überlegt ein paar Sekunden. Schließlich sagt sie leise, ohne den Händedruck zu erwidern: »Annie.«

»Gut, Annie. Ich denke, Sie brauchen einen Arzt.«

»Nein!«, entfährt es ihr.

»Sind Sie sicher?«

»Kein Arzt, bitte.«

»Wo haben Sie denn Ihre Schuhe?«

Sie zuckt mit den Schultern.

»Sind Sie überfallen worden?«

Annie versucht, sich zu erinnern, doch da ist bloß Leere in ihrem Kopf. Sie spannt sämtliche Muskeln an, damit ihr wärmer wird.

»Sie wirken völlig unterkühlt. Haben Sie die Nacht im Freien verbracht? So dünn bekleidet?«

Die Frau schaut auf ihre nackten Beine. Annie ist es peinlich. Sie denkt angestrengt nach, doch es hilft nichts. Sie weiß nicht, was ihr zugestoßen ist.

Statt einer Antwort zieht sie die Kapuze noch tiefer in die Stirn.

»Kommen Sie«, sagt die Frau. Sie lässt den Hund los und deutet auf die Anhöhe. »Mein Wagen steht dort oben. Ich kann Sie ein Stück mitnehmen.«

Annie zögert. Darf sie ihr trauen? Schließlich greift die Frau, die sich Margot nennt, nach ihrem Arm, doch Annie zuckt zurück. Der Tamaskan Husky beäugt wachsam jede ihrer Bewegungen.

»Keine Angst, ich will Ihnen doch nur helfen. Na los, kommen Sie.«

Die Frau geht voran, der Hund trottet neben ihr her. Annie gibt sich einen Ruck. Gemeinsam steigen sie den Hang hinauf.

»Vielleicht sollten wir lieber die Polizei rufen.«

»Keine Polizei, bitte!«

Ein irritierter Blick. »Schon gut. Ich bringe Sie nach Hause, wenn Sie möchten.«

Erst jetzt merkt Annie, wie geschwächt sie ist. Ihre Schritte sind langsam, und alsbald ist sie außer Atem. Margot nimmt sie am Arm, und diesmal lässt sie es geschehen.

Nach einer Weile gelangen sie auf einen Forstweg. Wenige hundert Meter weiter erreichen sie den Wagen, der am Rand geparkt ist. Margot öffnet die Türen, und Annie sinkt erschöpft auf den Beifahrersitz. Der Hund springt auf die Rückbank. Die ältere Frau steigt ein und startet den Motor. Während der Fahrt dreht sie das Gebläse der Heizung auf, und Annie spürt, wie sich allmählich etwas Wärme in ihrem Körper ausbreitet. Sie atmet tief durch.

»Ich führe Artur jeden Morgen in dieser Gegend aus. Gut, dass er Sie entdeckt hat. Sie wären noch erfroren.«

Annie versucht, den Waldweg wiederzuerkennen, doch es gelingt ihr nicht.

»Wo wohnen Sie?«, fragt Margot, doch Annie weiß keine Antwort.

Der Weg beschreibt eine Kurve, danach verlassen sie den Wald und passieren ein brachliegendes Feld.

Angestrengt schaut sie aus dem Fenster. Sie will sich orientieren, aber vergebens.

»Schätzchen, wenn ich Sie nach Hause bringen soll, muss ich die Adresse wissen.«

Ein Gefühl der Beklemmung kriecht ihr die Kehle hoch. Sie schließt für einige Zeit die Augen. »Es ... tut mir leid ... es fällt mir sicher gleich ein.«

»Sie Ärmste, was hat man nur mit Ihnen angestellt?«

»Ich weiß es nicht.«

Der Hund hechelt in ihrem Nacken, sein heißer Atem ist ihr unangenehm.

»Wie seltsam. Stehen Sie vielleicht unter Schock?«

»Schon möglich, ich ...«

»Ich könnte Sie zu meinem Hausarzt fahren.«

»Bitte, nein!«

Sie schweigen.

Kurze Zeit später erreichen sie eine asphaltierte Straße, in der Ferne erkennt Annie eine Häusersiedlung und eine Kirche mit einem Zwiebelturm. Die Morgensonne taucht die Landschaft in ein goldenes Licht. Herbst, denkt sie, nach der Laubfärbung der Bäume zu urteilen. Doch sie hat keine Ahnung, wo sie sind.

Ihre Stimme ist brüchig. »Ich kann mich an nichts erinnern. Ich weiß gar nichts mehr.«

Sie nähern sich dem Dorf.

»Wie heißt der Ort da vorn?«

»Seissen. Kommt Ihnen das vertraut vor?«

Annie antwortet nicht.

»Sie haben eine furchtbare Nacht hinter sich, nicht wahr? Ich an Ihrer Stelle würde die Polizei einschalten.«

»Nein!« Sie sagt es so heftig, dass die Frau kurz nach Luft schnappt.

»Entschuldigung, aber das ist ... keine gute Idee.«

»Also schön. Sie können sich bei mir einen Moment aufwärmen, wenn Sie möchten. Ich denke, Sie brauchen ganz dringend einen Tee und eine heiße Dusche.«

»Ja. Das wäre sehr lieb von Ihnen.« Sie kämpft gegen die Tränen an.

Margot schaut zu ihr. »Das wird schon wieder. Wenn Sie sich erst einmal ein bisschen ausgeruht haben, wird Ihre Erinnerung bestimmt zurückkehren. Und danach sehen wir weiter. In Ordnung?«

»Ja, danke.«

Sie passieren das Ortseingangsschild. Verwundert liest Annie die Aufschrift: *Seissen. Alb-Donau-Kreis.*

Der Name sagt ihr nichts. Alles ist ihr fremd.

Was ist passiert?

»Annie«, sagt sie leise, wie um sich selbst zu beruhigen, »ich heiße Annie Friedmann. Ich bin dreißig Jahre alt.«

Die Frau am Steuer wirft ihr einen verstörten Blick zu, dann biegt sie in die Einfahrt vor einem zweistöckigen Haus und hält an.

Purpurfarbene Teppichböden, geraffte Gardinen, Plüschkissen und Nippesfiguren. Margot ist recht altmodisch eingerichtet. Alles ist ordentlich und sauber, durch das Haus schwebt ein Geruch von Putzmitteln und das synthetische Aroma eines Lavendelsprays.

Sie verschwindet kurz im Obergeschoss, um Annie ein paar warme Sachen herauszusuchen, kommt wenig später die

Treppe herunter und reicht ihr einen grünen Pullover mit Zopfmuster und eine ausgewaschene Freizeithose in Himmelblau.

»Die können Sie mir später wiedergeben«, sagt sie freundlich zu Annie.

»Das ist so großzügig von Ihnen.«

»Nicht der Rede wert.« Sie weist auf eine Tür im Flur hinter der Treppe. »Dort hinten ist das Bad für Gäste. Handtücher finden Sie im Regal. Nehmen Sie sich so viel Zeit, wie Sie brauchen. Ich mache uns derweil ein Frühstück.«

»Ich weiß nicht, wie ich Ihnen danken soll.«

»Nicht dafür, Schätzchen. Ich bin gern behilflich.«

Das Bad ist klein, aber gut beheizt. Annie entkleidet sich, steigt in die Duschkabine und lässt das heiße Wasser auf sich herabströmen.

Es ist wohltuend. Dennoch kann sie ein Zittern nicht unterdrücken. Sie fühlt sich nicht sicher. Sie hat Angst, aber sie weiß nicht, wovor. Wieder und wieder versucht sie sich zu erinnern. Sie ermahnt sich, es in kleinen Schritten zu probieren. Fragt sich, wie sie in den Wald gekommen, ob sie vor jemandem weggelaufen ist.

Doch sie findet keine Antworten.

Woher kommt sie? Aus welcher Stadt? Wie lange hält sie sich schon in dieser Gegend auf?

Nichts. Sie weiß nur ihren Namen, alles andere ist weg.

Sie schrubbt sich die Blutspuren von der Haut und wäscht sich die Haare. Dabei geraten ihr ein paar kleine Splitter in die Finger. Sie starrt sie entsetzt an. Sie sind beinahe weiß. Annie muss an zerteilte menschliche Knochen denken und stößt einen erstickten Schrei aus. Fahrig spült sie sich die Hände ab, und die Splitter verschwinden im Ausguss.

Lange Zeit steht sie unter dem heißen Wasserstrahl.

Schließlich trocknet sie sich ab. Sie betrachtet sich im Spiegel und untersucht sich nach Anzeichen von Verletzungen. Doch bis auf die Tatsache, dass sie blass und mitgenommen aussieht, scheint sie unversehrt zu sein. Sie nimmt einen Föhn zur Hand und trocknet sich damit ihr langes brünettes Haar. Danach zieht sie ihre gebrauchte Unterwäsche an und schlüpft in den Pullover und die Baumwollhose. Margots Sachen sind ihr mindestens zwei Nummern zu groß, aber sie halten warm.

Sie nimmt den roten Regenmantel, reibt mit etwas Wasser notdürftig die Blutflecken ab, legt ihn sich über den Arm und verlässt das Badezimmer.

Margot sitzt in der Küche am Tisch, der für zwei Personen gedeckt ist. Der Tamaskan Husky hat sich auf einer Wolldecke am Boden eingerollt und beobachtet sie.

»Ihren Mantel können Sie im Flur lassen.«

Annie nickt Margot zu und geht zu den Garderobenhaken an der Eingangstür. Sie hängt den Regenmantel über einen Bügel.

Für einen Moment ist ihr, als würde seine auffällig rote Farbe eine verborgene Erinnerung in ihr wachrufen. Sogleich beschleunigt sich ihr Herzschlag, sie zuckt zusammen, und nur Sekunden später ist der flüchtige Gedankenimpuls für sie nicht mehr greifbar. Wie ein Bild, das kurzzeitig aufflackert und sich wieder auflöst.

Was ist geschehen? Was flößt ihr diese Angst ein?

Zurück in der Küche, setzt sie sich zu der Frau, die ihr lächelnd einen Tee einschenkt. Sie bedankt sich und trinkt in kleinen Schlucken.

»Sie sind so nett zu mir. Das hab ich nicht verdient.«

»Aber nicht doch. Ich freue mich, wenn ich Gäste habe. Seit dem Tod meines Mannes ist es viel zu ruhig in diesem Haus.«

Annie nimmt sich ein Brötchen, bestreicht es mit Butter und Marmelade und isst. Danach trinkt sie eine zweite Tasse Tee. Allmählich wird ihr ein wenig wohler.

»Annie, antworten Sie ehrlich auf meine Frage: Haben Sie vor Kurzem Drogen genommen?«

»Nein, ganz gewiss nicht.«

»Nicht einmal zu viel Alkohol getrunken?«

Sie schüttelt den Kopf.

»Denken Sie noch mal genau nach. Wie ist Ihre Adresse?«

Annie schaut sie nur an.

»Sie sind doch aus dieser Gegend, oder nicht?«

»Ich weiß nicht. Ich glaube eher nicht.«

Margot holt tief Luft. »Aber wie sind Sie hierhergekommen?«

»Keine Ahnung. Ich hab ja nicht einmal eine Handtasche dabei. Kein Handy, keinen Ausweis, keine Schlüssel, kein Geld. Ich hab rein gar nichts.«

»Sie müssen ärztlich untersucht werden.«

Ihr Nacken verkrampft sich. »Nein. Das macht mir Angst.«

»Das ist nur verständlich. Aber Sie müssen sich diesem Gefühl stellen. Sie dürfen das, was Ihnen widerfahren ist, nicht auf die leichte Schulter nehmen. Ich vermute mal, dass Sie überfallen wurden. Vielleicht hat man Sie... am Kopf verletzt. Woher kam denn das Blut, Schätzchen? Man hat Ihnen bestimmt etwas angetan.«

Oder ich war das. Ich habe jemandem etwas angetan.

Der jähe Gedanke erschreckt sie. Sie spürt die prüfenden Blicke der älteren Dame und schlägt die Augen nieder.

Plötzlich steht Margot auf. »Nehmen Sie sich noch ein Brötchen, stärken Sie sich. Ich muss mal eben telefonieren.«

Sie geht ins angrenzende Wohnzimmer. Nach einer Weile hört Annie, wie sie gedämpft ins Telefon spricht. Offenbar schildert sie jemandem ihren Fall. Mehrfach schnappt Annie das Wort *Polizei* auf. Schließlich vernimmt sie deutlich, wie die Frau sagt: »Der Hund hat Blut gewittert... Ja, sie war damit befleckt... Sie war völlig verfroren... Kann sich gerade mal an ihren Namen erinnern, an mehr aber auch nicht... Was soll ich denn jetzt mit ihr machen?... Nein, ich sagte doch, sie will nicht zur Polizei...«

Abrupt erhebt sich Annie und verlässt die Küche. Im Flur schnappt sie sich den roten Regenmantel und zieht ihn über. Sie schlüpft in die Stiefel von Margot. Auf der Kommode steht die Handtasche der alten Frau. Annie öffnet sie und nimmt das Portemonnaie heraus.

Es tut ihr leid, sie hat schreckliche Gewissensbisse, doch nach einigem Zögern steckt sie einige Geldscheine ein, legt das Portemonnaie zurück und schleicht sich aus dem Haus.

Sie eilt durch die Wohnsiedlung, biegt rasch um eine Straßenecke. Sie entdeckt einen Feldweg. Hier läuft sie weiter, geduckt, verängstigt, bis sie nach einer Weile eine Landstraße erreicht. Sie weiß nicht, in welche Richtung sie gehen soll.

Schließlich wendet sie sich nach links und steuert auf den Waldrand zu.

DREI

Unterwegs sucht sie nach Anhaltspunkten. Sie fragt sich, ob sie irgendetwas in der Gegend wiedererkennt. Doch je länger sie läuft, desto mehr gelangt sie zu der Überzeugung, dass sie wohl eine weite Reise hierher unternommen hat. Oder dazu gezwungen wurde.

Sie kommt nicht von hier. Sie ist eine Fremde.

Der lange Fußmarsch erschöpft sie. Offenbar ist es bereits Mittag, die kalte Herbstsonne steht hoch am Himmel. Wenn Autos an ihr vorbeifahren, ist sie geneigt, den Daumen auszustrecken, um zu signalisieren, dass sie mitgenommen werden möchte. Doch es erscheint ihr zu gefährlich, also trottet sie weiter.

Sie hofft, eine Stadt zu erreichen, in der sie sich nach einem Bahnhof durchfragen kann, aber vermutlich hat sie die falsche Richtung gewählt. Zunächst führt die Straße immer tiefer in den Wald hinein, danach durchkreuzt sie Wacholderheiden, bis sie am Rand von Wiesen und Feldern entlangführt. Die Landschaft ist hügelig, was den Weg erschwert. Annie hat den Eindruck, dass sie sich von den besiedelten Gebieten eher entfernt hat. Gelegentlich kommt sie an Wegweisern vorbei, doch die Namen der angezeigten Ortschaften klingen ländlich und abgelegen.

In einem Dorf bleibt sie vor einem Fachwerkhaus stehen. Eine junge Frau hält sich im Vorgarten auf, ein kleines Mädchen sitzt auf einer Schaukel und schaut Annie ernst an.

Die Frau gibt der Schaukel dann und wann einen Schubs. Schließlich blickt auch sie zu Annie.

»Ich hab mich verlaufen«, ruft Annie ihr zu. »Und mein Handy ist weg. Dürfte ich vielleicht bei Ihnen telefonieren?«

»Wen wollen Sie denn anrufen?«

»Ich brauche ein Taxi. Ich will zum Bahnhof.«

»Ein Taxi?« Die Frau wiegt den Kopf. »Ist schwer zu kriegen in dieser Gegend.«

»Ist in der Nähe eine größere Ortschaft?«

»Wo wollen Sie denn hin?«

Annie hebt die Schultern. »Zu irgendeinem Bahnhof. Möglichst in einer großen Stadt, wo Fernzüge halten.« Sie merkt, wie verzweifelt sie klingt.

Die Frau sieht sie misstrauisch an. »Das wäre dann Ulm.«

»Ulm?«

Annie versucht, etwas mit diesem Namen zu verbinden. Eine Stadt in Süddeutschland. Kennt sie dort jemanden? War sie schon mal in Ulm? Sie weiß es nicht.

»Gut, dann dorthin. Könnten Sie mir helfen?«

»Ich schau mal, was ich für Sie tun kann.« Die Frau wendet sich an das Kind. »Warte hier auf Mutti, ich bin gleich zurück.«

Sie verschwindet kurz im Haus.

Kurz darauf kommt sie wieder. »Das Taxi ist in etwa fünfzehn Minuten hier.«

»Danke.« Annie atmet tief durch.

Die Frau mustert sie. Sie muss einen seltsamen Eindruck auf sie machen. Allein die Art, wie sie gekleidet ist, dürfte irritierend sein. Roter Regenmantel, altmodische Stoffhose in einem Himmelblau, das nicht sehr kleidsam ist, dazu ein viel zu weiter grüner Pullover mit Zopfmuster und die braunen Stiefel einer Seniorin. Ob sie wohl für eine Landstreicherin gehalten wird? Allerdings lassen sich Obdachlose keine Taxis rufen.

»Woher kommen Sie?«, fragt die Frau, während sie der Schaukel einen weiteren Schubs gibt.

Annie macht eine vage Handbewegung zur Straße hin.

Nun wird die Frau noch misstrauischer, ihr Gesicht verfinstert sich. Sie lässt Annie nicht mehr aus dem Blick, bis das Taxi endlich vor dem Haus hält.

Annie bedankt sich ein zweites Mal bei der jungen Mutter, dann steigt sie ein und nimmt auf dem Rücksitz Platz.

»Wie viel kostet eine Fahrt nach Ulm?«, fragt sie den Fahrer.

Er nennt ihr den Preis.

»In Ordnung. Zum Bahnhof bitte.«

Sie fahren los. Annie schaut aus dem Fenster und sucht nach weiteren Anhaltspunkten. Doch nichts da draußen löst auch nur den Ansatz einer Erinnerung aus. Alles ist ihr so fremd, dass sie zuweilen abdriftet. Dann ist ihr, als würde sie eine andere brünette Frau in einem roten Regenmantel dabei beobachten, wie sie sich durch eine Gegend fahren lässt, mit der sie nichts verbindet.

Sie brauchen ungefähr eine halbe Stunde bis in die Ulmer Innenstadt. Annie zahlt, steigt aus und betritt das Bahnhofsgebäude. Das geschäftige Treiben, die vielen Menschen, der Lärm und die Hektik bedrängen sie. Sie setzt ihre Kapuze auf, so fühlt sie sich ein wenig geschützter. Sie schaut auf die große Anzeigetafel und hofft, dass einer der vielen Städtenamen ein Gefühl der Vertrautheit in ihr hervorruft. Beinahe im Minutentakt wechseln die Buchstaben und Ziffern, und weitere Zeiten und Ortschaften erscheinen auf der Tafel.

Ein ICE, angekündigt in fünfunddreißig Minuten auf

Gleis 1, weckt ihre Aufmerksamkeit. Lange Zeit lässt sie den angegebenen Zielort auf sich wirken.

Noch ist sie sich nicht ganz sicher. Doch schließlich geht sie zum Fahrkartenschalter und kauft sich ein Ticket.

Danach wartet sie an Gleis 1.

Erst als der Zug einfährt, sie einsteigt und einen Platz findet, erst als der ICE den Bahnhof verlässt und einige Zeit später in hoher Geschwindigkeit über das Land fährt, kann sie sich leicht entspannen.

»Mein Name ist Annie Friedmann«, murmelt sie vor sich hin. »Ich bin dreißig Jahre alt. Ich glaube, ich komme aus Berlin.«

VIER

Am frühen Abend schaltet Ben nochmals seinen Computer ein, um die Fotos von Annie zu betrachten. Er weiß, er verbringt zu viele Stunden damit, der Vergangenheit nachzuhängen. Annie ist fort, damit muss er sich abfinden. Ihr hinreißendes Lächeln ist nicht mehr für ihn bestimmt, der Blick in ihre grünblauen Augen auf den Aufnahmen bereitet ihm Qualen.

Aber der Schmerz ist süß, und darum schaut er sich die Fotos immer wieder an. Er ist verrückt nach ihren Grübchen, dem Schwung ihrer Lippen. Es betört ihn, wie eine Strähne ihres brünetten Haars dicht unter ihrem linken Auge in ihr Gesicht fällt. Sein Blick gleitet über ihren Hals, hinunter zu ihrem Dekolleté in einem dieser bezaubernden Kleider, in denen sie ihn überrascht hat, wenn sie in seine Wohnung kam. Er verspürt Wut und Traurigkeit darüber, wie alles geendet hat.

Die Erinnerungen an ihre kurze gemeinsame Zeit sind wie ein Dolchstoß, den er sich selbst versetzt. Wieder und wieder peinigt ihn der Gedanke, er habe sein Glück selbst vermasselt, weil er zu zweifeln begann und unangenehme Fragen stellte.

Wenn ein durchschnittlicher Mann wie er auf eine außergewöhnliche Frau wie Annie trifft, sollte er den Mund halten. Sich still an seiner unverhofften Eroberung erfreuen und sich ganz der Täuschung hingeben, alles sei in bester Ordnung.

Er hätte ihr nicht folgen dürfen an jenem verhängnisvollen Montag vor zwei Wochen. Das war der Anfang vom Ende ihrer kurzen und heftigen Liebschaft.

Er klickt das nächste Foto an. Hierauf schaut sie ernster und noch verführerischer. Sie ist ganz in Schwarz gekleidet, nur der Anhänger ihrer Halskette leuchtet rot auf. Es ist ein Rubin. Angeblich hat sie ihn auf dem Trödel erstanden, doch Ben kann das kaum glauben, dafür wirkt er zu kostbar. Er liebt dieses Schmuckstück an ihr. Sie trug es in ihrer ersten gemeinsamen Nacht. Plötzlich sieht er sie vor sich, unbekleidet, nur mit dem Rubin auf ihrer nackten Haut, und sie flüstert seinen Namen.

Er denkt an die kleine Tätowierung auf ihrem rechten Schulterblatt. Das Motiv eines Wolfs.

Rasch klickt er weiter.

Es sind Fotos von einer Datingwebsite. Ihr Profil ist längst gelöscht, doch die Bilder hat Ben kopiert und in einem besonderen Ordner abgelegt, damit er sie immerzu betrachten kann. Noch heute ist es ihm schleierhaft, wie eine so attraktive und kluge Frau wie Annie auf die Idee kommt, sich online auf die Suche nach einer Beziehung zu machen. Die Männer müssten ihr doch ohnehin in Scharen zulaufen. Wozu also der Umweg über das Internet? Ist Annie vielleicht gar nicht so selbstsicher, wie es scheint? Zweifelt sie insgeheim an sich selbst?

Was er an jenem Montag über sie herausgefunden hat, bestärkt ihn in seinem Verdacht, dass nicht alles in ihrem Leben so großartig sein kann, wie sie es andere gern glauben lässt.

»Wer bist du wirklich, Annie Friedmann?«, fragt er leise, als er das nächste Foto anschaut. Hierauf ist sie jünger, ungefähr Anfang zwanzig, sie schmiegt sich an den Hals eines Pferds.

Es ist ein Araber-Haflinger, fuchsfarben, mit heller Mähne. Schon als Jugendliche war sie gern auf Reiterhöfen, das hat sie ihm erzählt. Ihr Traum ist es, einmal ein eigenes Pferd zu besitzen.

»So eins wie das auf dem Foto«, sagte sie zu ihm. »Das ist übrigens Sultan. Ich liebe dieses Pferd. Ich würde es so gern mein Eigen nennen.«

»Wo ist das Bild aufgenommen worden?«, fragte er sie.

»Ach, das spielt keine Rolle.«

Insgesamt war er drei Monate mit Annie zusammen. Aber bereits nach ein paar Wochen hat er überlegt, wie es wäre, ihr den Traum zu erfüllen. Sie womöglich an ihrem Geburtstag mit einem Pferd zu überraschen. Er hat sich sogar schon erkundigt, wo es in Berlin die Möglichkeit gibt, Pferdeboxen zu mieten.

»Du bist ein Vollidiot, Ben Kramer«, beschimpft er sich selbst.

Ein weiteres Foto zeigt sie mit hochgesteckter Frisur. Sie trägt eine weiße Bluse zu einem dunklen Bleistiftrock. Ihr Lächeln ist verschmitzt, als wolle sie dem Betrachter sagen: »Ich tu nur so seriös, aber das Berufsleben verlangt es nun mal.« Ben muss sich eingestehen, dass er sie in dieser eher biederen Aufmachung besonders sexy findet. Wie oft hat er sich vorgestellt, dass sie in dem Outfit vor die Schüler ihrer Klasse tritt. Annie erzählte ihm, sie sei Kunstlehrerin an einem Gymnasium. Ihr zweites Fach sei Deutsch.

»Als Schüler hätte ich mich sofort in dich verliebt«, gab er ihr gegenüber zu, worauf sie herzhaft lachte.

Einmal sagte sie zu ihm: »Weißt du, ich arbeite gern mit Kindern und Jugendlichen zusammen. Aber mir ist es auch wichtig, im Lehrbetrieb meine eigene Kunst nicht zu vernachlässigen.«

Er hörte ihr gerne zu, wenn sie über ihre künstlerische Arbeit sprach. Annies Lieblingsmaterial ist Holz. Sie schnitzt kleine Figuren. Eine davon steht auf seinem Schreibtisch, sie hat sie ihm geschenkt. Es ist ein Wolf, ungefähr zehn Zentimeter groß. In ihrer Wohnung befinden sich mehrere Holzobjekte dieser Art, Wölfe sind ihr bevorzugtes Motiv.

»Das sind ungemein kluge Tiere«, sagte sie. »Sie sind sehr sozial. Sie kümmern sich liebevoll um ihren Nachwuchs, um Alte und Verletzte, und sie sind unglaublich verspielt. Im Spiel können sie alles um sich herum vergessen. Ich glaube, in meinem zweiten Leben wäre ich gerne eine Wölfin.«

Und wieder muss er an ihr Wolfstattoo denken, das er sehr aufregend findet.

Ein Zimmer in ihrer kleinen Wohnung im Bezirk Prenzlauer Berg, die nicht weit von seiner entfernt liegt, hat sie zu einer Art Bildhauerwerkstatt umfunktioniert. Das andere Zimmer ist ihr Wohn- und Schlafzimmer. Es ist sehr gemütlich eingerichtet, mit vielen Bildern an den Wänden, selbst genähten Vorhängen, einer ausladenden Kommode vom Trödel, die sie eigenhändig abgeschliffen und mehrfarbig verziert hat, einem großen Bett, das überhäuft ist mit unzähligen Kissen. Vorm Fenster stehen zwei zerschlissene Ledersessel, an einer Wand ist eine lange Stange befestigt, an der Annie ihre Jacken und Kleider aufhängt. In der Küche hat sie ein Sofa stehen, das flankiert ist von mehreren Bücherstapeln und den Manga-Heften, die sie so sehr liebt. Davor befindet sich ein großer Holztisch, an dem sie nicht nur isst, sondern auch Klassenarbeiten korrigiert. Zumindest sagte sie ihm das. Töpfe und Pfannen hängen an einem Metallgestell über dem Herd, das ihr gleichzeitig als Bord für ihre zahlreichen Küchenkräuter dient.

Schon bei seinem ersten Besuch war Ben von dem kreativen Durcheinander in ihrer Wohnung fasziniert. Annie zeigte ihm die kleinen Schnitzarbeiten in ihrem Atelierzimmer. Außer den Wölfen sind das allerlei verrückte menschenähnliche Wesen, kurzbeinig, mit übergroßen Ohren und Nasen, bunt angemalt, die sie Kobolde nennt. Sie sprach so übersprudelnd von ihrer Kunst und dem Bemühen, die Begeisterung für ihr Fach auch ihren Schülern am Gymnasium zu vermitteln, dass Ben seinen eigenen Beruf mal wieder für eher gewöhnlich und langweilig hielt.

Er ist als Steuerberater tätig, selbstständig in einem eigenen Büro ohne Mitarbeiter. Er kann nun mal gut mit Zahlen jonglieren, Bilanzen, Steuererklärungen und Abschreibungstricks sind sein Metier. Aber wenn er ehrlich ist, sieht er in seinem Beruf nur die Möglichkeit, gutes Geld zu verdienen, eine Erfüllung ist er nicht. Er hat ein paar Künstler, Schriftsteller und Filmemacher als Mandanten. Kreative Menschen hat er schon immer bewundert. Seine Mutter war früher Schauspielerin am Theater. Er hat schon als Jugendlicher gerne ihre Vorstellungen besucht. Eigentlich hatte er auch als junger Mann damit geliebäugelt, sich an einer Schauspielschule zu bewerben. Letztlich aber brachte er nicht den Mut dafür auf. Stattdessen erlernte er den Beruf seines Vaters, der erschien ihm weitaus sicherer. Nicht einmal sein Schritt in die Selbstständigkeit erforderte viel Wagemut. Sein Vater starb, und er übernahm sein Büro und sämtliche Mandanten von ihm.

Ein Mausklick, und das nächste Bild von Annie erscheint auf dem Computer. Warum hat sie sich ausgerechnet mit ihm verabredet? Auf ihr Datingprofil hin müssen sich doch unzählige Männer gemeldet haben. Sind es die Gegensätze, die sich anziehen? Er bewundert ihre Verspieltheit und Kreativität, sie die Verlässlichkeit und Sicherheit, die er ausstrahlt? Anfangs hat er noch gedacht, dass sie es wenigstens nicht auf sein Geld abgesehen haben kann, schließlich verdienen Gymnasiallehrerinnen nicht schlecht, doch dann kam der verhängnisvolle Montag, und Annies finanzielle Lage erschien in einem anderen Licht.

Warum hat sie ihn angelogen?, fragt er sich, während er ihr Foto auf dem Monitor studiert. Welche Geheimnisse verbergen sich noch hinter ihrer hübschen Fassade?

Stumm lächelt sie ihn an. Er bewundert ihr langes kirschholzfarbenes Haar. Den Glanz ihrer Augen. Ihre umwerfende Figur. Ob sie das mintgrüne Kleid, das sie auf diesem Bild trägt, auch selbst genäht hat? Auf der alten Singer-Maschine, die sie gebraucht im Internet erstanden hat? Sie steht bei ihr in der Küche auf dem Boden, zwischen den Stapeln von Büchern.

Wo ist Annie jetzt? Warum reagiert sie nicht auf seine Anrufe? Er war vor ihrer Wohnungstür, hat die Nachbarn nach ihr befragt. Sie sagten ihm, sie hätten sie längere Zeit nicht gesehen.

Ob ihr möglicherweise etwas zugestoßen ist?

Ihr Streit tut ihm leid, und er wünscht sich nichts sehnlicher, als dass sie zu ihm zurückkehrt.

Er denkt an ihr erstes Date in dem kleinen italienischen Restaurant, bei Kerzenlicht und einer guten Flasche Wein. Sie kam nur zehn Minuten zu spät. Ihr Lächeln zog ihn sofort in den Bann. Seine Nervosität war wie weggezaubert, kaum hatte sie sich gesetzt und das Gespräch mit ihm begonnen. Er fühlte sich auf Anhieb wohl in ihrer Nähe. Sie lachten viel an diesem Abend. Er mochte die Art, wie sie sich das Haar hinter die Ohren strich. Er beobachtete ihre schönen Hände mit den langen Fingern, wenn sie mit dem Weinglas spielte. Allerdings musste er sich schon damals ständig fragen, warum sie ausgerechnet ihn ausgewählt hatte. Er war erstaunt, als sie ihm sagte, sie würde ihn gern wieder treffen.

Er hält sich nicht für besonders attraktiv. Für einen Mittdreißiger ist sein Haar schon ziemlich schütter. Sein Gesicht hält er für eher durchschnittlich. Und dann ist da noch sein fataler Hang zum Bauchansatz, den er verbissen jeden Tag nach der Arbeit im Fitnessstudio zu bekämpfen versucht.

»Du bist ein sehr aufmerksamer Zuhörer«, hat sie einmal zu ihm gesagt. »Und du riechst so gut. Außerdem mag ich deine Augen. Du bist aufrichtig, Ben. Ich glaube, dir kann man vertrauen.«

»Kann man *dir* vertrauen, Annie?«, fragt er in die Stille seiner Wohnung hinein.

Er schließt den Ordner mit den Fotos und fährt den Computer herunter. Er geht ins Schlafzimmer und lässt sich aufs Bett sinken. Er nimmt das Kopfkissen zur Hand, auf dem sie immer gelegen hat, und schnuppert daran. Verzweifelt versucht er, einen Resthauch ihres Dufts in sich aufzunehmen. Seit ihrem Streit, seitdem sie türenschlagend aus seiner Wohnung gestürmt ist, hat er das Bettzeug nicht mehr gewaschen.

Was ist er nur für ein Idiot gewesen. Warum musste er ihr hinterherspionieren an jenem verhängnisvollen Montagmorgen vor zwei Wochen? Eine Lüge ist oftmals bequemer als die Wahrheit.

Es geschah nach einem zauberhaften Wochenende. Am Samstag waren sie in einer Kunstausstellung, abends in einer Bar. Am Sonntag besuchten sie den Trödelmarkt im Mauerpark, und er kaufte für sie eine Stehlampe im Artdéco-Stil, die ihr offensichtlich gefiel, da sie immer wieder zu dem Stand zurückging, an dem sie angeboten wurde. Sie freute sich unbändig über seine Aufmerksamkeit und sagte begeistert, sie wolle sich die Lampe in ihr Atelier stellen. Sie aßen in einem feinen Restaurant zu Mittag, und den Rest des Tages verbrachten sie in seinem Schlafzimmer. Abends schauten sie sich einen Film auf DVD an, und dann gingen sie zu Bett und schliefen aneinandergeschmiegt ein.

Am Montag musste Annie früh raus. Er aber hatte unverhofft einen freien Vormittag. Zwei Mandanten hatten ihre Gesprächstermine abgesagt, und Ben beschloss, erst am Mittag ins Büro zu fahren. Annie hatte seine Wohnung längst verlassen, während er noch herumtrödelte, bis er schließlich aufbrach, um noch ein paar Einkäufe zu erledigen.

Er saß in seinem Wagen, wartete an der Kreuzung Wörther Straße und Schönhauser Allee, um sich in den Verkehr einzufädeln, als er sie sah. Sie ging in leicht gebückter Haltung den Gehweg entlang, hatte den Kragen ihrer Jacke hochgeschlagen. Zunächst dachte er an eine Verwechslung, aber nein, das war Annie. Er wollte schon auf die Hupe drücken, als er ihren Gesichtsausdruck bemerkte, finster, abweisend, so kannte er sie gar nicht.

Entgegen seiner Absicht fuhr er geradeaus weiter, überquerte die Tramschienen, bog nach links und scherte in eine Parklücke ein. Er stieg aus und folgte ihr auf der anderen Straßenseite zu Fuß.

Wie seltsam, dass sie ausgerechnet um diese Zeit draußen unterwegs war. Montags hatte sie doch viele Unterrichtsstunden. Warum war sie nicht bei ihren Schülern?

Sie ging zur Tramhaltestelle. Er folgte ihr in einigem Abstand. Sie stieg in die Straßenbahn, und er sprang in den angrenzenden Wagen, kurz bevor die Türen zuschlugen. Er versteckte sich in einem Pulk von stehenden Fahrgästen und behielt sie im Auge. Am Alexanderplatz stieg sie aus und lief hinunter zur U-Bahn-Station. Sie nahm die U8 Richtung Wittenau. Am Bahnhof Osloer Straße stieg sie aus.

Was hatte sie in diesem Viertel zu suchen? Er mochte diese Gegend im Wedding nicht, sie war laut, hektisch und ziemlich heruntergekommen. Auf der Straße krümmte Annie die Schultern ein. Sie schien es sehr eilig zu haben. Manchmal ruckte sie eigenartig mit dem Kopf, als habe sie einen nervösen Tick oder werde von äußerst düsteren Gedanken geplagt. Sie wirkte auf ihn wie eine Fremde. Das war nicht seine Annie.

Plötzlich steuerte sie auf ein Schnellrestaurant zu. Sie ging hinein. Er blieb vor der Frontscheibe stehen und beobachtete, wie sie in der Küche verschwand. Kurz darauf kam sie zurück, bekleidet mit einem schlecht sitzenden T-Shirt, einer ausgebeulten Polyesterhose und einer erbärmlichen Schirmmütze, und bediente die Kaffeemaschine hinter dem Tresen.

Ben wartete nicht länger, sondern fuhr zurück. Er suchte das Gymnasium auf, in dem sie angeblich unterrichtete. Im Sekretariat erkundigte er sich nach der Kunst- und Deutschlehrerin Annie Friedmann.

Am frühen Abend kam sie heim. Sie trafen sich immer öfter in seiner Wohnung in der Nähe vom Kollwitzplatz, vier Zimmer auf hundertdreißig Quadratmetern, sehr viel mehr Platz als bei ihr. Ihm wäre es nur recht gewesen, wenn sie bald hier eingezogen wäre. Ihre Zahnbürsten standen nebeneinander im Becher, Sachen von ihr hingen in seinem Schrank.

An jenem Montagabend küsste sie ihn wie gewöhnlich zur Begrüßung, doch er rührte sich kaum.

»Was ist los mit dir, Ben?«

»Ich war heute in deiner Schule.« Er schluckte. »Man kennt dort keine Annie Friedmann.«

Sie zog die Luft ein und erbleichte. »Du spionierst mir nach?«

»Es war ein Zufall. Ich stand vor diesem Schnellrestaurant im Wedding.«

»Du bist mir gefolgt.«

»Ja. Du siehst komisch aus mit der Schiebermütze und den Fettspritzern auf dem T-Shirt. Warum zum Teufel hast du mich angelogen?«

Es sollte nicht so heftig klingen. Noch heute bedauert er den aggressiven Tonfall in seiner Stimme.

Sie kniff die Augen zusammen. »Ruf mich nie wieder an«, stieß sie hervor.

Schon war sie zur Tür hinaus.

Die Art-déco-Lampe vom Trödel steht noch bei ihm im Flur. Sie hat sie nicht abgeholt. Auch ihre Zahnbürste befindet sich noch in seinem Badezimmer, und ihre Wäsche liegt in seinem Schrank. Anfangs erfüllte ihn das mit Hoffnung. Jeden Abend wartete er auf ihre Rückkehr, doch vergebens.

Warum geht sie nicht ans Telefon? Wieso ruft sie ihn nicht zurück? Ist sie noch immer wütend auf ihn?

Oder ist ihr tatsächlich etwas zugestoßen?

Zigmal hat er ihr auf die Mailbox gesprochen und beteuert, wie leid es ihm tut. Auch jetzt greift er zum Handy und wählt ihre Nummer, um es ein weiteres Mal zu versuchen.

Sofort schaltet sich ihre automatische Ansage ein: »Hallo, hier ist Annie. Hinterlasst mir eine Nachricht nach dem Pieps.«

Sie klingt fröhlich und unbeschwert. So wie sie war, bis zu dem Moment, da er sie als Lügnerin entlarvte.

Ben steckt das Handy ein, nimmt seine Jacke und verlässt die Wohnung. Er muss raus, irgendwo etwas trinken. Er weiß, er verbringt zu viel Zeit mit Erinnerungen. Doch wie soll er Annie jemals vergessen?

FÜNF

Nachdem er sein drittes Bier geleert hat, steht er auf, zahlt die Rechnung am Tresen und verlässt die Kneipe. Es ist ein nasskalter Oktoberabend. Ben fröstelt und vergräbt die Hände in den Jackentaschen.

In Gedanken versunken geht er zurück zu seiner Wohnung in der Wörther Straße und betritt das Haus mit Jugendstilfassade. Mit dem Lift fährt er hinauf zur vierten Etage. Dort steigt er aus.

Er hat den Schlüssel bereits in der Hand, als er die Gestalt in dem roten Regenmantel vor seiner Tür bemerkt. In sich zusammengesunken hockt sie auf der Fußmatte, ihre Kapuze tief in die Stirn gezogen. Zunächst hält er sie für eine Obdachlose, die sich ins Haus gestohlen hat. Doch plötzlich hebt sie den Kopf und sieht ihn an.

Da erst erkennt er sie.

»Annie«, ruft er überrascht aus.

Er ist erschrocken darüber, wie bleich sie ist. Ihre Augen sind glanzlos, darunter haben sich dunkle Ringe gebildet.

»Mein Gott, Annie, wo hast du gesteckt?«

Sie antwortet nicht, wirkt völlig entkräftet. Er muss ihr aufhelfen. Den Mantel hat er an ihr noch nie gesehen. Er ist verdreckt, es hat den Anschein, als habe sie darin im Freien geschlafen.

Er schließt die Wohnung auf, schaltet das Licht an und führt sie in die Küche. Er will ihr den Regenmantel abnehmen, doch sie schüttelt den Kopf. Sie zittert, ihre Hände sind eiskalt.

»Wo warst du nur so lange?«, fragte er, doch wieder antwortet sie nicht.

Er setzt Wasser auf und kocht ihr einen Tee. Er fragt sie, ob sie hungrig ist, und sie bejaht. Ben verrührt Eier mit Mehl, nimmt eine Pfanne und bereitet ihr ein Omelett zu. Er serviert es ihr am Küchentisch. Sie bedankt sich bei ihm. Völlig ausgehungert schlingt sie das Essen herunter. Danach trinkt sie den Tee, lehnt sich zurück und blickt ihn schweigend an.

Schließlich sagt er zu ihr: »Wie wir auseinandergegangen sind, tut mir sehr leid. Egal ob du nun Kellnerin oder Kunstlehrerin bist, du bedeutest mir sehr viel, Annie. Das solltest du wissen.«

Sie zeigt keinerlei Regung, nicht einmal die Kapuze nimmt sie ab, das irritiert ihn. Sie macht einen desorientierten Eindruck, wirkt verzweifelt. Was ist nur mit ihr geschehen? Sie ist ja kaum wiederzuerkennen.

»Warum hast du nicht zurückgerufen? Ich hab mir große Sorgen um dich gemacht.«

Ihre Stimme ist rau. »Meine Sachen sind fort. Handy, Schlüssel, Geld, alles weg.«

»Wo warst du denn, Annie? Und was ist das für ein merkwürdiger Mantel?«

Sie sieht an sich herab. Betrachtet den Regenmantel, als würde sie ihn zum ersten Mal bemerken. Endlich schiebt sie die Kapuze zurück. Ihr Haar ist unfrisiert. Stumpf und fransig fällt es ihr ins Gesicht. »Irgendetwas stimmt mit meinem Gedächtnis nicht.«

»Wie meinst du das?«

»Ich kann mich an vieles nicht mehr erinnern. Alles deutet

darauf hin, dass ich eine längere Reise unternommen habe. Aber die Umstände sind mir unklar.«

»Eine Reise? Wohin?«

Sie zuckt mit den Schultern. »Raus aus Berlin, weit weg. Ich bin heute mit dem Zug angekommen.«

»Von wo?«

Ihr Blick geht ins Leere. Ben fragt sich, ob sie unter Drogeneinfluss steht. Verstohlen prüft er die Größe ihrer Pupillen, doch sie sind weder ungewöhnlich geweitet noch verengt.

»Was ist passiert, Annie?«

»Ich war in einem Wald. Dort hat mich eine Frau gefunden. Sie nahm mich in ihrem Auto mit. Sie hatte einen Hund, der aussah wie ein Wolf. Wir fuhren zu ihrem Haus. Mir war entsetzlich kalt, ich durfte mich bei ihr aufwärmen. Es war in einem Dorf, irgendwo in Süddeutschland. Sie hat mir den Namen gesagt, doch ich hab ihn vergessen. Ich hab es dann irgendwie zu einem Bahnhof geschafft. Ich stieg in einen ICE. Es war eine längere Fahrt. Abends kam ich in Berlin an. Ich konnte nicht in meine Wohnung rein, weil ich keinen Schlüssel mehr hab. Also ging ich zu dir.«

»Um Himmels willen, Annie. Was hattest du in diesem Wald zu suchen? Wie bist du dort hingekommen?«

»Ich weiß es nicht. Ich habe Gedächtnislücken.« Sie schaut ihn an. »Das macht mir Angst, Ben.«

»Ganz langsam. Immer der Reihe nach. Du warst in einem Dorf in Süddeutschland? Versuch dich wenigstens an den Namen zu erinnern.«

»Er klang recht kurz. Er begann mit S, glaube ich.«

»Und wie weiter?«

»Mehr weiß ich nicht.«

»Und der Bahnhof, wo war der?«

»Das war in...« Sie nimmt einen Schluck Tee, stellt die Tasse ab und legt die Stirn in Falten. »Ich denke, es war in Ulm.«

»Annie, entschuldige, aber das klingt ziemlich verrückt.«

»Ich weiß. Es ist mir selber unheimlich.«

»Kennst du jemanden in Ulm?«

»Nein.«

»Du hast dich zwei Wochen lang nicht gemeldet.«

»So lange?«

Er nickt.

»Diese Zeit ist für mich wie ausgelöscht. Ich weiß nichts mehr darüber, gar nichts.«

»Was ist das Letzte, woran du dich erinnern kannst?«

Sie denkt angestrengt nach. »Wir hatten einen Streit, sagtest du?«

»Ja.«

»Daran erinnere ich mich schwach. Du warst sehr wütend, weil...« Sie schlägt die Augen nieder. »Du bist mir nachgegangen. Du sahst mich in dem Lokal in der Osloer Straße. Ich hab dich angelogen.«

Er greift nach ihrer Hand. »Annie. Mach dir deshalb bitte keine Vorwürfe. Das ist alles nicht so schlimm. Ich hab überreagiert. Es tut mir leid. Ich bin froh, dass du wieder da bist.«

»Aber Ben... ich...«, sie zieht die Hand zurück, »ich kenne mich ja selbst nicht mehr.«

»Ganz ruhig. Du bist nach dem Streit aus meiner Wohnung gelaufen. Du hast die Tür hinter dir zugeschlagen, erinnerst du dich daran?«

»Ja.«

»Gut. Und dann?«

Sie reibt sich die Augen. »Keine Ahnung. Es ist nur Leere in meinem Kopf.« Sie massiert sich die Schläfen.

»Vielleicht hattest du einen Unfall? Bist du verletzt? Hast du Schmerzen? Könnte es sein, dass du gestürzt bist?«

»Mit tut nichts weh. Ich hab nur Angst. Und heute Morgen...« Sie bricht ab.

»Was war heute Morgen?«

Annie senkt die Stimme. »Ich hatte Blut im Gesicht.«

»Was?«

»Aber es war nicht *mein* But. Ich habe keine sichtbaren Verletzungen. Es muss von jemand anderem stammen.«

»Verdammt, das ist...«

Ben starrt sie an. Ein Schauer läuft ihm über den Rücken. Plötzlich ist ihm diese Frau, in die er sich so heftig verliebt hat, unheimlich. Was hat sie vorhin gesagt? *Ich kenne mich ja selbst nicht mehr.* Sie ist wieder bei ihm, gut, das hat er sich sehnlichst gewünscht. Aber ist das noch die Annie, die ihn bezaubert, betört, in einen glücklichen Menschen verwandelt hat?

Er strafft die Schultern. »Versuch dich an den Namen der Ortschaft zu erinnern. Die muss wohl in der Nähe von Ulm sein, oder?«

Sie nickt. »Ja.«

»Denk nach.«

Sie holt Luft. »Es geht nicht. Der Name fällt mir nicht mehr ein. Ich fürchte mich vor allem, was mit dieser Gegend zusammenhängt. Dem Wald... dem Wolf...«

»Aber du liebst doch Wölfe.«

Sie zuckt kaum merklich zusammen. »Wie?«

»Du erinnerst dich hoffentlich noch an deine Schnitzarbeiten, oder? Du hast mir einen kleinen Wolf aus Holz geschenkt. Er steht auf meinem Schreibtisch.« Er schluckt.

»Außerdem hast du dir einen Wolf auf deine Schulter tätowieren lassen.«

»Das ist etwas anderes. Das ist harmlos, hier geht es um …« Abermals bricht sie ab.

»Worum geht es?«

»Ich weiß nicht. Vielleicht hab ich ja einen Fehler gemacht. Ich hätte nicht vor dir wegrennen dürfen. Bei dir war ich in Sicherheit.«

»In Sicherheit wovor?«

»Es lief doch gut mit uns, Ben. Wir hatten eine schöne Zeit.«

»Ja, die hatten wir.«

Schweigen. Sein Blick fällt auf den grünen Pulloverkragen unter ihrem Mantel. »Du siehst verändert aus. So kleidest du dich normalerweise nicht.«

»Die Frau, die mich fand, gab mir die Sachen. Nur den Mantel hatte ich schon an. Ich weiß nicht, wem er gehört.«

»Aber deine eigene Kleidung, wo ist die? Du musst doch etwas bei dir gehabt haben.«

Ein hilfloser Blick. »Du stellst so viele Fragen, Ben. Ich weiß ja selbst nicht, wie …«

Er fällt ihr ins Wort. »Wir müssen zur Polizei gehen.«

»Nein.«

»Annie! Überleg mal, du könntest Opfer eines Verbrechens geworden sein. Eine Reise, sagst du? Ich denke eher, du bist verschleppt worden.«

»Ich will nicht zur Polizei!«

»Warum nicht?«

»Du weißt so wenig über mich, Ben.«

Der Satz erschüttert ihn zutiefst, aber er versucht, sich nichts anmerken zu lassen. Er ist bemüht, beruhigend auf sie einzuwirken. Instinktiv ist ihm klar, dass jede Aufregung ihren Zustand verschlimmern könnte. Doch je mehr er über die Zeit ihrer Abwesenheit erfährt, desto fremder wird sie ihm. Ist sie etwa krank? Was ist aus der Annie geworden, die er kennengelernt hat?

»Dann erzähl mir mehr von dir«, sagt er möglichst sanft. »Warum hast du mich in dem Glauben gelassen, dass du an diesem Gymnasium unterrichtest, obwohl das gar nicht stimmt?«

»In dem Beruf zu arbeiten war ein Traum von mir. Aber der Traum ist geplatzt. Ich hab mein Kunststudium abgebrochen. Ich war nicht stark genug dafür. Ich hab versagt.«

»Du hast nicht versagt.«

»Ben, du kennst mich nicht. Nicht wirklich.«

»Was verschweigst du mir?«

Ihre Augen füllen sich mit Tränen. »Nichts, ich... ich wollte damit nur sagen, dass wir doch gerade erst zueinandergefunden haben und... noch nicht alles übereinander wissen können.«

»Ist es dir denn ernst? Die Sache mit uns?«

Diesmal ist sie es, die nach seiner Hand greift. »Ja, Ben.«

»Dann lass mich dir helfen, Annie. Wir schaffen das. Gemeinsam.«

Nachdem sie geduscht hat, zieht sie eines seiner blütenweißen Hemden an, das aus reiner Baumwolle. Es reicht ihr beinahe bis zu den Kniekehlen. Hoher Kragen, ein Businesshemd von Lagerfeld. Die obersten drei Knöpfe lässt sie offen. So trug sie es immer, wenn sie bei ihm übernachtete. Er mag es sehr an ihr. Verzückt schaut er auf den Ansatz ihre Brüste. Er hat Lust, mit ihr zu schlafen, jetzt, sofort. Sie aber schenkt ihm nur ein scheues Lächeln, rollt sich unter der Bettdecke zusammen und schläft sofort ein.

Ben nimmt sich viel Zeit bei seinen gewohnten Verrichtungen im Bad. In Gedanken lässt er den Abend noch einmal Revue passieren. Er ist über Annies Zustand einigermaßen beunruhigt, doch die Freude darüber, dass sie überhaupt wieder bei ihm ist, überwiegt.

Schließlich schaltet er überall in der Wohnung das Licht aus. Nur die Nachttischlampe in seinem Schlafzimmer lässt er an. Er legt sich zu Annie, stützt den Kopf mit der Hand auf und betrachtet sie. Ihre Gesichtszüge haben sich entspannt. Er ist erleichtert, endlich in ihr die Annie wiederzuerkennen, in die er sich verliebt hat.

Sie ist wunderschön, wie sie daliegt und schläft. Er will die Irritationen des Abends vergessen. Er möchte sich einreden, dass ihre Gedächtnisstörung bloß eine vorübergehende Stressreaktion ist.

»Morgen wirst du dich an alles erinnern können«, flüstert er der Schlafenden zu. »Sicherlich hatte deine Reise einen ganz einfachen Grund. Du brauchtest ein wenig Abstand nach unserem Streit. Jetzt bist du zu mir zurückgekehrt, und die Welt ist für mich wieder in Ordnung. Sag mir von nun an immer die Wahrheit, dann kann uns nichts passieren.«

Er streicht mit dem Handrücken über ihre vom Schlaf gerötete Wange.

»Gute Nacht, Annie.«

Er löscht das Licht, schlüpft zu ihr unter die Decke und schmiegt sich an sie. Wie sehr ihm das gefehlt hat, ihr warmer, weicher Körper neben ihm, die gleichmäßigen Geräusche ihres Atems. Von Dankbarkeit erfüllt schläft er ein.

Ihre Schreie wecken ihn mitten in der Nacht. Sie sind markerschütternd. Aufrecht sitzt sie im Bett und fuchtelt wie wild mit den Händen herum, als müsse sie eine Schar finsterer Dämonen vertreiben.

Er tastet nach dem Schalter der Lampe. Als es im Zimmer hell wird, schreit sie noch lauter.

»Annie«, raunt er ihr zu. »Beruhige dich, ich bin bei dir.«

Er will sie in die Arme nehmen, doch sie schlägt um sich. Er versucht es erneut.

»Geh weg«, brüllt sie ihn an. Ihre Augen sind weit aufgerissen.

»Ist ja schon gut. Es ist nur ein Traum.«

»Nein«, schreit sie, »nein.«

Er greift nach ihrem Arm, doch sie schüttelt ihn ab. »Lass mich!«

»Ich bin es doch! Ben!«

Sie fährt mit den Fingernägeln durch sein Gesicht.

»Um Himmels willen, Annie!«

Ihre Stimme überschlägt sich. Er erschrickt vor ihrer angstverzerrten Miene.

Schließlich packt er sie fest mit beiden Händen an den Schultern und rüttelt an ihr. »Wach auf, Annie, du musst aufwachen, es ist nur ein Traum.«

Plötzlich ist sie still. Sie atmet schwer.

»Nur ein Traum«, wiederholt er.

Sie sieht ihn verwirrt an.

Jetzt erst scheint sie ganz bei sich zu sein. Vollständig erwacht, aber noch immer zittrig.

»Da war so viel Blut«, sagt sie atemlos. »Ich wurde mit Blut bespritzt. Und ich spürte diese Knochensplitter auf mir.«

»Was?«

»Sie waren überall, in meinen Haaren und in meinem Gesicht. Menschliche Knochen, in winzige Teile zerstückelt.«

Ben mustert sie besorgt. »Du hast geträumt, Annie, das ist alles.«

Er braucht lange, bis er sie dazu bewegen kann, sich wieder hinzulegen. Schweiß glänzt auf ihrer Stirn. Ihre Augenlider zittern.

Später liegt er im Dunkeln da. Er kann nicht mehr einschlafen. Immerzu muss er daran denken, was sie zu ihm gesagt hat: *Du weißt so wenig über mich, Ben.*

SECHS

Am nächsten Morgen sagt er all seine Termine ab und nimmt sich frei. Gleich nach dem Frühstück beauftragt er telefonisch einen Schlüsseldienst und fährt mit Annie zu ihrer Wohnung in der Oderberger Straße. Der Schlosser bricht die Tür auf und baut ein neues Schloss ein. Die Rechnung ist eine pure Unverschämtheit, doch Ben bezahlt sie, ohne mit der Wimper zu zucken.

Annie bedankt sich mehrmals für seine Großzügigkeit. Sie holt ein paar Kleidungsstücke aus ihrem Schlafzimmer und packt sie zusammen mit diversen Kosmetikartikeln in eine Tasche.

»Ich bin so weit«, sagt sie nach einer Weile. »Wenn du möchtest, können wir wieder zu dir fahren.«

Er lächelt sie an. »Das freut mich, Annie. Wenn du ... ich meine, sollte es dir recht sein, kannst du auch gerne ganz bei mir einziehen. Ich hätte nichts dagegen, ich fände es sogar sehr schön.«

Sie küsst ihn auf die Wange. »Das ist lieb von dir, Ben. Ich denke darüber nach, okay?«

Er nickt. »Gut.«

Den Albtraum der letzten Nacht scheint sie einigermaßen verkraftet zu haben. Sie wirkt auf ihn erstaunlich gefasst. Zwischenzeitlich ist auch wieder etwas von ihrem funkensprühenden Charme spürbar. Allerdings traut er sich nicht, sie zu fragen, ob ihre Erinnerungen zurückgekehrt sind.

Gemeinsam gehen sie zu seinem Wagen. Er trägt ihre Tasche und verstaut sie im Heckraum.

Sie fahren los. Unterwegs fragt er sie möglichst beiläufig: »Hast du eigentlich einen Hausarzt?«

»Eine Ärztin, ja. Wieso fragst du?«

»Nur um ganz sicherzugehen... willst du dich... ich meine, wenn du dich mal durchchecken lässt... das wäre auch für dich beruhigend, oder? Falls du doch irgendwelche Verletzungen hast.«

»Aber da ist nichts«, entgegnet sie widerwillig. »Das hab ich dir bereits gesagt.«

»Es könnten innere Verletzungen sein.« Er wirft ihr einen Seitenblick zu. »Verzeih, aber dein Zustand gestern war ziemlich besorgniserregend.«

Sie schweigt. Schließlich sagt sie: »Also schön. Wenn du unbedingt willst, kannst du mich zu ihrer Praxis fahren.« Sie nennt ihm die Adresse.

Kurz darauf sitzen sie im überfüllten Wartezimmer. Annie ist gereizt, und er macht sich Vorwürfe, sie mit seinem Vorschlag verstimmt zu haben. Eben noch wirkte sie viel gelassener auf ihn. Zudem scheint es ihr unangenehm zu sein, dass er sie begleitet. Mehrmals schlägt sie ihm vor, doch zu Hause auf sie zu warten, er jedoch hat das dringende Bedürfnis, in ihrer Nähe zu bleiben. Er will ihr beistehen.

Außerdem hat er Sorge, dass sie wieder wegläuft.

»Es wird alles gut, Annie, glaub mir.«

Sie schweigt. Ist er womöglich zu fürsorglich? Schon öfter musste er sich von Frauen den Vorwurf gefallen lassen, er würde in Beziehungen zu sehr klammern und sie mit seiner Zuneigung erdrücken.

Dabei möchte er nur helfen. Und er macht sich wirklich Sorgen. Er grübelt über Kopfverletzungen nach, malt sich die schrecklichsten Szenarien aus. Wenn sich nun herausstellt, dass sie einen Hirntumor hat, der ihr Gedächtnis beeinflusst, womöglich zu einer Wesensveränderung führt? Er hat darüber mal einen erschreckenden Bericht in einer Zeitschrift gelesen. Darin ging es um eine Patientin, die früher ein herzensguter Mensch war, nach ihrer Erkrankung aber ihr persönliches Umfeld und besonders ihren Ehemann tyrannisiert hat. Sie neigte plötzlich zu Zornesausbrüchen und unternahm seltsame nächtliche Ausflüge, an die sie sich hinterher nicht mehr erinnern konnte.

Innerlich ruft er sich zur Ruhe. Spekulationen bringen gar nichts. Ihm bleibt nichts anderes übrig, als abzuwarten.

Endlich wird Annie aufgerufen.

Zwanzig Minuten später steht sie wieder vor ihm. »Gehen wir«, murmelt sie knapp.

Zurück im Auto, fädelt er sich in den Verkehr ein. Sie schweigt beharrlich auf dem Beifahrersitz. Schließlich platzt es aus ihm heraus. »Was hat die Ärztin gesagt?«

»Sie hat meine Reflexe geprüft. Die sind in Ordnung. Sie hat mir Blut abgenommen. Die Laborergebnisse hat sie morgen.«

»Das ist alles?«

»Ich soll mir einen Termin zu einer speziellen Untersuchung geben lassen, zu einer MRT.«

»Das ist so eine große Röhre, in die man geschoben wird, nicht wahr?«

»Ja. Darin soll mein Kopf durchleuchtet werden.« Sie verzieht den Mund. »Bist du nun zufrieden, Ben?«

»Was heißt zufrieden? Es ist ja nur eine Vorsichtsmaßnahme, oder?«

»Ja, das sagte die Ärztin auch.«

»Wie ist ihre Einschätzung? Was meinte sie denn zu deinen Gedächtnisstörungen?« Er sucht ihren Blick, doch sie weicht ihm aus. »Sind sie überhaupt noch akut?«

»Ich fürchte, ja.«

»Und? Was hat sie gesagt?«

»Sie hat mich gefragt, ob ich Drogen nehme. Das konnte ich guten Gewissens verneinen. Sie glaubt übrigens nicht, dass ich überfallen wurde.« In einem kühlen Tonfall fügt sie hinzu: »Sie hat mich entsprechend untersucht. Nichts deutet auf eine Vergewaltigung hin.«

»Das ist doch beruhigend.«

»Natürlich. Alles andere wäre eine Katastrophe.« Erneut verfällt sie in düsteres Schweigen.

Nach einer Weile fragt er zaghaft: »Hat sie irgendeine Vermutung geäußert?«

Annie ruckt zwei-, dreimal mit dem Kopf. Eine irritierende Bewegung wie damals an diesem Montagvormittag, da er ihr gefolgt ist. Als leide sie unter einem nervösen Tick. Was stimmt nur nicht mit ihr?

»Könnte seelische Ursachen haben«, murmelt sie kaum hörbar. »Vielleicht ein Schock.«

»Aber weswegen?«

»Ich weiß es nicht, Ben.« Sie seufzt. »Hör mal, heute Morgen war noch alles gut. Aber jetzt löcherst du mich mit Fragen, und das nervt mich.«

»Entschuldige.«

»Schon gut.«

Ihm gefallen ihre Antworten nicht. Er hat den Verdacht, dass sie ihm etwas verschweigt. Ganz so unbekümmert kann die Hausärztin nicht reagiert haben. Immerhin handelt es sich um eine Amnesie über einen Zeitraum von zwei Wochen.

»Nur eines noch«, sagt er nach einer längeren Pause.
»Was?«
»Ich kenne einen Spezialisten. Er ist ein Mandant von mir. Wir sind per Du, ziemlich vertraut miteinander, beinahe schon befreundet. Ich könnte ihn anrufen und fragen, ob er dir kurzfristig einen Termin einräumt.«
»Was für ein Spezialist?«, fragt sie misstrauisch.
»Er ist Facharzt für Neurologie und Psychiatrie.«
»Ein Psychiater?«
»Annie...«
»Du willst mich zu einem Seelenklempner schicken?«
»Dr. Geiss könnte dir helfen, deine Erinnerungen zurückzugewinnen. Er wendet zum Beispiel Hypnosesitzungen an.«
Sie zieht die Luft ein. Wieder ruckt sie mit dem Kopf. Sie beginnt, an ihrem Daumennagel zu kauen. Es scheint ihr kaum bewusst zu sein. Er will etwas Aufmunterndes zu ihr sagen, doch ihm fällt partout nichts ein.
Ben biegt in das Viertel rund um den Kollwitzplatz ein. Er ist auf der Suche nach einem Parkplatz, doch das ist schwierig in dieser Gegend. Schließlich schert er in eine Lücke ein, die viel zu klein ist. Er muss halb auf dem Bürgersteig parken.
Er schaltet den Motor aus. Sie sitzen schweigend da. Annie macht keine Anstalten auszusteigen.
Vorsichtig legt er die Hand auf ihr Knie. »Möchtest du denn gar nicht wissen, was in den vergangenen vierzehn Tagen mit dir passiert ist?«
Sie drückt seine Hand. Eine versöhnliche Geste, die ihn erleichtert. »Ich habe Angst vor der Wahrheit.«
»Was sollte an der Wahrheit so schrecklich sein?«
Sie schaut ihn ernst an. »Alles, Ben. Jedes verdammte Detail.«

SIEBEN

Dr. Geiss gibt ihnen noch an diesem Abend einen Termin. Seine Praxis befindet sich in einem modernisierten Altbau in der Marienburger Straße. Eichenstabparkett, Stuckverzierungen, bodentiefe Fenster. Blendend weiße Möbel, die auf Hochglanz poliert sind, und verschiedene knallrote Ledersessel. In einem davon sitzt Ben, zusammengesunken und nervös, während Annie im Behandlungszimmer ist. Außer ihnen befindet sich niemand mehr in der Praxis. Es ist bereits nach acht.

Nach einiger Zeit öffnet sich die große Flügeltür, und Annie verlässt mit hängenden Schultern den Besprechungsraum. Ihre Miene ist finster. Hinter ihr taucht Konrad Geiss auf. Er ist hochgewachsen, gertenschlank und glatzköpfig.

»Wir sind fertig«, sagt er mit einem Lächeln.

Ben erhebt sich. »Kann ich dich einen Moment allein sprechen, Konrad?«

»Natürlich.«

»Bitte entschuldige mich«, sagt Ben zu Annie. »Nur fünf Minuten, ja?«

Sie nickt ihm wortlos zu, während er in das Sprechzimmer geht und die Tür hinter sich schließt.

Konrad Geiss weist auf einen Besucherstuhl und setzt sich hinter seinen Schreibtisch.

Ben nimmt ihm gegenüber Platz. »Danke, dass du es so schnell einrichten konntest.«

»Kein Problem.«

»Ist es etwas Ernstes?«

»Kommt darauf an. Ich würde gern einen zweiten Termin mit ihr vereinbaren, um mir ein umfassenderes Bild zu machen. Aber das erzählt sie dir am besten selbst. Sie ist schließlich die Patientin.«

»Heißt das also ... wird sie jetzt ...?«

»Ganz ruhig, Ben. Du wirkst sehr aufgeregt. Wie lange kennt ihr euch eigentlich?«

»Drei Monate.«

»Weißt du etwas von ihren Eltern, ihrer Kindheit?«

»Bisher noch nicht.«

»Hmm.«

Geiss mustert ihn. Sein Blick ist ihm unangenehm. Als würde er gerade sein Innerstes durchleuchten.

Ben räuspert sich. »Wie ist es denn möglich, dass sie keinerlei Erinnerung an die letzten zwei Wochen hat?«

»Das kann viele Gründe haben.«

»Was ist deine Vermutung?«

»Ich will nicht indiskret sein, aber«, er macht eine Pause, »sie wirkt auf mich recht labil. Mal ganz unter uns, da wir Freunde sind – eventuell leidet sie an einer dissoziativen Störung.«

Ben holt Luft. Sein Herzschlag beschleunigt sich. »Was heißt das?«

»Vielleicht hast du das auch schon mal erlebt, dieses Gefühl, weggetreten zu sein oder neben dir zu stehen. Zum Beispiel, wenn du etwas routinemäßig machst wie Autofahren oder wenn du dich stark auf eine Sache konzentrierst. Menschen erleben ihre Gedanken, Gefühle, Sinneseindrücke, Erinnerungen und Handlungen normalerweise als zusammengehörig und als Teil ihrer selbst – doch bei einer Dissoziation sind diese Teile unseres Ichs voneinander getrennt. Angenommen, du hast einen schweren Autounfall erlitten oder einen gewalttätigen Übergriff, dann kann es vorkommen, dass du diese Ereignisse als unwirklich erlebst. Sie kommen dir vor wie ein Traum. Oder aber du kannst dich an die Details nicht mehr erinnern.«

Ben schaut verstohlen zur Tür. Der Umstand, dass Annie nebenan sitzt, gar nicht weit von ihnen entfernt, und sie hier über sie sprechen, ist sicherlich nicht ganz fair. Er fühlt sich schäbig deswegen.

Doch seine Neugier ist größer als jeglicher Skrupel. »Bislang erschien sie mir völlig normal«, sagt er gedämpft. »Sie war stets unbeschwert und fröhlich.«

»Die Symptome sind im Lauf der Zeit unterschiedlich stark«, erwidert Geiss. »Offenbar war deine Freundin großem Stress ausgesetzt. Ihr hattet einen heftigen Streit, sagte sie mir, und der hat sie wohl stark belastet.«

»Ja, und das tut mir sehr leid.«

»Dass jemandem die Erinnerung an bestimmte Zeitabschnitte fehlt, ist eines der Symptome für eine dissoziative Störung. Ist dir zusätzlich ein selbstzerstörerisches Verhalten an ihr aufgefallen?«

»Wie meinst du das?«

»Ritzt sie sich manchmal?«

»Nein.« Er denkt genauer nach. Er kann sich nicht erinnern, jemals Verletzungen auf ihrer Haut bemerkt zu haben. Da waren auch keine Narben. »Nein«, sagt er noch einmal, »sie ritzt sich nicht.« Er ist erschrocken, dass Geiss überhaupt danach fragt.

»Okay, wir müssen das im Einzelnen abklären. Bisher ist es auch nur eine Vermutung. Auf jeden Fall sollte sie wiederkommen. Ich könnte eine Psychotherapie mit ihr anfangen. Aber ich fürchte, sie ist damit nicht einverstanden. Sie machte auf mich keinen besonders kooperativen Eindruck. Das könnte damit zusammenhängen, dass dieser Gesprächstermin eher deine Idee war und für sie nicht ganz freiwillig ablief.«

»Schon möglich, aber ...« Erneut schaut Ben zur Tür. »Es müssen wirklich furchtbare Dinge passiert sein. Vorher war sie ganz anders.«

»Ihr kennt euch noch nicht sehr lange. Menschen haben Geheimnisse. Nach meiner Erfahrung als Psychiater gibt es Eheleute, die schon etliche Jahre zusammenleben und längst nicht alles übereinander wissen. Du solltest dir das nicht zu sehr zu Herzen nehmen. Selbst wenn meine Vermutung stimmt – eine dissoziative Störung kann man behandeln, auch mit Psychopharmaka.«

»Das klingt so verrückt.«

»*Verrückt sein* kommt in meinem Sprachgebrauch nicht vor. Dafür arbeite ich schon zu lange in diesem Beruf.«

»Ich will nur herausfinden, was in den letzten vierzehn Tagen mit ihr geschehen ist.«

»Verständlich, dass dich diese Lücke in ihrem Leben verunsichert. Es kann alles Mögliche passiert sein, nicht wahr?«

Ben rutscht auf seinem Stuhl hin und her. »Was ist mit Hypnose? Du bietest doch entsprechende Sitzungen an. Soweit ich weiß, lässt sich dadurch die Erinnerung zurückholen.«

»Das ist keine Zauberei, Ben. Mal gelingt es, mal nicht. Und wir müssen die ganze Sache langsam angehen. Zunächst einmal muss sie sich dazu äußern, ob sie überhaupt von mir therapiert werden möchte. Und da bin ich mir, wie gesagt, nicht so sicher.«

»Ich werde sie gleich fragen. Wir könnten sofort einen

Termin ausmachen, am besten für eine Hypnosebehandlung, das würde die ganze Sache abkürzen.«

»Warum diese Eile? Setz sie nicht unnötig unter Druck. Lass ihr Zeit. Sie muss selbst entscheiden, wie sie mit ihrer Amnesie umgeht. Man sollte auch zunächst das MRT-Ergebnis abwarten, um organische Ursachen auszuschließen.«

Ben senkt die Stimme, als würde Annie hinter der Tür lauschen. »Wie soll ich ihr vertrauen, wenn ich nicht weiß, was sie getan hat?«

Konrad Geiss lächelt gequält. »Man schickt seine Freundin nicht zu einem Psychologen, nur weil man glaubt, dass sie einen betrogen hat. Das ist dir hoffentlich klar.«

»Natürlich.«

»Gibt es noch etwas anderes, das dich bedrückt?«

»Offen gestanden, ja.«

»Und das wäre?«

Er reibt die Hände aneinander, sucht nach Worten. Schließlich sagt er leise: »Eine Frau hat sie in einem Wald gefunden, völlig verängstigt und unterkühlt, irgendwo in Süddeutschland, und sie weiß nicht, wie sie dort hingekommen ist.«

»Das hat sie mir erzählt.«

»Sie hatte Blut in ihrem Gesicht, aber sie sagte mir, das Blut war nicht von ihr.«

Geiss runzelt die Stirn. »Davon weiß ich nichts.«

»Und dann dieser Traum von den Knochensplittern.«

Er zieht die Augenbrauen hoch. »Knochensplitter?«

Ben nickt. »Ein ganz furchtbarer Albtraum. Sie hat in der Nacht geschrien. Ich konnte sie kaum beruhigen.«

Nach längerem Schweigen lehnt sich Konrad Geiss auf seinem Stuhl zurück und verschränkt die Arme vor der Brust. »Du glaubst, sie ist in ein Verbrechen verwickelt?«

»Ich hoffe nicht, aber... ich werde den Verdacht nicht mehr los.«

»Wäre es nicht eher die Aufgabe der Polizei, das herauszufinden?«

»Natürlich, jedoch... Bitte versteh mich nicht falsch... ich...«

»Du liebst sie.«

Er atmet durch. »Ja.«

»Du steckst in einem Dilemma. Dein Herz will etwas anderes als dein Verstand.«

»So ist es.«

»Sie hielt sich in Süddeutschland auf. Wo genau?«

»In der Nähe von Ulm. Aber sie kann sich an den Namen der Ortschaft nicht mehr erinnern.«

»Kennt sie da jemanden?«

»Angeblich nicht.«

»Wo ist sie aufgewachsen? Wo hat sie ihre Kindheit verbracht?«

»In Berlin, denke ich.« Er atmet aus. »Ich weiß so wenig über sie.«

Geiss lehnt sich vor und stützt die Ellenbogen auf den Tisch. »Dann finde mehr über sie heraus. Und sei nicht so vertrauensselig, Ben. Liebe macht blind, das wissen wir doch alle.«

ACHT

Auf dem Heimweg wirkt Annie bedrückt. Er versucht, sie aufzumuntern, doch es will ihm nicht gelingen. Zurück in seiner Wohnung, bereitet er ein spätes Abendessen zu, Bandnudeln mit Lachs, dazu einen Rucolasalat mit Oliven, Walnüssen und Sonnenblumenkernen. Sie isst nur wenig, nippt schweigend an ihrem Weinglas.

»Was hast du mit diesem Geiss besprochen?«, fragt sie schließlich.

»Nichts. Es war nur Geplänkel.«

»Mach mir nichts vor, Ben, ihr habt über mich geredet.«

»Ich hab ihn ganz beiläufig nach seiner Einschätzung gefragt.«

»Hat er dich vor mir gewarnt?«

»Warum sollte er?«

»Hat er dir gesagt, ich sei eine Verrückte? Dir geraten, mit mir Schluss zu machen?«

»Annie, nichts dergleichen ist wahr. Du bist eine wunderbare Frau.«

»Also hat er es gesagt.«

»Nein. Er ist Arzt, er will nur helfen.«

Sie nimmt nun einen großen Schluck Wein. »Schick mich nie wieder zu einem Psychiater. Das ist demütigend.«

Er nickt betreten. »Ich hab es nur gut gemeint.«

»Ich kann selbst auf mich aufpassen. Ich bin ein erwachsener Mensch.«

»Natürlich.«

Sie steht auf. »Ich muss kurz telefonieren.«

Sie geht ins Nebenzimmer, benutzt den Festnetzanschluss. Ihr Handy ist ja verschwunden.

Er lauscht, doch außer unverständlichem Gemurmel bekommt er nichts mit. Er überlegt, ob er heimlich auf dem zweiten Apparat mithören soll, aber da ist das Gespräch schon beendet.

Sie kommt zurück und setzt sich wieder zu ihm. Ihre Miene ist düster. Sie leert ihr Glas in einem Zug.

»Schlechte Neuigkeiten?«

»Ich hab meinen Job verloren.«

»Das tut mir leid, Annie.«

»Die konnten mich nicht erreichen. Ich bin tagelang nicht zur Arbeit erschienen. War dumm von mir zu glauben, dass sie mir noch eine Chance geben.«

Ben nagt an seiner Unterlippe. »Ich kann dir etwas Geld geben, wenn du möchtest. Bis du was Neues gefunden hast.«

»Das kann ich nicht annehmen.«

»Ich tu es gerne.«

»Es ist mir peinlich.«

»Muss es nicht, Annie.«

Sie sieht ihn an. »Ich hab dich nicht verdient.«

»Sag so etwas nicht.«

»Du hast dir jemand anderes gewünscht.«

»Nein.«

»Ich war nicht aufrichtig zu dir. Mein Datingprofil hat dich in die Irre geführt.«

»Jeder übertreibt auf diesen Webseiten. Auch ich hab Dinge beschönigt.«

»Ich schäme mich.«

»Wofür?«

»Das Schnellrestaurant, in dem ich gearbeitet habe, ist schäbig und schmutzig. In der Küche schimmelt es. Und überall ist Ungeziefer. Der Chef ist ein perverses Dreckschwein und will dem weiblichen Personal an die Wäsche.«

»Dann sei froh, dass du den Job los bist.«

»Aber was soll ich denn jetzt machen? Als ich mit meinem Studium anfing, dachte ich, die Welt steht mir offen. Nun bin ich dreißig und weiß nicht mal, wie ich meine Miete bezahlen soll.«

»Noch immer stehen dir alle Möglichkeiten offen.«

»Ich möchte wieder die Frau sein, die du anfangs kennengelernt hast. Die lebensfrohe Annie Friedmann.«

»Und genau die bist du für mich.« Er nimmt ihre Hand. »Du bist die zauberhafte Annie.«

»Wirklich?«

»Ja. Seitdem ich dich getroffen hab, macht mein Leben Sinn.«

»Ich will dich nicht enttäuschen.«

»Das tust du nicht.«

»Und diese seltsame Reise? Meine Amnesie?«

»Du bist wieder bei mir. Das ist alles, was zählt.«

»Ich hab dich nicht verschreckt?«

»Nein.«

»Wollen wir unseren Streit vergessen?«

»Nichts lieber als das.«

»Ganz egal, wo ich war. Nun bin ich zurück, und es soll so sein wie zuvor.«

»Ich hab verdammtes Glück gehabt, dass ich dir begegnen durfte.«

Sie lächelt ihn an. »Wie lieb von dir, Ben.«

»Du bist umwerfend, Annie, weißt du das?«

Sie umarmt ihn und flüstert ihm ins Ohr. »Hast du spezielle Wünsche? Fantasien, die du schon immer in die Tat umsetzen wolltest?«

Er atmet heftig.

»Erzähl mir davon, Ben. Erzähl mir von deinen geheimen Träumen.«

»Ich...«

»Sag's mir.«

Er ist jäh so erregt, dass ihm leicht schwindlig wird.

»Na los!«

»Alles, Annie. Alles, was *du* willst.«

Sie löst sich ein wenig von ihm. Schaut ihn an. Ein lasziver Lächeln, das ihm den Atem nimmt. Sie fährt sich mit der Zunge über die Lippen. »Soll ich deiner Fantasie ein wenig auf die Sprünge helfen?«

»Ja.«

Ihre Hand gleitet zwischen seine Beine. »Gut.« Sie prüft seine Erregung. »Sehr gut.« Sie steht abrupt auf. »Warte hier auf mich. Ich denke, ich hab eine kleine Überraschung für dich.«

Sie geht ins Schlafzimmer. Er hört, wie sie ihre Tasche auspackt. Sie verschwindet für einige Zeit im Badezimmer. In seinen Ohren rauscht das Blut. Er rührt sich nicht. Wartet. Dann hört er ihre Schritte im Flur.

Plötzlich steht sie in der Tür. Sie wiegt sich leicht in den Hüften. Sie ist stark geschminkt. Sie trägt nichts weiter als schwarze Spitzenunterwäsche, hochhackige Pumps und einen roten Haarreif. Sie hat sich die Halskette umgelegt. Der Rubin schimmert auf dem Ansatz ihrer wunderschönen Brüste.

Sie kommt langsam näher.

Mit einer Handbewegung reißt sie das Geschirr herunter und setzt sich auf den Tisch.

»Komm zu mir, Ben. Ich bin Rotkäppchen. Und du bist der Wolf.«

Verborgen in meinem Kopf ist eine Kammer, gefüllt mit Fotografien von Annie als Kind, Jugendliche und erwachsene Frau. Fühle ich mich einsam, und das ist meistens der Fall, öffne ich mein geheimes Gedächtnisarchiv.

Eines der zahllosen Bilder aus meiner Erinnerung zeigt Annie als zehnjähriges Mädchen. Sie sitzt im Garten. Es hat geregnet. Ich kann den Geruch feuchter Erde wittern.

Sie trägt den roten Regenmantel, den sie über alles liebt, das Haar unter der Kapuze klebt klamm an Stirn und Wangen.

Den gleichen Mantel, ein paar Nummern größer, legt sie sich später als Erwachsene zu, weil er sie an ihre Kindheit erinnert.

Ich habe sie oft in diesem Mantel beobachtet, nicht nur, wenn es regnete.

Der rote Regenmantel ist wie eine zweite Haut für sie.

Annie ist also zehn Jahre alt. Sie hat aus Sand eine Burg gebaut, der Graben ist mit Wasser gefüllt. Eigentlich ist sie zu alt für solche Spiele, doch ihr geht es um die pure Freude am Gestalten. Immerzu ist sie mit etwas beschäftigt, ihre Finger sind beinahe pausenlos in Bewegung. Wenn Annie nichts kreieren kann, ist sie unglücklich. Und diese Burg gerät unter ihren Händen so kunstvoll, dass sie mehr an ein Schloss erinnert. Türme, Fenster und Verzierungen aus Schneckenhäusern und Kieselsteinen, ein Gebäude wie aus einem märchenhaften Traum. Annie summt leise vor sich hin, während sie in der Erde wühlt. Sie buddelt, bastelt, bessert aus, und ich sehe ihr dabei zu.

Sie ist längst im Haus verschwunden, während ich noch immer aus meinem Versteck heraus ihr Kunstwerk bestaune. Erneut setzt der Regen ein, und bald zerfließen die ersten Turmzinnen. Annies Märchenschloss wird allmählich zu Matsch.

Das nächste Erinnerungsbild. Annie ist vierzehn oder fünfzehn. Sie sitzt an ihrem Schreibtisch und hantiert mit einem Schnitzeisen. Ihr Haar fällt ihr in Strähnen ins Gesicht. Völlig in ihre Arbeit vertieft, merkt sie nicht, dass ich sie von draußen beobachte.

Ich bin neugierig, möchte wissen, was ihre Hände formen. Einerseits sehne ich mich nach ihrer Nähe, andererseits muss ich Abstand halten und im Verborgenen operieren. Wenn sie aufsteht und geht, kann ich mich vielleicht in ihr Zimmer schleichen. Doch ich muss vorsichtig sein. Geduldig warte ich den richtigen Zeitpunkt ab.

Es wird Nacht, und ich öffne leise ihre Tür. Sie liegt auf dem Bett und schläft. Sie trägt einen weißen Pyjama mit feinen roten Längsstreifen. Das Mondlicht sickert durchs Fenster herein und erhellt ihr Gesicht.

Ich laure in einer Ecke und nehme Witterung auf. Ich rieche Holz. Holzspäne auf dem Boden, auf dem Tisch, ihre kleinen Schnitzereien sind zu einer Gruppe versammelt. Figuren mit langen Nasen und großen Ohren, sie hat sie bunt angemalt. In der Mitte steht der

Wolf, angeschienen vom Mond. Er hat das Maul aufgesperrt, seine Zähne sind spitz. Sein Schwanz ist hoch aufgereckt.

Annie liebt Wölfe. In einem der Comichefte, die sie regelmäßig verschlingt, gibt es eine Geschichte von einem Mädchen, das in der Gesellschaft von Wölfen lebt. Eines Nachts wird sie von einem aus dem Rudel gebissen. Kurz darauf verwandelt sie sich selbst in einen Wolf.

Es ist meine Lieblingsgeschichte. Wieder und wieder habe ich die Comicbilder angeschaut. Rot sind die Wangen von dem Mädchen, silbrig grau das Fell des Wolfs.

Noch ein Foto aus meinem Gedächtnis. Aufgenommen zu Halloween. Annie ist zur Frau herangewachsen. Sie hat sich als Rotkäppchen verkleidet, doch es ist mehr eine Gothic-Lolita-Version von Rotkäppchen. Zugegeben, diese Aufnahme gehört zu den Favoriten in meiner verborgenen Gehirnkammer. Ich habe einen besonderen Platz für sie ausgewählt, damit ich jederzeit Zugriff auf sie habe.

Annie trägt den roten Regenmantel, ihr Haar unter der Kapuze ist zu Zöpfen geflochten. Außer dem Mantel hat sie nichts weiter an als schwarze Strümpfe, die ihr bis knapp über die Knie reichen, dazu eine dunkle, enge Korsage. Ihr hübscher Busen ist hochgedrückt, ihr Dekolleté atemberaubend. Sie ist grell geschminkt.

Fantastisch sieht sie aus in ihrem Kostüm.

Jahr für Jahr feiert Annie zu Halloween eine Party. Tag für Tag steht sie im Mittelpunkt, ich nicht.

Ich bin die Person, der man auf Festen kaum Beachtung schenkt. Auch auf Fotos sieht man mich nur selten. Mich überdecken die Schatten der anderen. Ich bin das Flimmern im Hintergrund.

NEUN

Annie träumt. Sie steht am Rand einer großen, klaren Quelle. Das Ufer fällt steil ab. Sie blickt in die Tiefe, aus der das Wasser entspringt. Es ist rein und von einem schier magischen Blau, das sich je nach Sonneneinfall verändert. Mal schimmert die Wasseroberfläche türkis, mal in der Farbe des Himmels. Sie changiert zu Weiß, gleicht einer vorüberziehenden Wolke, nimmt für eine Weile das satte Grün der sie umgebenden Bäume an. In einem Moment ist sie eisblau wie ein Gletscher, gleich darauf erinnert sie an die Blautönung des Meers, dann wieder leuchtet sie so intensiv und kostbar wie ein Kristall.

Die Farben, Lichtspiegelungen und leichten Wellenbewegungen üben einen gewaltigen Sog auf Annie aus. Wie ferngesteuert klettert sie über ein Holzgeländer und steigt die Böschung hinab. Sie betrachtet die Schlingpflanzen am Ufergrund, die von der Strömung hin und her bewegt werden. Das schräg einfallende Sonnenlicht lässt sie in einem prächtigen Goldgrün erscheinen.

Sie lauscht dem Rauschen des Wasserfalls in der Nähe, wo die Quelle sich in einen Fluss ergießt. Ihr Blick wandert über das Gewässer an diesem verwunschenen Ort, sie ahnt die Tiefe, und der Sog wird stärker. Es drängt sie einzutauchen in das Blau. Aber sie weiß, es ist gefährlich. Denn die Quelle ist unergründlich. Sie reicht tief ins Erdreich hinab.

Dennoch legt sie ihre Kleider ab. Sie hält den nackten Fuß

ins Wasser. Es ist eisig. Sie watet bis zu den Hüften hinein. Die Kälte nimmt ihr den Atem. Schon verliert sie den Halt unter den Füßen und muss schwimmen. Sie taucht mit dem Kopf unter. Das kalte Quellwasser scheint alles Leben aus ihrem Körper zu ziehen, und doch gleitet sie tiefer und tiefer.

Sie erreicht den felsigen Grund. Ihre Augen sind unter Wasser geöffnet und suchen das Gestein ab. Schließlich entdeckt sie den Eingang zu einem unterseeischen Tunnel. Ohne Angst taucht sie in die schwarze Öffnung. Mit kräftigen Schwimmbewegungen durchquert sie die Finsternis. Mutig schwimmt sie immer weiter. Sie spürt, dass sie bald Luft holen muss. Sie überlegt, ob sie nicht lieber umkehren sollte. Doch dann entdeckt sie einen matten Lichtschein am Ende des Tunnels. Schließlich endet er in einer Höhle, die nicht vollständig vom Wasser überflutet ist. Sie taucht auf und saugt gierig Luft in ihre Lunge.

Sie schaut sich um. Der steinerne Raum, der sie umgibt, ist riesig, er hat die Ausmaße einer Kathedrale. Von der Decke hängen Stalaktiten wie Eiszapfen herab. Am Boden glitzern ganze Beete aus scharfkantigen Kristallen.

Annie lässt sich eine Weile auf dem Rücken treiben. Es ist still in der Felsenkathedrale, andächtig still.

Nachdem sie sich von ihrem ersten Tauchgang erholt hat, gleitet sie wieder in das Blau hinab. Sie passiert unter Wasser den nächsten Tunnel und erreicht an dessen Ende eine weitere Höhle, die noch größer und prächtiger ist. Sie taucht auf, holt Luft und bestaunt die bizarren Tropfsteine über ihr. Sie streckt die Hände nach den imposanten, hell schimmernden Gebilden aus.

Sie taucht von Höhle zu Höhle. Sie spürt die Kälte nicht mehr, und bald ist ihr, als könnte sie unter Wasser atmen.

Annie wird eins mit der Quelle, dem Blau und der Tiefe.

Sie erwacht mit einem Wort auf den Lippen.
»Blautopf.«

Sie setzt sich im Bett auf. Der Traum war so intensiv, dass sie meint, noch immer das kalte Wasser auf ihrer Haut zu spüren.
Und dieses Blau, sie sieht es deutlich vor sich.
Ein magisches, tiefes Blau.
Tropfsteine. Eine Kathedrale unter Wasser. Felsen. Höhlen.
Ihr Puls beschleunigt sich. Sie hat den Anflug einer Erinnerung.
Wie war das Wort?
Was hat sie eben gesagt, als sie aufwachte?
Sie blickt sich im Halbdunkel des Zimmers ums. Ben liegt neben ihr und schläft.
Annie steht leise auf.
Das Wort. Dieses eine Wort. Blau … und …
Denk nach, ermahnt sie sich. Erinnere dich.
In der Küche öffnet sie den Kühlschrank. Sie nimmt eine Wasserflasche heraus und trinkt einen Schluck.
Blautopf. Jetzt hat sie es wieder.
Sie stellt die Flasche zurück und geht ins Wohnzimmer. Auf dem Couchtisch steht der Laptop, den sie aus ihrer Wohnung mitgebracht hat. Sie fährt ihn hoch und öffnet Google Earth.
Die Erdkugel dreht sich. Sie gibt »Blautopf« in die Suchmaske ein. Im Sturzflug nähert sich die virtuelle Kamera des Satelliten einem kleinen Gewässer im Süden Deutschlands. Annie erkundet mit dem Cursor die Gegend. Der Blautopf befindet sich in Blaubeuren.
Sie überlegt, ob ihr der Ortsname etwas sagt. Sie öffnet

Wikipedia und liest den Eintrag darüber. Es ist eine kleine Stadt, unweit von Ulm.

»Annie?«

Sie zuckt leicht zusammen. Ben ist aufgewacht. Er steht in T-Shirt und Boxershorts in der Tür.

Sie gibt ihm ein Handzeichen. Er setzt sich neben sie.

Sie wechselt zu dem Satellitenbild und weist auf den blauen Fleck inmitten von Grün.

»Was ist das?«

»Hier war ich. An dieser Stelle. Ich war am Blautopf. Das ist eine Karstquelle auf der Schwäbischen Alb. Sie ist sehr tief und von einem wunderschönen Blau. Dort befinden sich Unterwasserhöhlen. Nur äußerst geschickte Taucher wagen es, sie zu erkunden. Das gesamte Höhlensystem erstreckt sich über mehrere tausend Meter. Die einzelnen Höhlen sind noch längst nicht alle erforscht. Es gibt eine Sage aus dieser Gegend. ›Die Historie von der schönen Lau.‹ Sie handelt von einem weiblichen Wesen, das dort unten lebt.«

»Woher weißt du das?«

»Aus dem Internet. Außerdem erinnere ich mich vage, dass mir mal jemand davon erzählt hat.«

»Wer?«

»Kann ich nicht sagen. Jedenfalls... ja, ich war da... ich war vor Kurzem am Blautopf.«

»Warum? Was wolltest du dort?«

»Ich weiß nicht, aber... ich bin jetzt sicher, dass mich meine Reise dorthin geführt hat. Ich war fasziniert von dem kristallklaren Wasser, dieser unendlichen Tiefe und dem Blau.«

Ben schaut sie an. »Woran erinnerst du dich noch?«

»Das ist alles.«

»Wie kommst du ausgerechnet jetzt darauf?«

»Ich habe geträumt. In meinem Traum sah ich die Quelle deutlich vor mir. Ich bin aufgewacht und hab überprüft, ob sie wirklich existiert.« Sie weist auf die Einträge im Netz. »Schau, hier. Der Fluss, der dort entspringt, ist die Blau. Der Ort, wo die Quelle sich befindet, heißt Blaubeuren.«

»Hat dich diese Frau dort aufgegriffen?«

»Keine Ahnung. Warte mal.« Sie wechselt wieder zum Satellitenbild und sucht mit dem Cursor die Umgebung ab. Plötzlich hält sie inne. »Da! Dieses Dorf in der Nähe nennt sich Seissen. Nun erinnere ich mich wieder. Das ist die Ortschaft, zu der mich die Frau in ihrem Wagen mitnahm. Hier muss also der Wald sein, in dem sie mich gefunden hat.«

»Aber du weißt nicht, was du in dieser Gegend vorhattest?«

»Leider nein. Allerdings haben wir endlich einen Anhaltspunkt.« Sie blickt ihn an. »Ich war in Blaubeuren. Weiß Gott, warum, aber ich war in dieser Stadt.«

Er steht auf. »Wir müssen dorthin. Am besten gleich morgen früh. Wenn du vor Ort bist, tauchen vielleicht auch weitere Einzelheiten in deinem Gedächtnis auf.«

»Würdest du mich wirklich begleiten?«

»Natürlich, Annie. Wir fahren gemeinsam. Wir holen deine Erinnerung zurück.«

ZEHN

Am Morgen führt Ben einige Telefongespräche. Vorsichtshalber verschiebt er alle Termine auf die nächste Woche. Sie frühstücken, packen ein paar Sachen ein und fahren los.

Er fährt Richtung Berlin-Mitte, biegt hinter der Charité auf die Seestraße und nimmt auf der A100 die Ausfahrt Richtung Magdeburg/Leipzig/Potsdam, hält sich links und folgt auf der A9 der Beschilderung für München/Heilbronn/Nürnberg. Annie ist sehr schweigsam, anfangs versucht Ben, sie in ein Gespräch zu verwickeln, aber sie reagiert nicht, also lässt er es bleiben.

Er stellt leise Chill-out-Musik ein und versucht sich zu entspannen. Doch die diffuse Nervosität, die ihn beschlichen hat, seitdem ihm Annie von dem sagenumwobenen Blautopf erzählt hat, will nicht weichen. Nun erscheint ihm ihre Reise noch rätselhafter als zuvor.

Du glaubst, sie ist in ein Verbrechen verwickelt? hört er Dr. Geiss fragen.

Er schert nach links aus, um einen BMW zu überholen, beschleunigt seinen Audi A4 mit Allradantrieb auf 230 Stundenkilometer. Der Sechszylindermotor schnurrt, und Ben wird in den Klimakomfortsitz gedrückt.

Sei nicht so vertrauensselig, Ben, sagt der Psychiater in Gedanken zu ihm. *Liebe macht blind, das wissen wir doch alle.*

Was zum Teufel ist in Blaubeuren passiert? Warum ist sie dorthin gefahren?

Er wirft ihr einen verstohlenen Seitenblick zu. Über ihrer Stirn hat sich eine Sorgenfalte gebildet. Sie sieht blass und müde aus. Offenbar ist sie nach ihrem nächtlichen Gespräch über den Blautopf nicht mehr eingeschlafen.

Er versucht sich abzulenken, indem er die Bilder des vergangenen Abends vor seinem inneren Auge ablaufen lässt. Annie, die vor ihm ihre schwarze Spitzenunterwäsche abstreift, der Haarreif, ihre Halskette, der dunkelrote Rubin zwischen ihren Brüsten. Doch dann erinnert er sich an ihre merkwürdigen Worte.

Komm zu mir, Ben. Ich bin Rotkäppchen. Und du bist der Wolf.

Und wieder sieht er sich vor dem Psychiater in der Praxis sitzen.

Du liebst sie. Du steckst in einem Dilemma. Dein Herz will etwas anderes als dein Verstand.

»Vorsicht, Ben!«

Er zuckt zusammen. Auf der Überholspur ist er seinem Vordermann zu nahe gekommen. Die Rücklichter eines Mercedes SUV leuchten vor ihm auf, und er muss auf die Bremse steigen.

»Entschuldige«, murmelt er.

»Fahr bitte etwas langsamer, ja?«

»Na klar.«

Er drosselt das Tempo. Gegen Mittag hält er an einer Raststätte. Sie suchen die Waschräume auf. Er fragt Annie, ob sie in der Cafeteria etwas essen möchte. Sie verneint, also fahren sie weiter.

Am Autobahnkreuz Nürnberg-Ost stockt der Verkehr. Sie gelangen auf die A6. Von dort geht es weiter bis zum Kreuz Feuchtwangen/Crailsheim, hier kommen sie nur im Schritttempo voran. Ben isst zwei Müsliriegel und schraubt seine Thermoskanne mit dem Kaffee auf. Er teilt ihn sich mit Annie. Sie ist weiterhin wortkarg und in Gedanken versunken.

Endlich löst sich der Stau auf. Die Oktobersonne steht bereits tief am Himmel, als Ben der Beschilderung auf die A7 folgt. Am Autobahnkreuz Ulm/Elchingen benutzt er den rechten Fahrstreifen, um auf die A8 Richtung Stuttgart zu gelangen. Wieder geht es nur stockend voran, sie sind mitten im Berufsverkehr.

Gegen siebzehn Uhr verlassen sie die Autobahn an der Ausfahrt Ulm-West und fahren auf der Bundesstraße 10 weiter. Nach etwa fünf Kilometern biegt Ben rechts ab und nimmt die B28 nach Blaubeuren.

Sie sind seit etwa sieben Stunden unterwegs, als sie die Ortschaft am Fuß der Schwäbischen Alb erreichen. Sie liegt in einem Tal, die Sonne ist längst hinter den Bergen verschwunden. Ben fährt ein Stück die Hauptverkehrsstraße entlang, bis er einen Parkplatz findet und anhält.

»Da wären wir«, sagt er zu ihr.

»Danke«, erwidert sie. »Es ist lieb von dir, dass du die weite Fahrt auf dich genommen hast.«

»Das mach ich doch gerne für dich.« Er nickt ihr aufmunternd zu, und sie steigen aus.

Zu Fuß erreichen sie die von Straßenlaternen erleuchtete Altstadt. Pittoreske Fachwerkhäuser, offenbar aus dem Spätmittelalter, verwinkelte Gassen, ein Wasserlauf, Brunnen, ein Platz vor einer Kirche, kleine Läden, Cafés – wenn der Anlass nicht so ernst wäre, könnte Ben sich vorstellen, er sei mit Annie zu einem Kurzurlaub hier.

»Erkennst du etwas wieder?«, fragt er.

Sie schüttelt den Kopf. »Nein. Es ist merkwürdig, heute Nacht war ich noch so zuversichtlich. Jetzt bin ich mir nicht einmal sicher, ob wir hier richtig sind.«

Sie gehen ein Stück weiter. Ben entdeckt ein Hinweisschild zum Blautopf, und sie folgen ihm. Als sie am Tor eines mittelalterlichen Klosterhofs vorbeikommen, hat er den Eindruck, als würde Annie leicht erschaudern.

»Hast du dieses Kloster besucht? Scheint eine Sehenswürdigkeit zu sein.«

»Ich weiß nicht. Ich habe Angst.«

»Wovor?«

»Vielleicht täusche ich mich ja, aber seitdem wir angekommen sind, habe ich ein mulmiges Gefühl. Ich glaube, das ist kein guter Ort für mich.«

»Was soll das heißen, kein guter Ort?«

Sie bleibt abrupt stehen und dreht sich um. »Bist du dir sicher, dass uns niemand folgt?«

»Warum sollte uns jemand folgen?«

Sie greift nach seiner Hand. »Versprich mir, dass du bei mir bleibst. Lass mich in dieser Gegend nicht allein.«

Er runzelt die Stirn. Er findet ihr Verhalten überaus merkwürdig. »Weshalb sollte ich dich denn allein lassen, Annie?«

»Versprich es mir einfach.«

»Ja. Versprochen.«

Sie setzen ihren Weg fort. Bald darauf ist das Rauschen eines Wasserfalls zu vernehmen. Schließlich erreichen sie die Quelle am Rand der Altstadt.

Es ist stockdunkel. Nur von dem Scheinwerfer, der die Klosterkirche anstrahlt, fällt etwas Licht herüber. Ben stützt sich auf das Holzgeländer, das den Blautopf umgibt, und starrt auf das schwarze Wasser hinab. Die Quelle scheint die Ausmaße eines größeren Teichs zu haben. Doch viel ist in der Finsternis nicht zu erkennen.

Nichts von einem magischen Blau, schon gar nichts von einem verwunschenen Ort.

Brausend ergießt sich die Quelle in den Fluss. Ben erkennt ein altes Wasserrad vor einem Fachwerkhaus. Plötzlich erklingt die Glocke aus dem Klosterhof, und jäh läuft ihm ein Schauer über den Rücken.

Wenn dies für Annie kein guter Ort ist, durchfährt es ihn, könnte das auch für ihn zutreffen.

Er schlägt ihr vor, die Umgebung lieber bei Tageslicht zu erkunden und zunächst einmal ein Hotel für die Nacht zu suchen.

Annie ist einverstanden. Nachdem sie auf dem Rückweg erneut das Kloster passiert haben, bleibt sie plötzlich vor einem Gebäude stehen. Der übliche Fachwerkstil, kleine Fenster, zwei Spitzdächer, daneben ein Anbau. *Zum Hirsch* steht in altertümlichen Lettern über dem Eingang geschrieben.

»Hier«, sagt sie. »Dieses Haus erkenne ich wieder.«

»Den Gasthof?«

»Ja.«

»Hast du dort übernachtet?«

»Ich denke, ja.«

»Dann lass uns reingehen.«

Sie rührt sich nicht. Nach einer Weile streckt sie die Hand aus und weist auf ein Fenster unterm Dach. »Da oben war mein Zimmer, glaube ich.«

»Deine Erinnerung kehrt zurück. Das ist ein gutes Zeichen, Annie.«

»Meinst du?«

»Natürlich. Wir fragen, ob das Zimmer frei ist. Wir nehmen es für die Nacht.«

»Ich will nicht.«

»Warum nicht?«

Sie beginnt am ganzen Körper zu zittern.

»Annie, was ist los? Was soll schon passieren?«
»Ich hab schreckliche Angst.«
»Du *musst* dich erinnern. Und wenn wir hier übernachten, wird es dir bestimmt leichter fallen.«
Sie zögert.
Er nimmt ihre Hand. »Komm schon.«

Drinnen empfängt sie der typische Wirtshausgeruch von Bierdunst und Frittenfett. Links eine Tür mit Sichtfenster zur Gaststätte, weiter hinten eine schmale Treppe zu den Obergeschossen und ein dunkel getäfelter Rezeptionstresen. An einem altmodischen Bord hängen die Zimmerschlüssel mit tropfenförmigen Anhängern in Goldimitat. Ein burgunderfarbener Stoffvorhang, dahinter offenbar ein weiterer Raum.

Niemand ist zugegen. Ben schaut durch die Scheibe in die Wirtsstube, doch bis auf eine schlafende Gestalt auf einer Eckbank, die Arme vor einem Bierkrug auf dem Tisch verschränkt, darauf den Kopf gebettet, ist das Lokal leer.

Er betätigt die Glocke an der Rezeption. Nach einer Weile taucht ein hagerer Mann in den Fünfzigern hinter dem Vorhang auf, weißes Hemd, grauer Pullunder, randlose Brille, das Haar pomadig zur Seite gescheitelt. Er mustert erst Ben, dann Annie. Ein schmales Lächeln bildet sich auf seinen Lippen.

»Sie wünschen?«
»Wir hätten gern das Zimmer unterm Dach. Ganz rechts.« Ben deutet vage zur Treppe hin. »Ist das noch frei?«
Der Wirt schaut Annie an. Sein Lächeln wird breiter, seine Stimme ist ölig. »Nett, dass die junge Dame mich wieder beehrt.«
Annie verschränkt die Arme vor der Brust. »Sie kennen mich?«

»Aber natürlich. Ihr letzter Aufenthalt liegt doch gerade mal zwei Wochen zurück. Es hat Ihnen bei mir gefallen, nehme ich an?«

Ben schaut fragend zu Annie hin. Ihr Gesichtsausdruck verrät ihm, dass sie sich nicht erinnern kann.

Der Wirt lehnt sich vor und faltet die Hände auf dem Tresen. »Wie lange möchten Sie denn bleiben?«

»Eine Nacht, vielleicht auch länger«, antwortet Ben.

Noch ein vielsagender Blick zu Annie, ein anzügliches Lächeln, und der Wirt nimmt einen Schlüssel vom Bord. »Wo ist Ihr Gepäck?«

»Noch im Wagen. Ich hole es später.«

»Ganz wie Sie wünschen, mein Herr. Sie sind der Gemahl, nehme ich an?«

Ben verzieht keine Miene.

»Aber das geht mich ja nichts an.« Der Wirt kommt hinter dem Tresen hervor. »Bitte sehr, ich führe Sie hinauf.«

Die Treppe ist verwinkelt, die Holzstufen ächzen unter ihren Schritten. Der Flur im zweiten Obergeschoss ist mit einem ausgeblichenen roten Teppich ausgelegt. Ben ist sich sicher, dass sie die einzigen Gäste sind, sämtliche Schlüssel hingen unten am Bord.

Der Wirt öffnet die Tür mit der Nummer 22, tritt ein und schaltet das Licht an. Sie folgen ihm und schauen sich zweifelnd um. Das Zimmer ist eng und muffig, nikotingelbe Gardinen, eine Biedermeiertapete mit streng vertikaler Gliederung, die bei längerem Hinsehen vor den Augen zu flimmern beginnt. Das Doppelbett ist schmal, die Matratze scheint durchzuhängen. Das ehemals wohl weiße Bettzeug hat eine leichte Graufärbung. Das Bad ist winzig, eine Dusche mit Plastikvorhang, ein Waschbecken mit Sprung in der Emaille, der Spiegel an der Wand ist an manchen Stellen blind.

Der Wirt händigt Ben den Schlüssel aus und deutet eine Verbeugung an. »Frühstück von sechs bis neun. Ich wünsche einen angenehmen Aufenthalt.«

Ein letztes schmieriges Lächeln in Annies Richtung, dann verlässt er das Zimmer und schließt hinter sich die Tür.

Warum ausgerechnet hier?, fragt sich Ben fassungslos. Konnte sich denn Annie nichts Besseres leisten?

»Wir können auch in ein Hotel gehen«, sagt sie zaghaft, als habe sie seine Gedanken gelesen.

»Nein, schon gut. Ich hole das Gepäck«, erwidert er knapp.

Er eilt nach draußen und atmet tief durch. Er braucht einige Zeit, bis er zu dem Parkplatz zurückgefunden hat, wo sein Audi steht. Er steigt ein, startet den Motor und fährt los. Er kurvt durch die schmalen Gassen und hält schließlich vor dem Gasthof.

Der Wirt scheint auf ihn gewartet zu haben. Ben, seine Tasche geschultert und Annies kleinen Rollkoffer hinter sich herziehend, baut sich vor ihm an der Rezeption auf.

»War sie mit jemandem hier?«, fragt er düster.

Keine Antwort. Nur dieses Lächeln, das ihm ganz und gar nicht gefällt.

»Sie war also nicht allein?«

Der Mann fährt mit einer Hand durch sein pomadiges Haar und hebt das Kinn. »Hören Sie, die Aufgabe eines Gastwirts ist es doch, diskret zu sein. Man hört viel, sieht viel, aber man schweigt zu allem.«

Ben stellt den Koffer ab und zückt sein Portemonnaie. Er nimmt einen Geldschein heraus, faltet ihn zusammen und schiebt ihn über den Tresen. »Mit wem war sie hier?«

Der Wirt nimmt das Geld, seine Zähne blitzen auf. »Sie blieb eine Nacht, und zwar solo. Ein paar Tage später jedoch sah ich sie auf dem Klosterhof in Begleitung eines Mannes.

Sie gingen Hand in Hand spazieren.« Er räuspert sich. »Und sie haben sich geküsst.«

Ben spürt, wie Hitze in ihm aufwallt.

Der Wirt neigt den Kopf und schneidet eine mitfühlende Grimasse. »Ich verstehe Ihren Schmerz. Schöne Frauen bleiben nicht lange allein. Man muss höllisch auf sie aufpassen. Ich spreche aus eigener Erfahrung, müssen Sie wissen.«

Wortlos nimmt Ben das Gepäck und steigt die Treppe hinauf.

Zurück in Zimmer 22, setzt er sich aufs Bett und vergräbt die Hände im Gesicht. Annie scheint unter der Dusche zu sein. Die Tür zum Bad ist geschlossen, das Wasser rauscht.

Kurze Zeit später werden die Hähne abgedreht. Stille. Schließlich kommt sie heraus, nur in ein großes Handtuch gehüllt.

Ben blickt auf. »Wer ist der Mann, mit dem du dich getroffen hast?«

Annie verzieht das Gesicht, als habe er sie geohrfeigt. »Ich war mit niemandem hier.«

Er steht auf. »Lüg mich nicht an!«

Sie krümmt die Schultern. »Ben, ich ...«

Seine Kiefermuskeln verkrampfen sich. »Ich fahre zurück, noch heute Nacht.«

»Ich verstehe nicht. Was ist denn auf einmal in dich gefahren?«

»Der Wirt hat dich zusammen mit einem Mann gesehen. Ich denke, deine Reise hatte einen ganz einfachen Grund: Du führst ein Doppelleben. Ein Liebhaber in Blaubeuren und einer in Berlin. Und ich Idiot begleite dich auch noch.«

»Das muss ein Irrtum sein.«

»Ach ja? Hand in Hand auf dem Klosterhof? Ein Kuss? Wann willst du dich endlich erinnern?«

»Ich weiß nicht, wovon du sprichst.«

»Der Kerl an der Rezeption hat alles beobachtet.«

»Er scheint mich verwechselt zu haben.«

Er schnappt nach Luft. »Ich hätte auf den Psychiater hören sollen. Ja, Annie, Dr. Geiss hat mich gewarnt. Du tickst nicht richtig.«

Er nimmt seine Tasche und will zur Tür. Annie stellt sich ihm in den Weg

»Ben. Ich weiß doch selbst nicht, was mit mir passiert ist. Bitte hilf mir. Das Blut. Die Nacht im Wald. Ich glaube, jemand wollte mich umbringen.«

»Dann solltest du zur Polizei gehen.«

»Vielleicht mache ich das auch, aber du musst mir helfen.« Sie wirft sich ihm an den Hals. »Bleib bei mir, verlass mich jetzt nicht!«

Er schließt für einen Moment die Augen. Wieder und wieder schimpft er sich einen Idioten. Dann lässt er die Tasche fallen. »Diese eine Nacht noch. Morgen früh fahre ich heim.«

ELF

Nachts findet Annie keine Ruhe. Das Abendessen, das sie mit Ben in der Gaststätte zu sich genommen hat, ist ihr nicht bekommen. Das Schweinegeschnetzelte, das ihnen der Wirt empfahl, war zäh, die Soße fettig, und Ben war so verstimmt und schweigsam, dass sich ihr Magen schon verkrampfte, bevor ihnen die Mahlzeit serviert wurde.

Sie grübelt bis zum Morgengrauen darüber nach, mit wem sie auf dem Klosterhof gesehen worden sein könnte, aber ihre Erinnerung bleibt lückenhaft. Ja, sie hat in diesem Zimmer übernachtet, aber sie war allein, dessen ist sie sich sicher. Je länger sie darüber nachdenkt, desto unruhiger wird sie. Zuweilen beschleicht sie der Verdacht, der Ort Blaubeuren könnte eine sehr viel größere Bedeutung für sie haben, als sie es sich eingestehen möchte. Ist sie nicht sogar schon früher einmal hier gewesen? Jahre vor ihrer merkwürdigen Reise? Da ist der Hauch einer Ahnung, in dieser Gegend etwas Einschneidendes erlebt zu haben. Doch sogleich überfällt sie große Angst, und sie spürt, wie starke Kräfte in ihrem Innern gegen die aufflackernden Erinnerungsbilder ankämpfen, und ehe sie greifbar werden, sind sie verblasst.

Endlich schläft sie ein. Sie träumt, dass sie auf einem Haflinger ausreitet. Sie schmiegt sich an seinen warmen, duftenden Rücken, er trägt sie im gestreckten Galopp. Sie genießt seine geballte Kraft unter sich. Die Landschaft fliegt an ihr vorbei, und sie flüstert ihm zu: »Gut, Sultan, so ist es gut.«

Immer schneller preschen sie voran. Und sie richtet sich auf, der Wind wirbelt durch ihr Haar. Sie lacht, sie gibt dem Pferd die Sporen, sie kann ihm ganz vertrauen. Sein fuchsfarbenes Fell glänzt vor Schweiß, sie hört seinen schnaufenden Atem. Sie fährt mit der Hand durch seine helle Mähne, und sie ruft: »Lauf, Sultan, lauf!«

Plötzlich wird die Umgebung felsiger. Ihr Blick fällt hinab ins tiefe Tal. Sie hat Angst vor dem Abgrund, und der Weg wird immer schmaler und steiniger. Sie versucht, das Pferd zu bändigen, doch im waghalsigen Tempo bricht es durch. Sie verliert die Kontrolle, die Zügel entgleiten ihr.

»Ruhig, Sultan«, ruft sie, doch das Pferd stürmt weiter im rasenden Galopp über den steinigen Pfad, vorbei an Felskanten, dicht am Hang, und Annie hat Mühe, sich auf seinem Rücken zu halten.

Jäh endet der Weg am Abgrund, und das Pferd scheut. Annie wird nach hinten geschleudert, da gleiten die Hufe über den Rand, und Sultan stürzt mit ihr in die Tiefe.

Sie sind im freien Fall, das Pferd wiehert. Es klingt, als würde ein Mensch schreien. Und je tiefer sie stürzen, desto gellender ist der Schrei.

Bis sie merkt, dass es ihr eigener ist.

Sie schreckt hoch. Sie ist schweißgebadet. Ihr Herz schlägt heftig.

Annie schaut sich um. Die andere Bettseite ist leer. Bens Tasche ist fort.

Er ist abgereist.

An einem Tisch in der Gaststube steht das Frühstück für sie bereit. Ein Korb mit Brötchen, ein Teller mit Wurst- und Käseaufschnitt, Butter und Marmelade in kleinen Portionspackungen.

Der Wirt kommt zu ihr und fragt sie, was sie trinken möchte. Sie bestellt Kaffee. Er holt eine Thermoskanne aus der Küche und schenkt ihr ein.

»Ihr Mann ist in aller Herrgottsfrühe aufgebrochen. Die Rechnung für eine Nacht hat er bereits bezahlt.«

»Er ist nicht mein Mann.«

Der Wirt hebt die Augenbrauen. »Oh, ich bitte vielmals um Entschuldigung.« Er setzt ein falsches Lächeln auf. »Möchten *Sie* denn noch bleiben? Allein?«

Sie schüttelt den Kopf. »Nein. Aber wäre es vielleicht möglich, mein Gepäck bei Ihnen unterzustellen?«

»Selbstverständlich.«

»Danke.«

Er zieht sich in die Küche zurück. Gelegentlich wirft er ihr an der Durchreiche neugierige Blicke zu, die sie zu ignorieren versucht.

Beinahe widerwillig schneidet sie eines der Brötchen auf, bestreicht es mit Butter, belegt es mit Käse und beginnt zu essen. Das Brötchen ist pappig, der Käse völlig ohne Geschmack. Sie trinkt einen Schluck Kaffee und geht rasch wieder nach oben. Sie packt ihre Sachen zusammen. Sie ist fest entschlossen, vor Ort zu bleiben, um herauszufinden, was in den vergangenen zwei Wochen mit ihr geschehen ist.

Zunächst einmal will sie die Gegend erkunden und sich danach eine bessere Unterkunft suchen. Ben hat ihr ein wenig Bargeld vorgestreckt, damit müsste sie auskommen. Ihre verloren gegangene EC-Karte hat sie noch vor der gestrigen Abreise sperren lassen.

Außerdem hat sie sich in Berlin als Ersatz ein Prepaidhandy besorgt. Ben kennt ihre neue Nummer, und sie hat seine darauf gespeichert. Versuchshalber schaltet sie das

Telefon ein, um nachzuschauen, ob er ihr vielleicht von unterwegs eine Nachricht geschickt hat.

Aber da ist keine.

Sie schreibt ihm eine SMS:

Es tut mir schrecklich leid, Ben. Man muss mich verwechselt haben. Ich will wieder die Annie sein, die dich glücklich macht. Bitte melde dich.
PS: Ich bleibe noch eine Weile hier, um Klärung zu finden.

Sie drückt auf »Senden«, danach macht sie sich im Badezimmer zurecht.

Sie malt sich vor dem halb blinden Spiegel im Bad die Lippen an, tuscht sich die Wimpern und trägt Rouge auf die Wangen auf. Sie prüft den Sitz ihrer Frisur, zieht ihre Jacke über und ist bereit, den Gasthof zu verlassen.

Sie stellt ihren Rollkoffer hinter der Rezeption ab und tritt hinaus ins Freie.

Bei Tageslicht erscheint die Karstquelle in einem betörenden Türkisblau. Staunend umrundet Annie den trichterförmigen Quelltopf auf dem eigens dafür angelegten Uferweg. Das Gewässer hat einen Durchmesser von ungefähr vierzig Metern. Ein paar Enten schwimmen darauf, die Grünpflanzen am steil abfallenden Trichterrand bewegen sich in der Strömung. Annie bleibt stehen. Angeregt versucht sie, mit Blicken die Tiefe auszuloten. Doch der Grund ist nicht zu erkennen.

Das Blau wechselt, je nach Lichteinfall ist es mal dunkler, mal heller. Zuweilen spiegeln sich die Bäume von dem am Rand des Blautopfs aufragenden Berghang auf der Wasseroberfläche. So zerfließt die Farbe mehr ins Grünliche, danach changiert sie zu einem klaren Meerblau, um gleich darauf eine strahlende Himmelstönung anzunehmen.

Fasziniert stellt sie sich die unterseeischen Höhlen vor. Von einer Schautafel, die sie studiert hat, weiß sie, dass sich der Einstieg zu dem weitverzweigten Höhlensystem in einundzwanzig Metern Tiefe befindet. Sie lehnt sich immer weiter über das Geländer. Der Text auf der Hinweistafel lehrt sie auch, dass die ersten tausendzweihundert Meter der sogenannten Blauhöhle noch wassergefüllt sind. Die riesige Halle dahinter aber, die Forscher vor ein paar Jahren entdeckt haben, ist trocken. Sie nennen sie die *Apokalypse*. Sie ist hundertsiebzig Meter lang, fünfzig Meter breit und fünfzig Meter hoch.

Zu gern würde Annie die *Apokalypse*, diesen gigantischen Trockenraum unter dem Wasser, erkunden. In diesem Moment erscheint ihr die Quelle in einem so magisch mineralischen Blau, und der Sog wird so stark, dass es ihr schwerfällt, dem Drang zu widerstehen, sich kopfüber in sie hineinzustürzen.

Erst nach einiger Zeit kann sie sich von dem Anblick losreißen. Sie betrachtet das Rad des alten Hammerwerks, das durch das Wasser des Blautopfs betrieben wird, bewundert die steinerne Skulptur am Uferweg, die die schöne Lau aus der gleichnamigen Sage darstellen soll. Ihr Blick gleitet über den kleinen Wasserfall, wo sich die Quelle in den Fluss ergießt, und wandert hinüber zum Turm der Klosterkirche.

Unablässig muss sie sich fragen, aus welchem Grund sie hier war. Was war der Zweck ihrer Reise? Warum fuhr sie ausgerechnet nach Blaubeuren, nachdem Ben sie als Lügnerin beschimpft hatte?

Sie kann es sich schlichtweg nicht erklären, und das ängstigt sie. Nachdenklich geht sie zurück in die Altstadt.

Nachdem sie eine Weile durch die Straßen geirrt ist, fällt ihr am Ortsrand ein Schild auf. Es weist einen Wanderweg zum *Felsenlabyrinth* aus.

Sie bleibt stehen. Felsenlabyrinth. Das Wort sagt ihr etwas. Offenbar war sie schon mal dort. Ihr Puls beschleunigt sich. Sie beginnt zu schwitzen. Ein Gefühl der Beklommenheit überkommt sie. Am liebsten würde sie umkehren, aber sie muss sich ihrer Angst stellen, sonst findet sie nie heraus, was ihr in dieser Gegend zugestoßen ist.

Sie folgt dem Wegweiser und steigt eine Treppe am Hang hinauf. Nachdem sie ein paar Einfamilienhäuser passiert hat, gelangt sie zu einem Tunnel, der unter der Bundesstraße hindurchführt. Ein Schriftzug prangt am Eingang, in roter Farbe aufgesprüht liest sie:

HÖLLE

Sie gibt sich einen Ruck und betritt die Unterführung, wird von der Dunkelheit verschluckt und vernimmt den unheimlichen Widerhall ihrer Schritte. Das Gemäuer dünstet Feuchtigkeit aus, es riecht beißend nach Urin. Erst als sie die andere Seite erreicht hat, fällt ihr das Atmen leichter.

Der Weg führt weg von der Straße, verjüngt sich im dichten Mischwald zu einem Pfad und schlängelt sich steil einen Berg hinauf. Annie folgt den Markierungen an den Baumstämmen. Das herabgewehte Laub, noch feucht vom Morgentau, sorgt für einen glitschigen Untergrund. Zuweilen rutscht sie aus und sucht Halt an scharfkantigem Felsgestein. Riesige Netze aus Stahlseilen sind über den Hang gespannt, um Steinschläge zu verhindern.

Ein starker Wind zieht auf. Über ihr bewegt sich das Geäst der Bäume. Einmal fällt ihr Blick in den Abgrund. Die Straße unten im Tal ist auf einmal so klein, die vorbeirauschenden Autos sind winzig wie Spielzeug. Ihr wird leicht schwindlig, und rasch konzentriert sie sich wieder auf den mühseligen Aufstieg.

Endlich erreicht sie eine Anhöhe. Sie verschnauft, gönnt sich eine kurze Pause und blickt sich um. Wacholderbüsche, vom Wind zerzaust, eine heideähnliche Landschaft, ein verkrüppelter Baum, der aussieht wie ein Greis mit ausgestreckten Armen. Es wird immer stürmischer. Sie fröstelt, schlägt den Kragen ihrer Jacke hoch.

Sie zwingt sich weiterzugehen. Am Stamm einer Kiefer erkennt sie die Wegmarkierung wieder, die zum Felsenlabyrinth weist. Sie durchquert die Wacholderheide, stößt auf eine weitere Markierung und folgt dem Pfad, der auf der anderen Seite der Anhöhe steil bergab führt. Nach einer Biegung windet er sich am Hang entlang.

Schließlich schlängelt er sich an verschiedenen Felsformationen vorbei. Annie ahnt, dass sie nun am Ziel ist. Sie befindet sich in einem Labyrinth aus Felsen.

Manche von ihnen erinnern an riesige Tiergestalten, die sich gegenseitig belauern. Andere haben Höhlen, die zum Teil mit Gitterstäben versperrt sind, offenbar um allzu neugierige Wanderer fernzuhalten.

Plötzlich ragt neben Annie ein mächtiges Steingebilde auf, das wie ein überdimensionaler Totenkopf aussieht. Zwei Öffnungen im Felsen bilden die ausgehöhlten Augen, ein schwarzer Hohlraum darunter die wie zu einem Schrei aufgerissene Mundhöhle.

Eine kräftige Windböe stößt in die Höhlen hinein, und mit einem Mal erscheint es ihr, als würde der Totenschädel aufheulen. Ein lautes Jammern, ein Wehklagen, verursacht durch den aufbrausenden Sturm.

Sie fährt zusammen. Jäh tauchen Erinnerungsbilder vor ihr auf. Es ist Nacht, das Feuer zahlreicher Fackeln wirft zuckende Schatten. Eine Horde junger Leute am Fuße des Totenkopffelsens. Gelächter. Eine Schnapsflasche wird herumgereicht. Ihr ist schlecht. Sie taumelt. Die Gestalten um sie herum sind maskiert. Sie tragen eigenartige Gewänder. Ihre Horrorfratzen nähern sich ihr, und sie weicht erschrocken vor ihnen zurück. Sie friert. Ihre Zähne schlagen aufeinander. »Trink noch einen Schluck, dann wird dir wärmer«, sagt jemand zu ihr.

Annie schüttelt sich. Schon sind die Bilder fort. Ein Flashback, so heftig und unerwartet wie ein Stromschlag.

Sie eilt weiter, stolpert, schlägt sich das Knie an. Unter Schmerzen rappelt sie sich auf und hastet den schmalen Weg am Rand des Abgrunds entlang.

Schließlich führt der Pfad wieder nach oben, und einige Zeit später endet er auf einer weiteren Anhöhe. Sie versucht, sich zu orientieren. Wiesen, ein brachliegendes Feld. Weiter rechts das nächste Waldstück. Buntes Herbstlaub, aufgewirbelt vom Wind. Sie steuert auf den Wald zu. Wenn sie sich nicht täuscht, müsste sie in dieser Richtung zurück nach Blaubeuren kommen.

Unterwegs zückt sie ihr Prepaidhandy. Sie hat das dringende Bedürfnis, mit Ben zu sprechen. Sie hofft inständig, dass sie ihn erreichen kann.

Sie stellt sich mit dem Rücken zum Wind und wählt die gespeicherte Nummer, doch es meldet sich nur die Mailbox.

»Ben«, sagt sie nach dem Signalton, »ich weiß nicht, ob du mittlerweile meine SMS gelesen hast. Du bist wahrscheinlich längst auf dem Rückweg nach Berlin, aber ich wollte dir noch einmal sagen, wie leid mir alles tut. Der Mann aus dem Gasthof muss mich ganz sicher verwechselt haben.« Sie holt tief

Luft. »Ich erkunde gerade die Gegend um Blaubeuren. Ich konnte ein paar Felsen wiedererkennen. Vermutlich sind hier Dinge passiert, die ich verdrängt habe. Weißt du, schon als Kind hatte ich manchmal merkwürdige Zustände, als würde ich neben mir stehen und alles, was mit mir passiert, bloß unbeteiligt beobachten. Ich war dann nicht ganz ich selbst. Es fällt mir schwer, darüber zu sprechen, aber.... glaub mir, ich hatte noch nie so viel Vertrauen zu einem Menschen wie zu dir. Darum will ich dir alles über mich erzählen. Alles, woran ich mich erinnern kann.« Abermals holt sie Luft. »Komm zurück, Ben. Gib mich jetzt nicht auf.«

Sie drückt die rote Taste und geht weiter.

Kurz darauf erreicht sie den Waldrand.

Einige Meter vom Weg entfernt, halb verborgen hinter einer großen Eiche mit weitverzweigten Ästen, erkennt sie plötzlich ein Haus.

Abrupt hält sie inne und betrachtet die dunkelroten Fensterläden. Sie kommen ihr vage bekannt vor.

Nach einer Weile öffnet Annie wie ferngesteuert das verrostete Gartentor und lenkt ihre Schritte auf das Haus zu.

ZWÖLF

Es ist ein altes Bauernhaus, zweistöckig, weiß getüncht. Die rote Farbe der Fensterläden ist zum Teil abgeblättert. Ein windschiefes Dach mit spitzem Giebel, moosübersät. Am Schornstein fehlen ein paar Ziegel. Neben der Eingangstür steht eine verwitterte Holzbank. Knöterich wuchert wild an der Fassade entlang.

Annies Schritte knirschen auf dem Kiesweg, als sie sich dem Haus langsam nähert. Ein messingfarbener Klingelknopf neben der Eingangstür, kein Namensschild. Sie schirmt die Augen mit den Händen ab, presst die Stirn gegen eine der Fensterscheiben und späht ins Innere hinein.

Ihr Blick fällt auf dunkle Holzböden. Sie erkennt einen mit einem Tuch abgedeckten Sessel, einen niedrigen Tisch mit verschiedenen Kerzenleuchtern darauf. Auf einer Kommode sind mehrere zerlesene Bücher aufgereiht. In einer Keramikschale liegen drei Tannenzapfen, etwas, das wie ein Fetzen Schlangenhaut aussieht, und das Gehäuse einer Schnecke. Am Boden steht eine große Vase mit einem eingestaubten Trockenstrauß darin.

Annie wendet sich der Seitenfront des Hauses zu. Der Kiesweg führt an einem verknöcherten Rosenstock vorbei. Sie passiert einen Schuppen, der an die Rückseite des Hauses angebaut ist, und gelangt in den Garten. Ein paar Obstbäume, einige mit Unkraut übersäte Blumenbeete.

Jemand hat vor Kurzem Laub geharkt. Auch der Rasen ist

frisch gemäht, ansonsten macht der Garten einen verwilderten Eindruck. An einem alten Apfelbaum mit mächtigem Stamm ist eine Schaukel befestigt, die sachte im Wind taumelt. Annie geht darauf zu und setzt sich. Wie sehr hat sie sich als Kind so einen großen schönen Obstgarten mit einer Schaukel gewünscht. Sie holt Schwung. Der Ast knarrt, während sie sich hin und her bewegt.

Sie denkt an den verschmutzten Spielplatz inmitten der Wohnsiedlung, in der sie aufgewachsen ist. An die rostige Eisenschaukel, an der sich die großen Jungs getroffen haben, um zu rauchen. Nie ist sie auch nur in die Nähe eines blühenden Gartens gekommen. Niemals durfte sie in ihrer Kindheit etwas Schönes erleben. Sie muss an die abgekauten Nägel ihrer Mutter denken, an ihr fettiges Haar, die bleiche Haut. Den Geruch von Kohleintopf in der winzigen Sozialbauwohnung. Sie sieht die Tablettenblister auf dem Nachttisch ihrer Mutter, ihre Medikamente gegen Trauer und Mutlosigkeit. Das überheizte muffige Schlafzimmer, das sie tagelang nicht verließ. Wenn Annie aus der Schule heimkam, trug die Mutter noch immer das Nachthemd mit den Kaffeeflecken darauf.

Seitdem Annies Vater sie verlassen hatte, sah sie aus wie ein Gespenst. Als Zwölfjährige musste Annie sie davon überzeugen, dass es notwendig war, sich täglich zu duschen, die Wäsche zu wechseln und gelegentlich das Haus zu verlassen, auch wenn man keine Arbeit hatte.

Sie war für das Wohl ihrer Mutter zuständig. Sie kaufte ein, putzte und kochte. Wenn es nach ihrer Mutter gegangen wäre, hätten sie sich wochenlang von Eintöpfen und Fertiggerichten ernährt.

Um sich über ihre triste Umgebung hinwegzutrösten, neigte Annie als Kind zu Tagträumereien. Sie streckte sich auf dem Teppichboden ihres Zimmers aus, schloss die Augen und unternahm Fantasiereisen. Sie hatte einen Begleiter, einen treuen Freund. Das war ihr wunderschöner Haflinger, auf dem sie täglich ausreiten konnte. In ihrer Vorstellungswelt hatte sie ein Haus mit einem Pferdestall im Hof, einen Garten und eine Schaukel. Sie malte sich aus, wie es wäre, eine andere Mutter und einen anderen Vater zu haben. Sie gab den beiden Namen, richtete ein Zimmer für sie ein. Ihr Vater war bärtig und trug schöne Anzüge, ihre Mutter hatte gepflegtes Haar und einen großen Schrank, gefüllt mit prachtvollen Kleidern. Sie veranstaltete Gartenfeste für ihre neuen Eltern, die sich bei ihr mit Überraschungspartys revanchierten.

Annie verbrachte viel Zeit in ihrer eigenen Welt. Hier war sie beliebt und hatte viele Freundinnen, die sie um ihr Pferd beneideten.

Die Wirklichkeit war enttäuschender und hielt nicht viele Freunde für sie bereit.

Einmal kam sie nach Hause und fand ihre Mutter in ihrem Erbrochenen vor. Sie hatte versucht, sich mit den Tabletten das Leben zu nehmen.

Doch nicht einmal das war ihr geglückt.

Annie schwingt sich auf der Schaukel höher und höher. Ihre Blicke lässt sie durch die endlose Weite des Himmels schweifen. Ein Schwarm Zugvögel gleitet in Formation über sie hinweg. Sie stellt sich vor, wie es wäre, in ihrer Mitte zu sein, gemeinsam mit ihnen nach Süden zu fliegen, frei und losgelöst. Sie registriert den Wetterhahn auf dem Dach des Bauernhauses, bis sie plötzlich an einem der Fenster im oberen Stockwerk eine schemenhafte Gestalt ausmacht.

Sofort verlangsamt sie ihre Bewegungen. Da oben ist jemand. Eine junge Frau. Sie schaut zu ihr herab.

Annie springt von der Schaukel.

Sie will wegrennen. Sie darf nicht hier sein. Es ist verboten, sich in die Gärten fremder Häuser zu schleichen.

Doch sie bleibt wie angewurzelt stehen. Das Aussehen der Frau ändert sich schlagartig, verschwimmt vor ihren Augen, bis sie bemerkt, dass es sich bloß um eine Lichtspiegelung in der Fensterscheibe handelt.

Es war eine Täuschung. Sie atmet auf.

Sie muss vorsichtiger sein. Sie könnte Ärger mit der Polizei bekommen, wenn man sie hier erwischt.

Annie durchstreift den weitläufigen Garten. Hinter den Obstbäumen entdeckt sie ein weiteres Gebäude. Es ist eine Scheune mit einem großen Holztor. Ihr Herz schlägt höher.

Ich war schon mal hier. Ich war in dieser Scheune.

Sie versucht, sich zu erinnern, wann das gewesen ist, doch schon wird sie von Angst überwältigt. Beklommen wendet sie sich ab. Mit eiligen Schritten geht sie zurück.

Sie erreicht den Vorgarten. Plötzlich ruft jemand ihren Namen.

Sie zuckt zusammen.

»Annie!«, ruft derjenige noch einmal.

Sie ist so überrascht, dass sie für einen Moment zu atmen vergisst. Gehetzt schaut sie sich um.

Ein Mann steht am Rand des Wanderwegs. Er lächelt sie an.

Wer ist das?

Erfreut eilt er auf die Gartentür zu und öffnet sie. Er nähert sich ihr und breitet die Arme aus. Instinktiv weicht sie ein Stück vor ihm zurück.

»Da bist du ja endlich, Annie. Ich hab dich vermisst. Wo warst du nur so lange?«

Sie weicht einen weiteren Schritt zurück. Sie kennt diesen Mann nicht.

Er lässt die Arme sinken. »Erkennst du mich denn nicht mehr? Ich bin es, Finn.«

Sie verzieht das Gesicht. Der Name sagt ihr nichts.

Ein attraktiver Mann um die vierzig. Dunkles Haar. Großgewachsen. Ebenmäßige Züge, geschwungene Wimpern, braune Augen. Er trägt einen Mantel mit Fellkragen und edle Lederhandschuhe.

»Finn Morgenroth.«

Sie kann sich nicht rühren, ist wie erstarrt.

»Du hast auf meine Anrufe nicht reagiert. Du warst einfach weg.«

Sie schluckt.

»Ich bin so froh, dass du wieder da bist.«

Sie schaut ihn ratlos an.

»Bist du gerade erst angekommen?«

Wer ist dieser Mann? Sie kann sich nicht an ihn erinnern.

»Annie?«, fragt er verblüfft. »Was ist los mit dir?«

Was soll sie nur tun? Vor ihm weglaufen? Oder bleiben und sich verstellen, um mehr herauszufinden?

»Nichts, ich...«, entgegnet sie vage. »Hab mich nur erschrocken. Ich war ganz in Gedanken.«

»Was ist passiert? Warum hast du mich nicht angerufen?«

Sie hebt die Schultern.

»Jeden Tag ging ich zu deinem Haus, in der Hoffnung, dich wiederzusehen.«

»Zu meinem Haus?«

»Ja.«

»Wo denn?«

»Machst du Witze?«

Sie mustert ihn verwirrt.

Er weist auf die Eingangstür in ihrem Rücken. »Das ist doch dein Haus.«

Erschrocken dreht sie sich zu den blutroten Fensterläden um.

Seine Stimme ist schmeichelnd, als er sagt: »Dein bezauberndes Heim, Annie. Wollen wir reingehen?«

ZWEITER TEIL

DREIZEHN

Das Haus kommt ihr auf einmal abweisend und bedrohlich vor. Der Mann mit dem Fellkragen, der sich Finn nennt, nimmt ihre Hand. »Komm.«

Er geht mit ihr auf den Eingang zu.

Annie bleibt stehen und löst sich von ihm. »Ich hab keinen Schlüssel.«

»Aber warum nicht?«

»Meine Handtasche ist weg.«

»Wie ärgerlich.« Er mustert sie. »Ist alles in Ordnung mit dir, Annie? Du machst auf mich einen ziemlich verwirrten Eindruck.«

»Mir geht es nicht besonders gut. Vielleicht sollten wir lieber ein andermal...«

Er fällt ihr ins Wort. »Du hast mir verraten, wo der Zweitschlüssel versteckt ist.«

»Ach ja?«

Er nickt. »Der Wolf hat ihn verschluckt.«

Annie glaubt, sich verhört zu haben. »Wie bitte?«

»Der Wolf.« Finn lächelt. »Komm mit.«

Abermals nimmt er sie an der Hand. Er führt sie zu den Holunderbüschen neben dem Haus, schiebt die Zweige auseinander, und mit einem Mal stockt Annie der Atem.

Überwuchert von dem dichten Gebüsch steht dort die imposante Holzskulptur eines Wolfs. Sie ist über einen Meter hoch, die Beine des Tiers sind lang, sein Schwanz ist aufgestellt, er hat das Maul aufgerissen, und seine Zähne sind spitz. Die Figur hat Ähnlichkeit mit ihren eigenen Schnitzarbeiten daheim, nur dass sie sehr viel größer ist. Sie ist von der gleichen Machart, als sei es Annie selbst gewesen, die diesen Wolf aus dem Holz geschlagen hat.

Für einen Moment ist ihr, als würde sie träumen.

»Greif in sein Maul«, sagt Finn.

Sie streckt die Hand aus und tut es.

»Tiefer«, sagt er.

Sie fasst dem Wolf in den Schlund. Plötzlich ertastet sie einen kleinen Gegenstand.

Sie zieht ihn heraus. Es ist ein Schlüssel.

Finn lächelt sie an. »Da hast du ihn.« Er lässt die Zweige über die Skulptur gleiten, so dass sie wieder ganz unter dem Holunderbusch verborgen ist. Seine Miene wird ernst. »Nur komisch, dass du dich an das Versteck nicht mehr erinnern kannst.«

Wortlos geht sie zur Haustür und schiebt den Schlüssel ins Schloss. Er passt.

Sie öffnet die Tür, und gemeinsam mit Finn tritt sie ein.

Vom Flur aus gelangen sie in ein Wohnzimmer mit amerikanischer Küche. Ein bunter Stilmix aus alten Einrichtungsgegenständen, die offenbar vom Trödelmarkt stammen, und modernen Möbeln, darunter ein paar Designerobjekte. Viele Sitzkissen und Sessel, ein breites Polstersofa vor einem offenen Kamin. Diverse Stehlampen, Patchworkdecken, Fransenteppiche, Nippes und Tand auf kleinen Tischen und Kommoden. In den Küchenregalen scheint kein Teller zum anderen zu passen, Gläser und Tassen, kunterbunt gemischt. Ein ausladender alter Kühlschrank mit Hebelgriff, darauf ein Sammelsurium antiker Blechdosen mit verschlungenen Werbeaufschriften. Überall verteilt liegen aufgeschlagene

Bücher herum, daneben zerfledderte Magazine und japanische Comics. Annie erkennt eine komplette Manga-Reihe wieder. Die kreative Unordnung kommt ihr überaus vertraut vor.

Ihr Herz pocht. Der Raum strahlt etwas Anheimelndes aus, und doch macht er ihr Angst.

Sie schaut Finn fragend an: »Und wir waren wirklich zusammen hier?«

»Aber ja doch, Annie. Du hast mit alles gezeigt. Du liebst dieses Haus, nicht wahr?«

Sie antwortet nicht. Beschließt, ihn in dem Glauben zu lassen, sie würde ihn wiedererkennen. Doch in Wahrheit ist er ihr so fremd wie das Haus.

Sie versucht, Ordnung in ihren Kopf zu bringen. Wenn sie sich wirklich in diesem einsam gelegenen Bauernhaus aufgehalten hat, warum wurde sie dann im Wald gefunden? Und wo sind ihre Sachen? Ob sie ihre Handtasche vielleicht hiergelassen hat?

»Entschuldige mich einen Moment.«

Sie durchquert das Zimmer. Von dort aus gelangt sie in einen weiteren Flur. Hier befindet sich der Hintereingang mit einem Sichtfenster zum Garten und eine Treppe, die ins Obergeschoss führt.

Zögernd steigt Annie die Stufen hinauf. Auf einem Absatz ändert sich die Richtung der Treppe. Sie geht weiter. Oben angelangt, inspiziert sie die Räume. Ein Bad, daneben ein altmodisch, aber geschmackvoll eingerichtetes Schlafzimmer mit einem breiten Doppelbett, gegenüber eine Art Gästezimmer und eine Tür zu einem dritten Raum. Sie öffnet sie.

Als sie eintritt, traut sie ihren Augen nicht. Das Zimmer sieht beinahe aus wie eine Kopie ihres eigenen Schlafzimmers. Da ist die Kleiderstange, das Bett mit den vielen Kissen. Eine nahezu identische Kommode mit ähnlichen Verzierungen. Und vor dem Fenster stehen zwei zerschlissene Ledersessel, die den ihren daheim erschreckend gleichen. Selbst die Vorhänge haben dasselbe florale Muster wie die in ihrer Wohnung.

Sie betrachtet die Kleider an der Stange. Jedes einzelne passt zu ihrem persönlichen Stil, als wären es ihre eigenen. Auch die Größe scheint identisch zu sein. Unter den Schuhen, die am Boden aufgereiht sind, befinden sich einige Modelle, die sie selbst besitzt.

Das Bettzeug – blass-roter Baumwollsatin wie bei ihr.

Der Nachttisch besteht aus einer umgestalteten Obstkiste, weiß lackiert. So einen hat sie auch zu Hause. Die Lampe mit dem hellen Glasschirm und dem Bronzefuß, exakt wie in ihrem Schlafzimmer. Auf einem Bücherstapel macht Annie eine kleine Holzfigur aus. Es ist ein Kobold, kurzbeinig, bunt, mit langer Nase und großen Ohren, wie eines der Objekte, die sie in ihrem Atelier schnitzt.

Die Bücher sind überwiegend Fantasywerke, sie kennt sie alle. Das Bild eines lachenden Mädchens im Manga-Stil hängt an gleicher Stelle auch in ihrem Zimmer. Sie schaut an die Decke. Über dem Bett sind phosphoreszierende Sterne angebracht. Ein künstlicher Sternenhimmel wie bei ihr zu Hause.

Plötzlich fällt ihr Blick auf etwas Ledernes, das unter dem Bett hervorragt. Sie geht in die Hocke und stößt überrascht einen leisen Schrei aus. Da liegt ihre Handtasche. Sie zieht sie hervor, steht auf und öffnet sie. Geld, Schlüssel, EC-Karte und Handy befinden sich noch darin.

»Annie?«, fragt Finn vor der Tür. »Darf ich reinkommen?«

Sie ist so erstaunt, dass sie nicht antworten kann.

Plötzlich steht er neben ihr. Er berührt sie an der Schulter.
»Hast du deine Handtasche wieder?«
Sie nickt.
»Siehst du, sie ist gar nicht verloren gegangen.«
»Ehrlich gesagt, kann ich mir das nicht recht erklären. Ich war doch nicht... War ich denn...?«
Sein Griff wird zudringlicher. Er zieht sie zu sich heran. Entrüstet wehrt sie ihn ab. »Nein, nicht!«
»Annie, was ist nur mit dir?«
»Ich sagte doch, ich bin ein wenig durcheinander. Ich denke, es ist besser, wenn du jetzt gehst.«
Er streicht ihr eine Haarsträhne aus der Stirn. »Aber es war wundervoll mit dir in diesem Zimmer. Ich verstehe nicht, warum du dich so eigenartig verhältst.«
Entgeistert starrt sie auf das ungemachte Bett. Sollte sie wirklich hier mit diesem Mann geschlafen haben? Daran müsste sie sich doch erinnern können.
»Hast du eigentlich meinen Brief bekommen?«, fragt er.
»Was für einen Brief?«
»Ich hab ihn dir unter der Haustür durchgeschoben nach unserer ersten Nacht.«
Seine Nähe wird ihr immer unangenehmer. »Du musst jetzt gehen.«
Er wiegt den Kopf. »Warum denn, Annie? Das mit uns hat doch gerade erst angefangen.«
»Ich brauche etwas Zeit für mich. Ich muss mich sammeln, will versuchen, einige Dinge auf die Reihe zu kriegen.«
»Wozu eigentlich deine überstürzte Abreise? Wo warst du denn überhaupt?«
»In Berlin.«
Er wirkt überrascht. »Berlin? Was hattest du dort zu tun?«
»Das kann ich dir im Moment nicht erklären.«

»Du lässt deine Handtasche hier und fährst einfach weg? Ohne Schlüssel und Geld?«

»Bitte geh jetzt.«

Er atmet hörbar aus. »Ich rufe dich heute Abend an, okay? Geh an dein Telefon. Wir müssen reden.«

Sie nickt.

Schließlich verlässt er das Zimmer. Sie hört, wie er die Treppe hinuntergeht. Nach einer Weile fällt unten die Tür ins Schloss.

Endlich ist Annie allein. Erleichtert atmet sie auf.

VIERZEHN

Erneut klappt sie ihre Handtasche auf, um sich zu vergewissern, dass ihr auch nichts gestohlen wurde. Sie schaltet ihr Handy ein und findet neunzehn alte Sprachnachrichten von Ben vor, die aus den vergangenen zwei Wochen stammen. Ein paar seiner Anrufe hört sie ab. Mit Fortdauer ihres Verschwindens klingt seine Stimme verzweifelter.

Einige Male hat auch jemand mit einer ihr unbekannten Rufnummer versucht, sie zu erreichen. Auf der Mailbox erkennt sie Finns Stimme wieder.

Als sie das Handy zurück in die Tasche legt, findet sie einen mehrmals zusammengefalteten Umschlag in einem Seitenfach.

Sie glättet ihn und zieht ein Blatt Papier heraus. Sie überfliegt die Zeilen, die in feiner, ordentlicher Handschrift verfasst sind. Offenbar ist es der Brief, von dem Finn sprach.

Liebe Annie,
vielleicht hältst du es für ungewöhnlich, dass ich dir auf diese Weise eine Nachricht zukommen lasse, aber ich möchte dir mitteilen, wie glücklich mich die Stunden mit dir gemacht haben. Darum greife ich ganz altmodisch zu Papier und Füllfederhalter, um dir diese Zeilen zu schreiben.

Die Art, wie wir uns das erste Mal begegnet sind, war einzigartig. Auf einem meiner Spaziergänge durch den Wald höre ich plötzlich Hufgetrappel, und dann kommst du auf deinem Haflin-

ger angeritten. Ich lächle dir zu, und du bringst direkt vor mir das Pferd zum Anhalten. Ich frage dich nach dem Weg zur Silbersandhöhle, die ich besichtigen möchte, und du erweist dich als überaus ortskundig, weil du in dieser Gegend aufgewachsen bist.

Wir unterhalten uns eine Weile über Pferdezucht, dabei erfahre ich viel über Sultan und wie sehr du an dem Tier hängst.

»Kommen Sie mich doch einmal besuchen«, sagst du schließlich. »Ich habe ganz in der Nähe ein Haus. Es ist wunderschön dort.«

Du erzählst mir, dass du Kunstlehrerin bist, dir aber ein Jahr Auszeit genommen hast, um dich ganz deinen eigenen künstlerischen Projekten zu widmen.

Du beschreibst mir den Weg zu dir und reitest davon.

Und gestern, nach einigem Suchen, entdecke ich dein Haus mit den roten Fensterläden, versteckt hinter der ausladenden Eiche. Du zeigst mir ein paar deiner bildhauerischen Arbeiten, und danach sitzen wir, in Decken gehüllt, in deinem Garten in der Oktobersonne und trinken Kaffee.

Du fragst mich, ob ich zum Abendessen bleiben möchte. Und dann ... aber verzeih, ich fürchte, ich gerate zu sehr ins Schwärmen, dabei kennen wir uns doch noch gar nicht lange.

Jedenfalls möchte ich dir für die bezaubernde Nacht danken.

Hoffentlich sehen wir uns bald wieder. Das würde mich überaus freuen.

Dein Finn

Energisch faltet sie den Brief zusammen und versteckt ihn in ihrer Handtasche.

Aufgewachsen, hier? Ihr Haus? Ein Jahr Auszeit? Eine bezaubernde Nacht?

Ihr schwirrt der Kopf. Aber der Haflinger, denkt sie. Sultan. Sie kennt doch das Pferd.

Sie reibt sich über die Stirn. Ihr ist schwindlig.

Sie verlässt das Schlafzimmer und geht die Treppe hinunter. In der Küche füllt sie am Wasserhahn der Spüle ein Glas und trinkt es in einem Zug aus.

Sie blickt sich im Wohnzimmer um. Viele der Einrichtungsgegenstände kommen ihr vertraut vor, und doch spürt sie, dass sie nicht hier sein dürfte. Sie ist ein Eindringling. Sie muss Finn etwas vorgemacht haben. Dieses Haus gehört ihr nicht.

In einem Regal entdeckt sie ein gerahmtes Foto hinter Glas. Sie nimmt es in die Hand und betrachtet es eingehend.

Eine junge Frau sitzt auf der Schaukel im Obstgarten und lächelt in die Kamera. Sie sieht ihr frappierend ähnlich: die Haarfarbe, die Frisur, die Augen, der Mund. Selbst das Kleid, das sie auf dem Foto trägt, könnte von ihr sein.

Wer ist diese Frau?

Abermals packt sie ein Schwindelgefühl, und sie ringt nach Luft. Dabei lässt sie das Bild fallen, und das Glas zerspringt am Boden.

Sie starrt auf das fremde, lächelnde Gesicht, verzerrt von den Splittern, und ballt die Hände zu Fäusten.

»Lügnerin!«, stößt sie hervor.

Zitternd nimmt sie das Prepaidhandy aus ihrer Jackentasche und wählt Bens Nummer.

Wieder meldet sich nur die Mailbox.

»Ben. Hast du meine Nachricht abgehört? Bitte komm zurück. Ich bin noch immer in Blaubeuren. Ich habe Angst, allmählich den Verstand zu verlieren. Es gibt hier ein Haus, das so eingerichtet ist wie meine Wohnung. Ich habe es mehr oder weniger durch Zufall entdeckt. In einem Zimmer steht sogar eine von diesen Figuren, die ich aus Holz schnitze. Exakt die gleiche. Wie kann das möglich sein? Ich verstehe das alles nicht. Vor mir liegt ein Foto von einer Frau, die mir sehr ähnlich sieht. Es ist, als hätte ich eine Zwillingsschwester, von der ich nichts weiß. Was ist nur mit mir passiert, Ben? Kannst du mir helfen? Ruf mich doch wenigstens an, ja?«

Sie legt auf.

Nach einer Weile bückt sie sich und hebt eine der Glasscherben auf. Sie zieht die Jacke aus und schiebt den Ärmel ihres Pullovers hoch.

Annie zögert. Lange Zeit hat sie es nicht mehr getan. Aber die Versuchung ist groß.

Langsam fährt sie mit der Scherbe über ihren Unterarm.

Der Druck in ihrem Innern löst sich, als sie den stechenden Schmerz spürt.

Sie ritzt sich ein zweites und ein drittes Mal. Fasziniert betrachtete sie das Blut, das aus ihren Wunden sickert.

Es ist wie eine Erlösung.

FÜNFZEHN

Das Tageslicht schwindet. Es wird finster im Haus. Annie hockt auf dem Küchenboden. Ihr ist kalt. Sie legt sich die Jacke über ihre Schultern.

Sie hat sich lange geritzt. Es war schmerzhaft und wohltuend zugleich. Vor Erschöpfung nickt sie eine Weile ein. Als sie aufwacht, ist es noch dunkler um sie herum. Später Abend, vielleicht schon Nacht. Kein Laut ist zu hören. Nur manchmal ruft draußen ein Käuzchen. Zaghaft, wehmütig. Danach ist wieder alles von Stille umhüllt.

Annie hat wirr geträumt. Sie trug den roten Regenmantel auf nackter Haut. Es war einerseits beunruhigend, andererseits aber auch erregend.

Sie hat den Mantel in diesem Haus getragen, daran erinnert sie sich auf einmal. Doch zu welchem Zweck? Und warum ist sie hier gewesen?

Was hatte sie mit diesem Mann zu tun, der sich Finn nennt? Er ist nach wie vor aus ihrem Gedächtnis gelöscht.

Ist sie vielleicht vor ihm weggelaufen? Ist das der Grund, warum man sie im Wald fand?

Jedenfalls ist er ihr unheimlich. Und dieser merkwürdige Brief, den er ihr schrieb. Angeblich ist sie in der Gegend ausgeritten. Er kennt Sultan, den Araber-Haflinger, den sie sich schon als Kind gewünscht hat. Hat er sie wirklich auf dem Pferd gesehen? Aber Sultan war doch bloß eine Fantasie von ihr, wie kann er davon wissen?

Sie denkt an ihren anderen Traum. Das Pferd bricht durch und stürzt mit ihr in die Tiefe.

Es sind nur Bruchstücke in ihrem Kopf. Erinnerungsfetzen. Als sei sie innerlich zersplittert.

Mehr und mehr beschleicht sie der Verdacht, etwas Böses getan zu haben. Sie empfindet Scham. Und Ekel vor sich selbst.

Sie hat Ben belogen. Dabei ist er so gut zu ihr. Sie hat Strafe verdient.

Wieder fährt sie mit der Glasscherbe über ihren Unterarm. Diesmal tut sie es so heftig, dass ihr der Schmerz den Atem nimmt. Das Blut schießt hervor und rinnt auf den Boden. Kurzzeitig wird ihr schwarz vor Augen.

Erschrocken stellt sie fest, dass sie es übertrieben hat. Die Wunde ist zu tief. Immer mehr Blut quillt hervor. Sie braucht Verbandszeug.

Annie lässt die Scherbe fallen und versucht aufzustehen. Es gelingt ihr nicht. Ihre Beine sacken weg.

Jäh überkommt sie die Angst, wegen des Blutverlusts das Bewusstsein zu verlieren. Sie muss sich zusammenreißen. Steh auf, Annie, beschwört sie sich selbst, du musst aufstehen.

Stöhnend zieht sie sich am Spültisch hoch. Sie nimmt ein Küchenhandtuch und wickelt es sich fest um den verletzten Arm. Mit tastenden Schritten wendet sie sich zur Treppe und geht nach oben ins Badezimmer. Sie knipst das Licht an und erschrickt vor ihrem Spiegelbild.

Ist das Annie Friedmann, die sie aus dem Spiegel heraus anstarrt? Annie, die den Männern den Kopf verdreht?

Im Moment hat sie eher Ähnlichkeit mit ihrer Mutter, dieser bleichen, hohlwangigen Frau, die sich nicht waschen, nichts essen und niemals die Wohnung verlassen wollte.

Sie durchsucht die Schubladen des Badezimmerschranks und findet eine Mullbinde, mit der sie sich notdürftig verarzten kann. Sie schaltet das Licht wieder aus und begibt sich in das Schlafzimmer, das ihrem eigenen so verblüffend ähnlich sieht. Sie legt sich aufs Bett und betrachtet die phosphoreszierenden Sterne über ihr an der Decke. Sie könnte sich glatt vorstellen, in diesem Moment in ihrer Berliner Wohnung zu sein. Alles ist an seinem Platz, jedes Detail stimmt überein. Als habe sich ein Wahnsinniger die Mühe gemacht, ihr Zuhause an diesem abseits gelegenen Ort exakt nachzubilden.

Wieder fängt sie zu grübeln an. Wem gehört dieses Haus? Wozu diese gespenstische Einrichtung? Wer ist die Frau auf dem Foto? Und wo ist sie jetzt? Was ist passiert, dass sie sich an nichts mehr erinnern kann? Welche Bedeutung hat der rote Regenmantel? Warum hat sie sich auf einen fremden Mann eingelassen?

Und dieser hölzerne Wolf, die übergroße Kopie ihrer Schnitzarbeiten? Der Schlüssel im Maul?

All das ist zutiefst verstörend und beängstigend für sie.

Erneut verspürt sie den Drang, sich zu ritzen, doch sie muss vorsichtig damit sein. Sie greift nach ihrer Handtasche und durchwühlt sie. Schließlich entdeckt sie den Tablettenblister, den sie für gewöhnlich immer bei sich hat. Es ist ein starkes Beruhigungsmittel, das ihr ein Arzt einmal verschrieben hat. Wahrscheinlich ist es besser, sich zu betäuben, als sich noch weiter zu ritzen. Kurz zögert sie, dann drückt sie zwei von den Pillen heraus und schluckt sie herunter.

Kurz darauf läutet das Mobiltelefon in ihrer Handtasche. Ben, durchzuckt es sie erfreut. Aufgeregt schaut sie aufs Display. Doch er ist es nicht. Natürlich nicht, es ist ja auch das andere Handy, das sie zwischenzeitlich verloren hatte. Ihr wird eine unbekannte Nummer angezeigt, vermutlich die von Finn.

Sie drückt die rote Taste und lehnt das Gespräch ab.

Ben will mich nicht mehr, denkt sie trübselig, ich hab es vermasselt.

Sie geht wieder hinunter. Obwohl es draußen bereits stockdunkel ist, beschließt sie, sich auf den Rückweg zu machen, um sich in Blaubeuren ein Hotel zu suchen. Hier kann sie unmöglich übernachten.

Nachdem sie in der Küche die Glasscherben aufgekehrt, die Blutflecken weggewischt und die Fotografie ins Regal gelegt hat, verlässt sie das Haus.

Sie schließt ab, geht zu den Holunderbüschen, teilt die Zweige und schiebt dem hölzernen Wolf den Schlüssel ins Maul.

Der Nachthimmel ist wolkenverhangen. Kein Mondlicht, das ihr die Orientierung erleichtern würde. Zudem setzt die Wirkung der Tabletten ein. Ein taubes, wattiges Gefühl. Bleierne Müdigkeit. Dazu der Blutverlust, ihre Schritte sind unsicher.

Im Wald ist es so finster, dass sie Mühe hat, dem Weg zu folgen. Nach einer Biegung erkennt sie wenigstens ein paar Lichter unten im Tal, manchmal kann sie weit unten ein paar Straßenlaternen ausmachen und hofft, dass alsbald die Ausläufer von Blaubeuren vor ihr auftauchen. Doch dann entfernt sich der Weg vom Hang und führt immer tiefer in den Wald hinein.

Annie wird von der Dunkelheit verschluckt. Als etwas ihr Gesicht berührt, schreit sie auf. Sie taumelt umher, fuchtelt mit den Armen, bis sie begreift, dass es sich um feine Spinnweben handelt. Offenbar ein riesiges Netz, in das sie hineingeraten ist.

Trotz des Beruhigungsmittels ergreift sie Panik. Sie hat sich verirrt. Sie weiß überhaupt nicht mehr, wohin sie ihre Schritte lenken soll.

Aus der Ferne ruft ein Nachtvogel. Manchmal raschelt es im Unterholz. Unwillkürlich muss sie an wilde Tiere denken. Der Wind heult auf.

Jäh erinnert sie sich an ein Geräusch, vor dem sie weggelaufen ist.

Kriiihiiiiii. Kriiihiiiiiii.

Ihr Atem beschleunigt sich.

Ja, sie war vor diesem Aufheulen auf der Flucht.

Kriiihiiii. Kriihiii.

Erneut fährt der Wind durch das Laub der Bäume, aber es ist nicht sein Pfeifen, vor dem sie erschrickt, es ist dieses Geräusch, das näher und näher zu kommen scheint. Ist das ihre Erinnerung oder die Wirklichkeit? Sie kann es nicht unterscheiden.

Kriiihiiii. Kriiihiiiiii. Ich krieg dich.

Sie lauscht gebannt.

Eine Zeit lang kann sie sich vor Angst nicht rühren.

Doch das Geräusch ist so jäh verschwunden, wie es aufgetaucht ist.

Annie hört nur den heulenden Wind. Vielleicht hat sie sich ja getäuscht.

Sie greift zu ihrem Handy und versucht es noch einmal bei Ben. Vergebens. Nur die Mailbox.

Nach einigem Zögern wählt sie die Nummer, unter der Finn sie angerufen hat.

Er hebt sofort ab.

»Annie?«

Sie atmet ins Telefon.

»Können wir jetzt reden?«

Die Angst ist so stark, dass sie keinen Ton herausbringt.

»Hallo? Bist du noch dran?«

»Ja«, murmelt sie.

»Ist alles in Ordnung?«

Sie irrt weiter durch das Unterholz, das Handy an ihr Ohr gepresst. »Ich hab mich verlaufen.«

»Bist du denn nicht mehr zu Hause?«

»Nein. Ich bin mitten im Wald.«

»Großer Gott, Annie. Es ist bald Mitternacht, was hast du da draußen noch vor?«

»Finn, mir ist nicht gut. Ich hab das Gefühl, jeden Moment in Ohnmacht zu fallen.«

Nach einer Pause sagt er: »Bleib ganz ruhig. Ich helfe dir.«

»Würdest du das für mich tun?«

»Natürlich. Hast du eine Navigations-App auf deinem Smartphone?«

»Ja.«

»Gut. Leg kurz auf. Schalte sie ein und lass dir anzeigen, wo du dich befindest. Dann ruf mich wieder an.«

»Okay.«

Sie drückt die rote Taste, wischt fahrig über das Display, bis sie die App gefunden hat. Sie öffnet sie. Es braucht einige Zeit, bis ihr der Standort angezeigt wird. Auf der Karte ist alles grün. Nur Wald, keine Orientierungspunkte. Sie verändert den Maßstab, bis ihr endlich eine Häusersiedlung angezeigt wird.

Sie ruft Finn an.

»Und?«, fragt er.

»Ich bin etwa zwei Kilometer von einem Ort entfernt, der sich Steigziegelhütte nennt.«

»Gut, rühr dich nicht vom Fleck. Ich hole dich mit dem Wagen ab. Wenn ich in der Nähe bin, melde ich mich wieder.«

»Danke, Finn.«

Etwa zwanzig Minuten später ruft er an. Er sagt ihr, dass er mit seinem Wagen auf einem Forstweg unweit von Steinziegelhütte sei. Er spricht beruhigend auf sie ein.

»Ich werde dich schon finden, Annie, keine Angst.«

Sie bleiben per Handy miteinander verbunden.

»Bist du auf einem Wanderweg?«, fragt er sie.

»Nein.«

»Siehst du irgendwo eine Markierung an den Bäumen? Die Wege haben verschiedene Symbole.«

»Es ist stockfinster um mich herum.«

»Bleib ganz ruhig, wir kriegen das hin.«

Sie friert. Wegen des Medikaments ist sie leicht benommen. Sie beschimpft sich selbst. Wie konnte sie nur so unvorsichtig sein und sich mitten in der Nacht in dieses einsame Gelände begeben.

»Ich bin bereits sehr weit in den Wald hineingefahren«, sagt Finn. »Hörst du vielleicht ein Motorengeräusch?«

Sie horcht. »Nein.«

»Pass auf, ich betätige mal die Hupe.«

Sie lässt das Handy sinken und lauscht angestrengt.

Ganz schwach meint sie, einen Ton zu vernehmen.

»Ja«, ruft sie ins Telefon, »da war etwas.« Sie schlägt die Richtung ein, aus der das Signal kam.

»In Ordnung. Ich halte hier an und gebe hin und wieder Laut.«

Sie folgt dem Hupen.

»Hörst du mich?«

»Aus weiter Ferne, ja.«

»Die Scheinwerfer sind eingeschaltet. Also müsstest du mich auch bald sehen können.«

Sie eilt weiter, stolpert über Wurzeln und abgestorbenes Geäst. Gelegentlich erschallt der Ton, an dem sie sich orientieren kann.

Endlich macht sie einen matten Lichtschein hinter den Bäumen aus.

»Ich sehe dich.«

»Gut.«

Sie unterbricht die Verbindung, steckt das Handy ein und arbeitet sich durch das dichte Gestrüpp vor, bis sie schließlich den Weg erreicht, auf dem bei laufendem Motor sein Wagen steht.

Erschöpft steigt sie ein, lässt sich auf den Beifahrersitz sinken und schließt die Tür. Finn wendet und fährt mit ihr zurück.

»Danke«, sagt sie atemlos, »ohne dich wäre ich aufgeschmissen gewesen.«

»Du scheinst ja völlig vom Weg abgekommen zu sein.«

»Ich hab die Orientierung verloren.«

»Dabei kennst du dich doch hier so gut aus.«

Sie versucht, ein Zittern zu unterdrücken.

Er mustert sie von der Seite. »Es ist deine Heimat, Annie.«

»Muss an der Dunkelheit liegen.«

Er wendet den Blick wieder nach vorn. »Gut, dass du dein Handy dabeihattest.«

»Ja.«

Das Licht der Scheinwerfer gleitet über die Bäume am Wegesrand.

»Du bist ja wohl schon als Kind gern allein durch den Wald gestapft.«

»Woher willst du das wissen?«

»Hast du mir erzählt.«

»Ach ja?«

»Hmm. Auch von den Wölfen.«

Sie horcht auf. »Wölfe?«

»Ja, diese Tiere haben dich doch seit jeher fasziniert. Als Kind hast du dir auf deinen einsamen Streifzügen durch die Gegend vorgestellt, du würdest einem von ihnen begegnen und ihn zähmen.«

Sie fröstelt. Sie hat das Gefühl, als würde er über eine ihr fremde Person sprechen. Ja, sie mag Wölfe, aber sie ist in der Stadt groß geworden. Und ihre Mutter hat sie immer davor gewarnt, allein in den Wald zu gehen.

»Erinnerst du dich denn nicht daran?«

»Nein, ich ...« Sie bricht ab.

Es befand sich ein kleiner Stadtforst in der Nähe der Siedlung. Einmal ist dort ein Mädchen vergewaltigt und getötet worden. Seitdem konnte Annie an der Stelle nicht mehr vorbeigehen. Das war verhextes Gebiet für sie.

Sie war ein eher ängstliches Kind. Ein scheues Mädchen, das sich lieber ihren Tagträumen hingab, als draußen mit den anderen zu spielen.

»Ist dir nicht gut?«, fragt er.

»Geht schon.«

»Du bist sehr blass.«

Verlegen streicht sie sich das Haar aus der Stirn. Dabei verrutscht der Ärmel ihrer Jacke, und sein Blick fällt auf ihren blutbefleckten Verband.

»Hast du dich verletzt?«

Rasch zieht sie den Ärmel zurück und legt die Hand darüber. »Nicht der Rede wert.«

»Was ist passiert?«

»Mir ist eine Flasche heruntergefallen, und ich hab mich an den Scherben geschnitten.«

»Am Arm?«, fragt er ungläubig. »Bist du gestürzt?«

Unwirsch schüttelt sie den Kopf.

Sie ist froh, als sie nach einer Weile mit dem Wagen den Wald verlassen und eine Straße erreichen.

»Kannst du mich zu einem Hotel fahren?«, fragt sie zaghaft.

»Wieso das denn?«

»Ich will nicht mehr in das Haus zurück.«

»Aber warum?«

»Es ist mir unheimlich.«

»Annie, es ist dein Zuhause.«

Sie schlägt die Augen nieder.

Er runzelt die Stirn. »Was verschweigst du mir eigentlich? Irgendetwas muss doch vorgefallen sein. Du bist ganz anders als in den letzten zwei Wochen.«

»Fahr mich einfach zu einem Hotel, ja? Und stell nicht so viele Fragen. Bitte.«

Schweigend fährt er die Landstraße entlang.

Schließlich sagt er: »Na schön, aber... du kannst auch gerne bei mir übernachten.«

Sie wiegt den Kopf. »Ich weiß nicht, ob das eine gute Idee ist.«

»Ich könnte deinen Verband wechseln.«

»So schlimm ist die Verletzung nicht.«

»Sah mir nicht so aus.« Er biegt mit dem Wagen ab, kurz darauf durchqueren sie eine Ortschaft.

»Bitte, Finn.«

»In diesem Zustand kann ich dich unmöglich allein lassen.«

An einer Kreuzung biegt er erneut ab und fährt eine schmale Straße den Berg hinauf.

»Wo wohnst du denn?«

»Aber Annie, du kennst doch das Ferienhaus. Wir waren zusammen dort.«

»Gehört es dir?«

»Nein, ich hab es gemietet, aber das weißt du doch längst.«

Sie holt tief Luft. »Okay, ich will dir die Wahrheit sagen. Ich leide unter einer Amnesie. Die letzten zwei Wochen sind wie ausgelöscht.«

Verblüfft schaut er sie an. »Was?«

»Ich kann mich an dich nicht erinnern.«

Seine Hände umklammern das Lenkrad. Sie blickt auf das Weiß seiner Knöchel. »Wie meinst du das?«

»Ich kenne dich nicht. Keine Ahnung, wer du bist. Du kannst mir sonst was über uns erzählen, ich weiß nichts davon.«

»Du hast mit mir geschlafen, Annie.«

Sie zuckt mit den Schultern.

»Du ... du willst doch nicht behaupten, dass du ... den Sex mit mir vergessen hast?«

»Es tut mit leid.«

Eine Zeit lang ist er so perplex, dass er kein Wort herausbringt. Nach einer Weile murmelt er: »Das ist ein Scherz, oder?«

Sie schüttelt den Kopf.

»Warum solltest du denn ...? Du hast gar keine Erinnerung mehr an mich?«

»Nein.«

Und im Übrigen habe ich einen Freund in Berlin, denkt sie bitter, aber sie spricht es nicht laut aus.

»Unglaublich. Heute bist du anscheinend ziemlich durcheinander. Vielleicht stehst du ja unter gewaltigem Stress. Aber die Tage davor? Alles war in bester Ordnung. Du warst fröhlich und ausgelassen, voller Energie. Du hast mir begeistert dein Haus gezeigt, dein Pferd, deine künstlerischen Arbeiten. Wir hatten eine schöne Zeit zusammen. Das kann doch nicht auf einmal weg sein.«

»Ist es aber.«

»Ich weiß nicht, was ich dazu sagen soll.«

»Fahr mich in ein Hotel, okay?«

»Nein«, erwidert er heftig. »Du kannst mich nicht so ohne Weiteres abservieren.«

Er hält vor einem kleinen einstöckigen Haus mit gelben Klinkern und schaltet Scheinwerfer und Motor aus.

Seine Miene ist finster. »Auch hier haben wir eine Nacht verbracht, Annie. Ist die ebenfalls aus deinem Gedächtnis gestrichen?«

»Wie gesagt, es tut mir leid.«

Er blickt sie zweifelnd an. »Du erkennst das Haus nicht wieder?«

Sie mustert die Fassade im Schein der Außenbeleuchtung. »Nein.«

»Hast du diese Zustände öfter?«

»Verurteile mich nicht deswegen. Ich kann nichts dafür.«

Er schließt für einen Moment die Augen. Danach scheint er sich wieder im Griff zu haben. »Morgen ist ein neuer Tag. Du wirst dich bei mir ausruhen und dich danach an alles wieder erinnern können.« Es klingt beinahe wie eine Drohung, als er leise hinzufügt: »Unsere gemeinsame Zeit hat gerade erst begonnen.«

SECHZEHN

Sie treten ein. In der Diele nimmt er ihr die Jacke ab, hängt sie an einen Garderobenhaken und schlüpft aus seinem Mantel mit dem Fellkragen. Sie stellt ihre Handtasche auf eine Kommode und folgt ihm ins Wohnzimmer.

Er fragt sie, ob sie einen Wein trinken möchte, und sie bejaht. Während er in der Küche ist, blickt sie sich um. Weiß gekalkte Wände, Kiefernholzmöbel, eine buntgemusterte Sitzgruppe vor einem großen Flachbildfernseher. In die Decke eingelassene Halogenstrahler. Die unpersönliche Einrichtung eines Ferienhauses.

Auf einem Bord sind die Taschenbuchausgaben einiger Kriminalromane aufgereiht. Auf dem Esstisch ist eine Wanderkarte ausgebreitet, daneben steht ein Laptop. Über einer Stuhllehne hängt ein Tweed-Jackett mit Ellenbogenflicken. Auf dem Couchtisch liegt eine Lumix-Kamera neben einer Schutzhülle.

Finn kommt zurück, entkorkt eine Flasche Rotwein und füllt zwei Gläser. »Hast du Hunger? Ich könnte uns etwas Brot und Käse dazu servieren.«

Erst in diesem Moment wird ihr bewusst, dass sie seit dem Frühstück nichts mehr gegessen hat. »Nur wenn es dir nicht zu viele Umstände macht.«

»Keineswegs.«

»Danke.«

Sein Lächeln ist schmal, offenbar hat ihn das Gespräch auf

der Fahrt hierher verstimmt. Er prostet ihr kurz zu, sie trinken beide, dann stellt er sein Glas ab und verschwindet wieder in die Küche.

Annie setzt sich aufs Sofa und schaut sich weiter um. An der einen Wand befindet sich eine Reproduktion von Caspar David Friedrichs Gemälde *Der Wanderer über dem Nebelmeer*, an einer anderen ein Jahreskalender mit dem Werbeaufdruck einer Tankstelle. Das Motiv für Oktober ist ein Ahornbaum mit goldgelb gefärbtem Laub. Gleich daneben hängt ein altmodisches Zimmerthermometer. In den Fächern der Schrankwand befindet sich eine Sammlung zierlicher Likörgläser. In einem Regal fällt ihr eine in Leder gebundene Ausgabe von Grimms Hausmärchen auf.

Sie erhebt sich, nimmt das schwere Buch heraus und blättert es durch. Die Broschüre einer Agentur für Ferienhausvermietungen befindet sich als Lesezeichen genau zwischen den Seiten, auf denen eine farbige Illustration von Rotkäppchen und dem Wolf zu sehen ist. Im Text hat jemand einen Satz mit rotem Filzstift unterstrichen:

»Ach, wie war ich erschrocken, wie war's so dunkel in dem Wolf seinem Leib!«

Verblüfft klappt sie das Buch zu und stellt es zurück an seinen Platz. Sie setzt sich, trinkt einen großen Schluck Wein und greift verstohlen zu der Lumix.

Sie schaltet sie ein und betrachtet auf dem Display die letzten Aufnahmen. Es sind überwiegend Landschaftsbilder, die Finn offenbar auf einer Wanderung gemacht hat. Plötzlich erkennt sie das Bauernhaus wieder. Fotos aus dem Garten. Auf einem davon ist sie selbst zu sehen. Sie sitzt auf der Terrasse und lächelt in die Kamera.

Sie starrt auf die Datumsanzeige am unteren Bildrand. Das Foto wurde vor zehn Tagen aufgenommen.

Sie klickt weiter durch die Aufnahmen, bis sie Finns Schritte vernimmt. Eilig schaltet sie die Kamera aus und legt sie weg.

Sie beobachtet Finn, wie er ein Tablett ins Wohnzimmer trägt und den Couchtisch deckt, mit einer Käseplatte, einem Korb mit aufgeschnittenem Baguette, kleinen Schalen mit Butter, Oliven und getrockneten Tomaten, dazu Messer, Gabeln, Teller und Servietten. Die Fotos sind der Beweis, dass sie Kontakt zu ihm hatte, doch so ausgiebig sie ihn auch mustert, sie hat keinerlei Erinnerung an ihn.

Zugegeben, er ist ein ziemlich attraktiver Mann, das dunkle Haar, das ihm in die Stirn fällt, das Grübchen an seinem Kinn, die wachen Augen, seine breiten Schultern, die hohe Statur – er trägt teuer aussehende Lederschuhe, eine dunkle Designerjeans und einen marineblauen Kaschmirpullover –, aber sie kann sich einfach nicht vorstellen, dass sie so ohne Weiteres mit ihm ins Bett gegangen sein soll.

Ja, es gab den heftigen Streit mit Ben. Aber musste sie sich deshalb gleich dem nächsten Mann an den Hals werfen?

Und warum ausgerechnet hier?

Undeutliche Bilder von dem Totenkopffelsen flackern vor ihrem geistigen Auge auf. Sie sieht vor sich, wie das Blut aus ihren Schnittwunden sickert. Und sie denkt an das zerbrochene Glas, das Foto von der Frau auf der Schaukel, die ihr so erstaunlich ähnlich ist.

Sie schnappt kurz nach Luft, und Finn wirft ihr einen fragenden Blick zu. Unwillkürlich zieht sie den Ärmel über ihren verletzten Unterarm.

Sie versucht es mit einem Lächeln. »Wie nett von dir. Jetzt merke ich erst, wie hungrig ich bin.«

Er setzt sich zu ihr, schenkt ihr Wein nach und wünscht ihr einen guten Appetit.

Völlig ausgehungert macht sie sich über das späte Abendessen her. Von dem Rotwein trinkt sie viel zu hastig. Dabei spürt sie, dass sich das Beruhigungsmedikament mit dem Alkohol nicht verträgt. Wenn sie zu Finn aufblickt, verschwimmen gelegentlich seine Gesichtszüge vor ihr.

Ein gut aussehender Mann, ja, aber sein Lächeln hat manchmal auch etwas Wölfisches. Ob das seine Märchensammlung ist? Oder gehört das Buch zur Ausstattung des Ferienhauses? War er es, der die Stelle mit rotem Filzstift unterstrich?

Rotkäppchens Ausruf will ihr nicht mehr aus dem Sinn:

»Ach, wie war ich erschrocken, wie war's so dunkel in dem Wolf seinem Leib!«

Wer ist Finn? Und was will er von ihr?

Nachdem sie gegessen hat, schaut er sie ernst an. »Es ist gerade mal ein paar Tage her, dass wir hier zusammensaßen.«

Sie antwortet stumm mit einer entschuldigenden Geste.

Er verzieht den Mund. »Ich hoffe, dass es dir morgen bessergeht.«

»Das hoffe ich auch.«

Wieder schenkt er ihr Wein nach.

Sie trinkt schnell, obwohl sie weiß, dass es ihr nicht bekommt. Sie bemerkt, dass er sein Glas kaum angerührt hat. Und auch von dem Brot und dem Käse hat er nichts genommen.

»Du machst hier also Urlaub?«, fragt sie zögerlich.

Er lächelt gequält. »Wegen deiner Amnesie muss ich dir wohl meine Geschichte noch einmal erzählen.«

»Wie gesagt, ich tu das nicht zum Spaß.«

»Also schön.« Er verschränkt die Arme vor der Brust. »Ich komme aus Stuttgart, leite dort ein Unternehmen, das sich auf Softwareentwicklung spezialisiert hat. Ich war verheiratet, habe aber keine Kinder. Meine Frau und ich haben uns dagegen entschieden. Sie war eine vielbeschäftigte Anwältin, und auch ihr war der berufliche Erfolg wichtiger als ein Familienleben im herkömmlichen Sinne. Wir waren beide in unseren Jobs sehr eingebunden, und doch haben wir in der wenigen Freizeit, die uns blieb, schöne Dinge unternommen. Wir sind viel gereist, hatten gemeinsame Hobbys. Wir waren ein gutes Team.«

»Du sprichst in der Vergangenheit von ihr?«

Er nickt. »Sie starb vor knapp zwei Jahren bei einem Autounfall. Sie war geschäftlich unterwegs. An dem Unfall trug sie keine Schuld. Ein Wagen kam ihr frontal entgegen, der Fahrer war betrunken.«

»Das tut mir furchtbar leid.«

»Ich habe sie sehr geliebt. Freya kenne ich noch von der Schule. Für mich war sie eine Seelenverwandte. Ich denke, das beruhte auf Gegenseitigkeit.«

Er nippt an seinem Weinglas. Er stellt es auf dem Tisch ab und schweigt einige Zeit. Schließlich fährt er leise fort: »Nach ihrem Tod habe ich jeglichen Halt verloren. Arbeitete ich zuvor sechzig Stunden in der Woche, wurden es nun achtzig und mehr. Ich zwang auch meine Mitarbeiter zu Überstunden, ich wollte, dass mein Unternehmen schnellstmöglich expandiert. Für mich gab es nur noch die Arbeit. Ich fürchtete mich davor, spätabends nach Hause zu kommen. Freyas Sachen überall, das verlassene Schlafzimmer, das Nachthemd, das noch immer unter ihrem Kopfkissen liegt. Ich konnte nichts im Haus verändern. Alles war still, unheimlich, tot.«

Abermals schweigt er eine Weile. Er lässt die Arme sinken, faltet die Hände im Schoß und schlägt die Beine übereinander. »Zehn Monate später kam der Zusammenbruch. Die Reinigungskräfte fanden mich frühmorgens bewusstlos in meinem Büro. Ich hatte die ganze Nacht durchgearbeitet. Als ich im Krankenhaus wieder zu mir kam, wollte ich sofort aufstehen und weitermachen. Der behandelnde Arzt aber schüttelte bloß den Kopf. Ich war körperlich und seelisch am Ende. Mein gesamter Organismus war in einen Warnstreik getreten. Der Arzt sagte mir, wenn mir das Leben noch halbwegs lieb sei, sollte ich mir dringend eine längere Auszeit nehmen. Doch gerade davor hatte ich die größte Angst. Untätigkeit würde den ewig kreisenden Gedanken um Freyas Tod nur noch mehr Raum geben. Mehr oder weniger widerwillig trat ich einen Kuraufenthalt an. Es gibt eine Klinik hier auf der Schwäbischen Alb, die sich auf die Behandlung von Burn-out-Patienten spezialisiert hat. Gesprächstherapie, Yoga, Meditation und Achtsamkeitstraining. Es hat lange gebraucht, bis ich die Hilfe annehmen konnte. Zunächst einmal musste ich lernen, mit meiner Angst vor dem Alleinsein umzugehen und Freyas Tod zu akzeptieren. Es war ein langer Weg für mich. Als sich meine Zeit in der Klinik dem Ende näherte, beschloss ich, nicht sofort nach Stuttgart zurückzukehren. Das Risiko, gleich wieder in die Falle zu tappen und arbeitssüchtig zu werden, erschien mir zu groß. Da mir die Luft hier so guttut, mietete ich mich in diesem Haus ein. Bis Weihnachten möchte ich noch bleiben, so lange wird die Firma von meinem Stellvertreter geleitet.«

»Und womit beschäftigst du dich den ganzen Tag?«

»Ich unternehme ausgedehnte Spaziergänge, abends lese ich. Zudem befasse ich mich mit der Frage, wie es wohl wäre, sich wieder an einen Menschen zu binden.« Er blickt sie an.

»Bis vor Kurzem erschien mir das undenkbar. Freya war mein Leben, mein Ein und Alles. Doch dann kamst du, Annie.«

Sie schweigt.

Seine Stimme hat einen schmeichelnden, aber auch beinahe drohenden Unterton, als er leise zu ihr sagt: »Eine Lüge würde ich nur schwer verkraften. Es wäre nicht gut, wenn man mit meinen Gefühlen spielt, zumal ich meine Krise gerade erst überwunden habe.«

Er berührt ihr Handgelenk. Es ist ihr unangenehm.

Wieder bildet sich dieser wölfische Zug um seinen Mund. »Du musst mir etwas versprechen.«

»Was denn?«

»Menschen, die nicht aufrichtig zu mir sind, machen mich sehr, sehr zornig. Also versprich mir, dass du mich niemals anlügen wirst.«

Sie atmet heftig.

»Ich will es mit der Frau zu tun haben, die mir auf ihrem Pferd entgegengeritten, die mich in ihr hübsches Haus eingeladen hat. Wann bist du wieder die lachende Annie, die ich kennengelernt habe? Diese Annie würde mich doch niemals vergessen. Ist dir eigentlich bewusst, wie beschämend das für mich ist? Wir saßen hier, ich hab dir alles über mich erzählt, und du behauptest, ich sei aus deinem Gedächtnis verschwunden.«

»Finn, bitte ...« Sie will ihre Hand wegziehen, doch er lässt es nicht zu.

»Du kennst doch dieses Gefühl. Du weißt, wie es um mich steht. Auch du hast einen großen Verlust erlitten.«

»Einen Verlust? Wovon redest du?«

»Du hast gewisse Andeutungen gemacht. Erinnerst du dich denn nicht? Hier in der Umgebung von Blaubeuren ist jemandem etwas Schreckliches widerfahren. Und demjenigen standest du sehr nah. Du sagtest, du wüsstest, was es heißt, einen geliebten Menschen zu verlieren.«

»Einen geliebten Menschen? Ich verstehe nicht...«

»Du hast mir von deinem Verlust erzählt. Ein Mensch, der dir sehr viel bedeutet hat. Also, lüg mich nicht an.«

»Habe ich einen Namen genannt?«

»Ist das so wichtig für dich? Steckt etwa noch mehr dahinter? Was zum Teufel verheimlichst du mir?«

Sie macht sich von ihm los und steht auf. »Ich muss jetzt gehen. Und vergiss, was ich dir erzählt habe. Nichts davon ist wahr.«

Auch er erhebt sich.

»Ich kenne diese Gegend überhaupt nicht«, stößt sie hervor. »Blaubeuren, die Höhlen, der Wald, all das ist mir völlig fremd.«

»Aber du wohnst hier.«

Sie schüttelt den Kopf.

»Nein? Das ist doch verrückt, Annie. Wem gehört denn das Haus? Und das Pferd?«

Ihr ist so schwindlig. Der Wein. Die Tabletten. Sein Gesicht ist unscharf. Der Boden schwankt. Hilflos streckt sie die Hände aus.

Sie hat einen Menschen verloren? Was weiß dieser Finn über sie?

Sie spürt die Ohnmacht nahen. Ihre Knie werden weich. Noch im Fallen denkt sie, dass ihr ganzes Leben eine einzige Lüge ist.

Dann wird alles schwarz um sie herum.

Im Alter von sechzehn Jahren werde ich zu einer Psychologin geschickt. Ich bin verhaltensauffällig geworden. Diese Bezeichnung stammt nicht von mir. Sie gehört zum Vokabular der Erwachsenen, die auf mich herabschauen, den Kopf schütteln und immerzu sagen: »Was stimmt nur nicht mit dir?«

Dabei ist die Sache ganz einfach. Ich habe eine Person absichtlich mit einer Schere verletzt. Es floss Blut, und es gab ein großes Geschrei. Ich finde, die Person hat meine Bestrafung verdient. Eigentlich wollte ich sie nicht am Arm treffen. Ich hatte vor, ganz andere Körperteile mit der Schere zu traktieren. Die Person hat also noch Glück gehabt, dass sie den Arm hochriss und ich meinen Zorn bändigen konnte. Schon möglich, dass ich ein Blutbad angerichtete hätte.

Wie auch immer, in der Sprache der Erwachsenen ist das eine Verhaltensauffälligkeit.

Die Psychologin, der ich in der Praxis gegenübersitze, hat dunkles, glattes Haar und ein käsiges Gesicht. Sie trägt einen grauen Rock und einen grünen Pulli. Ihre Hände sind im Schoß gefaltet. Kein Ehering, dafür prangt eine hässliche Perlenkette an ihrem Hals.

Annies Schmuck ist bedeutend schöner. Annie besitzt unter anderem eine Kette mit einem Rubin, der ist so kostbar und begehrenswert.

Die Psychologin schaut mich eine Weile eindringlich an, dann räuspert sie sich und fragt mich nach den Gründen meiner Scherenattacke.

Ich hülle mich in Schweigen.

In Gedanken bin ich ganz woanders. So mache ich das immer, wenn es mir schlecht geht. Ich öffne die geheime Kammer in meinem Kopf und trete ein in das strahlende Reich von Annie. Bei ihr ist es wunderschön. Selbst wenn ich nicht in ihrer Nähe bin, kann ich ihr Lachen hören und im Glanz ihrer Augen versinken.

Ich frage mich, wie sie das anstellt, wie es ihr gelingt, einen jeden aus ihrer Umgebung in den Bann zu ziehen. Was ist das Geheimnis ihrer Faszination? Warum suchen so viele Menschen den Kontakt zu ihr? Wie kann es sein, dass Annie so beliebt ist, während andere als Verlierer gelten, gemieden werden, vereinsamt sind, verbittert.

Was würde eigentlich passieren, wenn sich eine Frau so kleidet wie Annie? Sich die Haare in diesem sagenhaften Kirschholzton färbt und sich frisiert wie sie? Ihre Gesten nachahmt? Ihre Art zu sprechen? Angenommen, es gäbe das perfekte Double von Annie, müsste diese Frau nicht den gleichen Reiz auf ihre Mitmenschen ausüben wie sie?

Ich versuche mir vorzustellen, wie es wohl wäre, in Annies Haut zu schlüpfen. In ihrer Welt zu leben, bewundert und begehrt zu sein und mit ihren Augen zu sehen.

»Also, wie war das mit der Schere?«, setzt die Psychologin erneut an. »Als du zugestochen hast – warst du dir der Konsequenzen deines Handelns bewusst?«

Ich schweige, verziehe keine Miene, während ich mich weiterhin meinen Tagträumen hingebe.

Ich male mir aus, wie sich Annie das Haar hinter die Ohren streicht, stelle mir ihren Augenaufschlag vor, wenn sie nachdenkt. Das Kräuseln ihrer Lippen, den Anflug eines Lächelns, während sie ihre Holzfiguren schnitzt, dazu den Gesichtsausdruck totaler Konzentration. Sie ist völlig versunken in ihre kreative Arbeit, und zugleich ist ihr die Freude darüber anzumerken. Ich vergegenwärtige mir die behutsame Geste, mit der sie eine fertige Figur vor sich auf den Tisch stellt, um sie von allen Seiten zu betrachten.

Wer eine Kopie von Annie sein möchte, müsste sich auch ihre künstlerischen Fähigkeiten aneignen. Und nicht nur das. Diese Frau müsste auch in der Lage sein zu reiten wie sie. Ich habe beobachtet, wie sich Annie auf Sultan im Sattel hält, die vollkommene Eleganz ihrer Bewegungen habe ich studiert. Das Pferd gehorcht ihr, lässt sich von ihr in jeder Situation lenken. Es ist berauschend zuzusehen, wie Annie auf ihrem Haflinger im Galopp über die Wacholderheiden prescht.

»Du musst schon mit mir reden«, unterbricht mich die Psychologin in meinen Gedanken. »Sonst kann ich dir nicht helfen.«

»Ich habe nicht um Ihre Hilfe gebeten«, erwidere ich verächtlich.

»Noch einmal: Warst du dir dessen bewusst, was du mit einer Schere anrichten kann?«

»Natürlich war ich das. Ich bin kein kleines Kind mehr. Eine Schere ist scharf und spitz. Damit kann man jemanden verletzen.«

»Es ist eine Waffe, die auch töten kann. Hast du darüber mal nachgedacht?«

»Klar.«

»Was ging in dir vor, als du zugestochen hast?«
»Ich wollte treffen. Und zwar genau.«
Die Augen wollte ich treffen. Nichts als die Augen. Ich wollte, dass diese Person mich nie wieder ansehen kann. Aber das ist mir nicht gelungen.

Die Psychologin schlägt die Beine übereinander. Hässliche Storchenbeine, die in einer schwarzen Strumpfhose stecken. Ich bin klug genug, ihr das von den Augen nicht zu erzählen. Vermutlich würde sie mich für verrückt erklären. Ein Stich in die Augen kann tödlich sein, so viel steht fest. Und ja, ich war mir der Konsequenzen meiner Handlung bewusst. Aber ich habe nun mal nicht getroffen. Die Person, die Strafe verdient hat, riss schützend die Arme hoch, und dann floss Blut.

Leider ist sie nicht blind geworden. Sie schaut mich noch immer an. Jeden verdammten Sonntagnachmittag schaut mich die Person, die Strafe verdient hat, an.

Soll ich der Psychologin die Wahrheit sagen? Soll ich ihr anvertrauen, was an jedem verdammten Sonntagnachmittag passiert?

Ich schäme mich, es auszusprechen. Die Person, der ich die Augen ausstechen wollte, nennt es das Baderitual. Seit ich denken kann, werde ich von dieser Person gebadet. An jedem verdammten Sonntagnachmittag.

Die Badezimmertür schließt sich hinter mir. Das Schaumbad ist eingelassen. Vor den Augen der Person muss ich mich entkleiden. Dann steige ich in die Wanne. Die Person achtet darauf, dass die Temperatur angenehm ist, nicht zu heiß und nicht zu kalt. Sie benutzt ein Thermometer. 37 Grad hält sie für die perfekte Badetemperatur.

Meine Sonntage bestehen aus Schaum und dem schmalen Lächeln dieser Person. Sie sitzt auf dem Wannenrand. Sie benutzt den Frotteelappen, in den man die Hand stecken kann. Diese Frotteehand berührt mich, um mich vom Schmutz zu befreien. Das sind die Worte der Person.

Die Frotteehand berührt mich am Hals, dann an der Brust, am Bauch und schließlich zwischen den Beinen.

Jeden verdammten Sonntag muss ich das Ritual über mich ergehen lassen. Protest ist zwecklos. Auch noch im Alter von sechzehn werde ich gebadet und von der Frotteehand berührt. Sie will mich vom Schmutz befreien und besudelt mich im Seifenschaum.

Die Prozedur dauert etwa eine halbe Stunde, danach darf ich aufstehen, aus der Wanne steigen und muss mich von der Person von oben bis unten abtrocknen lassen.

Schließlich darf ich mich wieder anziehen.

Für einen Moment bin ich geneigt, der Seelenklempnerin mit der Perlenkette von alldem zu erzählen. Doch letzten Endes siegt die Scham, und ich halte meinen Mund.

Stattdessen denke ich an Annie.

Sie ist mein Licht, in ihrer Nähe ist mir warm.

Und plötzlich öffnet sich in meinem Kopf eine weitere Kammer. Darin verstecke ich einen einzigen Gedanken:

Annie und ich verschmelzen. Wir werden zu einer Person.

SIEBZEHN

Annie erwacht und schaut sich benommen um. Sie liegt auf einem breiten Bett, zugedeckt bis zum Kinn. Die Morgensonne fällt durch einen Spalt im Vorhang herein.

Erschrocken setzt sie sich auf und sieht an sich herab. Sie hat bloß ihre Unterwäsche an. Finn, durchfährt es sie, sein Ferienhaus. Sie muss hier weg.

Da erscheint er in der Zimmertür. Er hält ein Tablett in seinen Händen. Er ist frisch rasiert, trägt ein weißes Hemd zu einer dunklen Hose.

Kein Lächeln, nur ein prüfender Blick, der nichts Gutes verheißt.

»Guten Morgen«, murmelt er kühl und stellt das Tablett auf dem Nachttisch ab, darauf eine kleine Kanne Kaffee, ein Korb mit Brötchen, eine Schale mit Marmelade, Butter und eine aufgeschnittene Orange. Tasse, Teller und Besteck.

Er setzt sich aufs Bett. »Wie geht es dir?«

»Mir ist ganz flau. Ich weiß nicht mehr, was gestern Abend passiert ist.«

»Du bist ohnmächtig geworden. Ich habe die halbe Nacht bei dir gesessen und deinen Puls gefühlt. Hast du zu viel Valium geschluckt?«

»Wie kommst du darauf?«

»Ich habe deine Handtasche durchsucht. Da fand ich den Tablettenblister.«

Sie öffnet entrüstet den Mund.

»Tut mir leid, ich musste schließlich über deinen Zustand informiert sein. Ich war drauf und dran, den Notarzt zu rufen.«

Sie will aufstehen, doch mit einer herrischen Geste drückt er sie zurück aufs Bett. »Du solltest jetzt frühstücken.«

»Finn, ich ...«

»Du tust, was ich dir sage.«

Er gießt ihr Kaffee ein und reicht ihr die Tasse. Er schneidet ihr ein Brötchen auf und bestreicht es mit Butter und Marmelade.

Widerwillig trinkt und isst sie. Er beobachtet sie dabei. Als sie fertig ist, nimmt er ihr das Geschirr ab.

Plötzlich fährt seine Hand in ihren Nacken, und sie zuckt zusammen. »Färbst du dir eigentlich die Haare?«

»Wie bitte?«

»Dieser Kirschholzton, ist der echt?« Seine Berührung ist ihr zutiefst unangenehm. Er kommt ihr sehr nahe, als er leise sagt: »Nichts an dir ist echt. Ist doch so, oder?«

Sie löst sich von ihm. »Ich gehe jetzt.«

Seine Stimme ist scharf. »Nein, du bleibst.«

Sie starrt ihn entgeistert an.

»Ich verlange eine Entschuldigung von dir.«

»Wofür?«

»Du wolltest mich reinlegen. Du hast mit mir gespielt. Und nicht nur das: Was du treibst, ist kriminell.«

»Ich verstehe nicht.«

»Für wie dumm hältst du mich eigentlich? Ich habe heute Morgen ein paar Nachforschungen angestellt.«

»Was?«

»Wollen wir die Polizei rufen?«

»Aber warum?«

»Schluss mit deinen Spielchen. Ich meine es ernst. Ein Anruf bei der Polizei, und du bist erledigt.«

»Ich weiß nicht...«

»O doch, du weißt es. Und deshalb bleibt dir keine andere Wahl. Von nun an wirst du alles tun, was ich von dir verlange. Oder ich werde dich den Behörden überstellen.«

»Du bist ja übergeschnappt.«

»Nein. Du bist hier die Verrückte.«

»Es ist mir schleierhaft, worauf du hinauswillst.«

»Wie konnte ich nur auf dich reinfallen.«

»Ich gehe.«

»Du rührst dich nicht vom Fleck.« Seine Augen verengen sich zu Schlitzen. »Ich kenne dein schmutziges Geheimnis.«

»Wovon sprichst du eigentlich?«

»Tu ja nicht so unschuldig. Mir machst du nichts mehr vor. Ich weiß, was du getan hast.«

Plötzlich packt er sie und stößt sie aufs Kissen. Seine Hand gleitet brutal zwischen ihre Beine, als er sich auf sie wirft. Sie schreit. Sein Mund presst sich auf ihre Lippen. Annie verspürt einen stechenden Schmerz. Er beißt ihr in die Unterlippe, einmal und gleich noch ein zweites Mal. Dann lässt er jäh von ihr ab.

Blut rinnt über ihr Kinn. Sie heult auf.

Schwer atmend erhebt er sich. »Auf die Knie!«

Sie japst nach Luft.

Er zerrt an ihren Haaren. »Auf die Knie, verdammt.«

Sie rutscht vom Bett, kauert vor ihm.

»Sag: ›Verzeihen Sie, großer Meister. Ich habe Sie angelogen. Ich habe Strafe verdient.‹«

»Nein!«

Er schlägt ihr ins Gesicht. »Sag es.«

Sie ringt nach Atem, bringt kein Wort heraus. Er wiederholt die Sätze, und schließlich spricht sie ihm leise nach.

Eine Weile ist es still im Zimmer. Er lächelt sie an. »Gut. Du wirst mir gehorchen. Und du wirst deine gerechte Strafe empfangen.«

Er ist wahnsinnig, durchfährt es sie, doch sie schweigt.

»Jetzt wasch dich und zieh dich an. Wir machen einen Ausflug.«

»Wohin?«

»Wirst du schon sehen.«

Sie steht auf und schaut ihn fassungslos an.

Er packt sie am Arm und führt sie ins Badezimmer. Er beobachtet, wie sie sich am Waschbecken das Blut abwischt und die Lippen kühlt. Sie muss sich vor ihm die Zähne putzen und die Achseln deodorieren. Jede ihrer Bewegungen wird von ihm überwacht. Selbst als sie auf die Toilette muss, bleibt er im Raum.

Er scheint es zu genießen. Breitbeinig steht er vor ihr, die Arme vor der Brust verschränkt »Glaub mir, das ist erst der Anfang. Du wirst mir dienen. Gefügig wirst du sein.«

Nachdem er ihr ihre Kleidung und die Schuhe gereicht hat, zieht sie sich vor ihm an.

Er führt sie in den Flur. Sie schlüpft in seine Jacke, er in seinen Mantel mit dem Fellkragen. Als sie nach ihrer Handtasche greifen will, schüttelt er den Kopf.

»Die bleibt hier.«

»Aber warum?«

»Als Pfand. Damit du nicht abhaust.«

»Finn, wir können uns doch irgendwie einigen.«

»Nein. Du hast mir genug vorgespielt. Komm jetzt.«

Er zwingt sie in seinen Wagen. Er steigt ein, startet den Motor und fährt mit ihr los. Mit erhöhter Geschwindigkeit jagt er den Berg hinunter, durchquert die Ortschaft und erreicht die Landstraße. Einige Zeit darauf biegt er in eine Zufahrtsstraße.

Abseits von einer Häusersiedlung hält er vor einem Reiterhof. Sie verlassen den Wagen. Er nimmt sie am Arm. In eiligen Schritten steuert er mit ihr auf den Eingang zu.

»Es ist der einzige Reiterhof in der Nähe. Ich habe seine Adresse aus dem Internet.«

»Finn, ich kann dir...«

»Halt den Mund.«

Sie passieren eine Toreinfahrt. Links befinden sich die Ställe, rechts das Haupthaus und geradeaus die Koppeln. Eine Frau um die fünfzig, in blauer Arbeitskluft und schwarzen Gummistiefeln, die Gesichtshaut wettergegerbt, ein Tuch um ihr weißblondes Haar geschlungen, tritt auf sie zu und fragt, ob sie ihnen helfen kann.

»Sind Sie die Betreiberin des Hofs?«, fragt Finn.

»Ja.«

»Finn Morgenroth. Wir haben heute Morgen miteinander telefoniert.«

»Richtig. Sie haben sich nach Sultan erkundigt, nicht wahr?«

»Ganz genau.«

»Kommen Sie mit.«

Annies Schritte sind schwer, als sie den beiden zu den Ställen folgt. Sie spürt ihren Herzschlag und ein Pochen an den Schläfen. Ihr ist kalt, ein Schauer läuft ihr über den Rücken. Unaufhörlich fährt sie sich mit der Zunge über ihre Unterlippe. Die Stelle, wo Finn sie gebissen hat, schmeckt kupfrig, nach Blut.

Ihr Blick gleitet über seinen Fellkragen zu seinem wölfischen Lächeln. In seinen Augen bemerkt sie zum ersten Mal einen gelblichen Schimmer.

Sie fürchtet sich vor ihm. Sie will wegrennen, die Flucht ergreifen, doch seine Hand krallt sich so fest in ihren Oberarm, und seine Miene ist so wild entschlossen, dass ihr jeglicher Widerstand zwecklos erscheint.

Die Frau mit dem Kopftuch führt sie zu einer Box. Und da steht er, neugierig streckt er den Kopf hervor. Annie erkennt ihn sofort. Seine hübschen Augen, die helle Mähne. Sultan, das prächtige Pferd.

»Ist er das?«, fragt Finn.

Die Hofbetreiberin nickt.

»Wäre es möglich, dass meine Begleiterin auf ihm ausreitet? Nur für eine halbe Stunde?« Sein Grinsen ist höhnisch. »Ich denke, es würde ihr eine große Freude bereiten.«

»Bedaure, das geht leider nicht.«

»Aber warum denn nicht?«

»Weil ihr das Pferd nicht gehört.«

»Die Besitzerin heißt doch Annie Friedmann, nicht wahr?«

»Ja.«

Er spielt den Überraschten und hebt die Augenbrauen. »Und wo ist diese Annie Friedmann jetzt?«

Einen Moment lang schaut die Frau ihn irritiert an. »Wissen Sie das denn nicht?«

»Sagen *Sie* es mir.«

»Großer Gott, Sie scheinen ja völlig ahnungslos zu sein.«

»Ich nicht. Ich entdeckte heute Morgen eine kleine Notiz im Internet über sie.« Er setzt eine triumphierende Miene auf. »Nur meine Begleiterin möchte sich offenbar nicht mehr daran erinnern. Erzählen Sie ihr, was passiert ist.«

Die Frau mustert sie verwundert, dann stößt sie einen tiefen Seufzer aus. »Es ist schrecklich, aber... Annie Friedmann ist verschollen.«

»Verschollen?«

»Ja. Sie wird seit sieben Jahren vermisst. Es war zu Halloween 2010, als sie spurlos verschwand.«

ACHTZEHN

Finn Morgenroth wirft ihr einen Blick zu, der so durchdringend ist, dass sie am liebsten im Boden versinken würde.

Er wendet sich an die Hofbetreiberin und fragt: »Diese Frau hier ist nicht zufällig Annie Friedmann?«

Nun wird sie auch von ihr gemustert. Ihr Brustkorb verkrampft sich, ihr Atem ist flach.

Die Frau in der blauen Arbeitskluft schüttelt den Kopf. »Sie sieht ihr sehr ähnlich, aber sie ist es nicht.«

Ein aasiges Lächeln, seine Zähne blitzen auf. »Wer kümmert sich denn um das Pferd?«

»Sultan ist in unserer Obhut, seit Annie verschollen ist. Anfangs hatten wir noch Hoffnung, sie würde wieder auftauchen. Doch mittlerweile müssen wir davon ausgehen, dass sie nicht mehr am Leben ist. Die arme Annie, sie hat das Pferd über alles geliebt.«

»Wie alt war sie, als sie verschwand?«

»Dreiundzwanzig. Sie hatte gerade angefangen, in Berlin zu studieren. Aber sooft sie nur konnte, kam sie hierher. Sie hat dieses wunderschöne Haus am Waldrand von ihren Eltern übernommen, es sich liebevoll eingerichtet und als Feriendomizil genutzt. Ihre Mutter ist längst verstorben. Ihr Vater hat das Haus seit sieben Jahren nicht mehr betreten. Er bringt es nicht fertig, irgendetwas dort zu verändern, geschweige denn, es zu verkaufen. Das Verschwinden seiner

Tochter hat er nicht verkraftet. Er ist vor Gram gebeugt. Ich glaube, er lebt jetzt in Stuttgart.«

»Annies Haus steht also leer?«

»Ja. Niemand kümmert sich darum. Es ist ein Jammer. Und Sultan«, sie tätschelt dem Haflinger den Kopf, »ist auch nicht mehr derselbe, seitdem sie in jener Halloweennacht spurlos verschwand. Jeden Tag wartet er auf sie. Er war immer ganz aufgeregt, wenn sie in den Stall kam. Und Sie hätten sehen sollen, wie sie auf ihm geritten ist. Die beiden harmonierten vollkommen, es war eine unvergleichliche Freundschaft zwischen ihr und dem Pferd.«

»Was ist denn in der fragwürdigen Nacht vor sieben Jahren passiert?«

»Sie hat mit Freunden eine Schnitzeljagd veranstaltet. Von der kehrte sie nicht mehr zurück.«

»Könnte es ein Unfall gewesen sein? Hier gibt es doch recht hohe Felsen, vielleicht ist sie abgestürzt.«

»Das vermutete man anfangs auch. Allerdings wurde ihr Leichnam nicht gefunden. Die gesamte Gegend wurde abgekämmt, ohne Erfolg. Die Polizei geht von einem Gewaltverbrechen aus.«

»Hat sich eigentlich in letzter Zeit jemand an Sultans Stalltür zu schaffen gemacht?«

»Ja, das ist leider wahr. Wir befürchten, dass sich jemand unrechtmäßig auf dem Gelände aufhielt.«

»Vielleicht, um sich das Pferd für einen unerlaubten Ausritt auszuleihen?«

»Interessant, dass Sie danach fragen. Genau diesen Verdacht hatten wir auch. Ein Stallmädchen sagte uns in der vorletzten Woche, sie habe sich gewundert, dass Sultan nicht in seiner Box sei. Sie dachte, jemand von den Angestellten hätte ihn auf eine Koppel gebracht, die ein Stück von hier

entfernt ist. Als wir am Abend jedoch nachschauten, war er nicht dort. Dafür stand er wieder im Stall.«
Seine Mundwinkel zucken. »Wie überaus eigenartig.« Sie runzelt die Stirn. »Würden Sie mir nun verraten, warum Sie all das so brennend interessiert? Sultan steht nämlich nicht zum Verkauf, falls Sie das glauben. Ich denke, das habe ich bereits am Telefon deutlich gemacht.«
Finn breitet die Hände aus. »Es gab einige Missverständnisse zwischen mir und meiner Begleiterin. Die sind nun aufgeklärt.« Er deutet eine kleine Verbeugung an. »Haben Sie vielen Dank für Ihre Auskunft.«

Sie wird von ihm am Arm gepackt und vor den Augen der verblüfften Hofbetreiberin aus dem Stall gezogen. Als sie wieder vor seinem Auto stehen, fragt er sie leise: »Wer bist du wirklich? Warum habe ich keinen Ausweis in deiner Handtasche gefunden?«

»Wie kannst du es wagen, in meinen Sachen zu wühlen?«
»Antworte auf meine Frage: Wer bist du?«
»Finn, es tut mir sehr leid, ich hätte...«
»Sag mir, wer du bist!«
»Lass mich doch wenigstens versuchen, dir zu erklären, was mich...«
Erneut unterbricht er sie. »Wir waren in dem Haus der vermissten Annie Friedman. Du hast behauptet, es würde dir gehören. Du reitest auf Sultan aus und gaukelst mir vor, es sei dein Pferd. Dabei hast du es entführt. Du schläfst mit mir im Bett dieser Frau, die offenbar einem Verbrechen zum Opfer fiel.«
»Ich wollte dich nicht...«
»Wie ist dein richtiger Name?«
Sie kämpft gegen die Tränen an.

»Wer verdammt noch mal bist du?«

Sie schluckt. Ballt die Hände zu Fäusten. Schließlich murmelt sie kaum hörbar: »Entschuldige. Ja, ich habe dich angelogen.«

»Und wie heißt du?«

Sie schüttelt den Kopf. »Lass mich gehen, ja?«

»Du meinst, ich lasse dich einfach so davonkommen?«

»Bitte.«

»Du hast mir also bloß vorgemacht, Annie Friedmann zu sein?«

Sie nickt.

»Warum zum Teufel? Was sollte dieses Spiel in ihrem Haus?«

»Ich wollte dir gefallen. Ich wollte dich beeindrucken. Allen Männern möchte ich gefallen. Ich will, dass sie verrückt nach mir sind. So verrückt wie nach Annie.«

»Und was ist mit ihr passiert?«

Er starrt sie an. Sie antwortet nicht.

»Bist du für ihr Verschwinden verantwortlich?«

Sie schweigt.

»Hast du sie etwa umgebracht?«

Die Welt scheint sich von ihr zu entfernen. Alles ist still um sie herum. Kein Vogelgezwitscher mehr, kein Rauschen in den Bäumen. Sie vernimmt bloß den heftigen Pulsschlag in ihrem Innern. Sie ist in ihrem Körper gefangen. In einem Körper, den sie nie leiden konnte.

Sie trägt einen Namen, den sie nicht mag. Und sie führt das fade Leben einer Einzelgängerin.

Sie ist das Mädchen, das ihre Mutter in einer Pfütze von Erbrochenem findet. Sie ist das Kind, das sich lieber in seinem Zimmer verkriecht und seinen einsamen Tagträumen nachhängt, als sich draußen auf die Suche nach Freunden zu begeben.

Wenn sie nicht mehr Annie Friedmann sein kann, macht ihr Leben keinen Sinn. Als Annie ist sie stark und froh. Als Annie besitzt sie ein Pferd und ein wunderschönes Haus. Sie hat tolle Eltern, ist beliebt, begehrt, von zahlreichen Verehrern umringt. Ein jeder, der ihr begegnet, beneidet sie um ihr Aussehen, ihren Charme, ihre Kreativität. Sie hat Humor und steckt andere mit ihrem Lachen an. Die Menschen fühlen sich wohl in ihrer Gegenwart.

In Wirklichkeit kommt sie aus einer schäbigen Siedlung am Stadtrand. Hier aber gibt es den Wald, die Weite und die Schönheit. Sultan spitzt die Ohren und wartet in seinem Stall auf sie.

Sie schenkt den Männern ein Lächeln, und schon sind sie hoffnungslos in sie verliebt. Sie braucht sich nur zu kleiden wie Annie, sie färbt sich die Haare und ahmt ihre Frisur nach, ihre Gesten und ihre Art zu sprechen. Sie umgibt sich mit ihren Sachen und lädt die Männer ein in ihr hübsches Heim mit den Holzfiguren darin. Oder aber in ihre Wohnung in Berlin, die genauso eingerichtet ist wie das Haus. Sie muss nichts weiter tun, als ihnen die Geschichten zu erzählen, die sie von Annie kennt. Sie spielt ihnen das Leben vor, das ihr Annie vorgelebt hat.

Und sie alle fallen auf den Schwindel herein.

Es ist ganz leicht, Annie Friedmann zu sein. Man darf nur nicht daran zweifeln. Man muss es sich selbst so oft vormachen, bis man es glaubt und die andere, die schlechte Welt, für eine einzige Lüge hält.

Nein, denkt sie, ich bin nicht das Mädchen ohne Hoffnung, die Frau, die keiner mag. Mein Name ist Annie Friedmann, und alle sind verrückt nach mir.

Sie tritt näher an Finn heran. Blitzartig winkelt sie das Knie an und stößt zu. Sie trifft ihn zwischen den Beinen. Er schreit auf. Schmerzverzerrt krümmt er sich zusammen, und sie ergreift die Flucht.
Sie läuft, so schnell sie kann.
Sie rennt um ihr Leben.
Annie heißt sie, ihre hübschen, langen Beine sind flink.
Annie ist ihr Name, und sie ist clever.
Schon verschwindet sie im Dickicht des Walds.

DRITTER TEIL

NEUNZEHN

Gleich nach seiner Rückkehr aus Blaubeuren am frühen Nachmittag stürzt sich Ben in die Arbeit. Er kümmert sich um die E-Mails, ruft Mandanten zurück und macht Termine aus, durchkämmt Akten und bearbeitet Zahlen, Bilanzen und Tabellen.

Erst am späten Abend verlässt er sein Büro und geht heim. Es ist so still in seiner Wohnung, dass ihn unwillkürlich die Wehmut packt. Den ganzen Tag über war er bemüht, die Gedanken an seine überstürzte Abreise auszublenden, doch nun quälen ihn die Selbstvorwürfe, er könnte Annie im Stich gelassen haben.

Dennoch reagiert er nicht auf ihre SMS und ihre beiden Anrufe.

Er verbringt eine unruhige Nacht. Erst gegen Morgen schläft er ein, ihr Kissen im Arm, und träumt, dass man ihren aufgequollenen Leichnam aus dem Blautopf zieht. Schweißgebadet schreckt er hoch.

Am Vormittag reiht sich ein Termin an den anderen. Mittags hat er ein Arbeitsessen mit einem Mandanten, der äußerst geschwätzig ist. Er wird von ihm mit Fragen zu einem komplizierten Abschreibungsprojekt gelöchert. Ben kann sich kaum auf das Thema konzentrieren. Die Bilder aus seinem Traum flackern vor ihm auf. Annies aufgeschwemmter Leib, ein schillernder Aal, der sich aus ihrem aufgerissenen Mund schlängelt. Die ausgehöhlten Augen, ihr von den Fischen zerfressenes Gesicht. Schlaffe Brüste, bläulich weiße Haut. Während er träumte, konnte er die Verwesung riechen.

Er entschuldigt sich, steht auf, wankt zu den Waschräumen und erbricht das überteuerte Menü in die Kloschüssel. Er wimmelt den aufdringlichen Mandanten ab und eilt zurück ins Büro. Er wechselt sein bekleckertes Hemd und hört zum wiederholten Mal die Sprachnachrichten ab, die Annie am Vortag auf seiner Mailbox hinterlassen hat.

Weißt du, schon als Kind hatte ich manchmal merkwürdige Zustände, als würde ich neben mir stehen und alles, was mit mir passiert, bloß unbeteiligt beobachten. Ich war dann nicht ganz ich selbst.

Und dann die zweite Nachricht, die noch verstörender ist:
Ich habe Angst, allmählich den Verstand zu verlieren.

Er ruft zurück, sie hebt nicht ab.

Eine Weile kann er sich auf die Arbeit fokussieren, doch kurz darauf schweifen seine Gedanken erneut ab.

Irgendetwas stimmt da nicht. Annie scheint völlig durcheinander zu sein. Ob sie vorhat, sich etwas anzutun? Ist sie der Typ dafür? Die Annie, die er einmal kennengelernt hat, sicher nicht. Aber zuletzt kam sie ihm wie ein ganz anderer Mensch vor. Labil, verunsichert, schutzbedürftig. Blaubeuren ist kein guter Ort für sie, das hat sie selbst gesagt. Sie hat ihm das Versprechen abgenommen, sie in dieser Gegend nicht allein zu lassen. Und doch ist er abgereist.

Wenn sie nur nicht diesem schmierigen Wirt begegnet wären. Seine Bemerkungen, Annie zusammen mit einem anderen Mann gesehen zu haben, waren so unverhohlen, dass jedem noch so geduldigen Liebhaber der Kragen geplatzt wäre.

Aber er vermisst sie. Er will sie nicht verlieren. Und er ist in großer Sorge um sie.

Was könnte das bloß für ein Haus sein, von dem sie bei ihrem Anruf gesprochen hat? Wieder und wieder grübelt er über ihre rätselhaften Sätze nach.

Es gibt hier ein Haus, das so eingerichtet ist wie meine Wohnung. Ich habe es mehr oder weniger durch Zufall entdeckt. In einem Zimmer steht sogar eine von diesen Figuren, die ich aus Holz schnitze. Exakt die gleiche. Wie kann das möglich sein?

Und was hat es mit dieser Doppelgängerin auf sich, von der sie sprach?

Vor mir liegt ein Foto von einer Frau, die mir sehr ähnlich sieht. Es ist, als hätte ich eine Zwillingsschwester.

Sie braucht mich, durchfährt es ihn. Allerdings geht ihm auch nicht aus dem Kopf, was Konrad Geiss gesagt hat.

Liebe macht blind, das wissen wir doch alle.

Ist Annie etwa verrückt? Leidet sie vielleicht wirklich unter einer dissoziativen Störung? Hat sie womöglich in Blaubeuren ein Unheil angerichtet, das sie aus ihrem Bewusstsein verdrängt hat? Oder ist es so, dass sie sich weigert, sich daran zu erinnern?

Sie spricht von einer Art Zwillingsschwester. Hat sich ihr Wesen aufgespalten? Besteht sie aus zwei verschiedenen Persönlichkeiten?

Glaub mir, ich hatte noch nie so viel Vertrauen zu einem Menschen wie zu dir. Darum will ich dir alles über mich erzählen. Alles, woran ich mich erinnern kann. Bitte komm zurück, Ben. Gib mich jetzt nicht auf.

Er will nicht glauben, dass sie wahnsinnig ist. Und es drängt ihn, ihr zu helfen. Gestern war er noch wütend auf sie, heute stellt sich das anders dar.

Aber warum geht sie nicht ans Telefon? Er versucht es mehrmals auf ihrem Handy, nichts, nur die Mailbox. Er hinterlässt ihr eine Nachricht:

»Ruf mich zurück, Annie. Lass uns reden. Ich bin für dich da.«

Als er abends nach Hause kommt, wirft er sich aufs Bett und sagt leise ihren Namen. Ja, er ist verrückt nach ihr, und selbst wenn er blind vor Liebe ist, einerlei, er muss sie zurückhaben.

Auf dem Nachttisch liegt ihre Halskette mit dem Rubin. Er denkt an ihre aufregende Nacht, bevor sie nach Blaubeuren aufbrachen. Das Schmuckstück auf ihrer nackten Haut und ihre verstörenden, aber auch verführerischen Worte:

Ich bin Rotkäppchen. Und du bist der Wolf.

Er zwingt sich, eine Kleinigkeit zu essen, spült das Geschirr, wählt erneut ihre Nummer. Wieder meldet sich bloß die Mailbox.

Er schaut zur Uhr. Es ist kurz nach elf. Er zögert nicht lange, dann packt er ein paar Sachen in seine Tasche, zieht seine Jacke an, nimmt den Autoschlüssel und verlässt die Wohnung.

Nachdem er in seinem Audi die Stadtautobahn verlassen und die A9 erreicht hat, schert er auf die Überholspur aus und rast durch die Nacht.

Gegen fünf Uhr morgens erreicht er Blaubeuren. Erschöpft hält er am Straßenrand, schaltet Licht und Motor aus, betätigt die Zentralverriegelung, klappt den Sitz herunter und versucht, ein wenig zu schlafen.

Um sieben steigt er aus und geht in eine Bäckerei, um zu frühstücken. Danach durchquert er die Altstadt auf der Suche nach dem Gasthof *Zum Hirsch*. Nachdem er sich ein paarmal in den verwinkelten Gassen verirrt hat, entdeckt er ihn schließlich und tritt ein.

Der Wirt empfängt ihn mit einem schmalen Lächeln. »Zurück in unserer schönen kleinen Stadt?«

Ben verzieht das Gesicht. »Ist meine Freundin noch hier? Annie Friedmann?«

»Bedaure, nein. Nachdem Sie abgereist sind, hat sie ihren Koffer bei mir untergestellt. Eine Nacht hat sie wohl woanders verbracht. Gestern Vormittag kam sie dann, um den Koffer abzuholen.«

»Hat sie gesagt, wohin sie wollte?«

»Nein.«

»Na schön. Trotzdem vielen Dank.«

Er verlässt den Gasthof. Er ist ratlos. Zückt erneut das Handy, ruft sie an, wartet den Ansagetext ihrer Mailbox ab und spricht drauf: »Annie, ich bin jetzt wieder in Blaubeuren. Bitte melde dich. Was immer dich aus deiner Vergangenheit belastet, du kannst es mir anvertrauen. Ich bin für dich da.« Er legt auf.

Was soll er jetzt tun? War es ein Fehler, noch einmal herzukommen? Hat sie ihn tatsächlich in Blaubeuren betrogen? Sie hat eine Nacht woanders verbracht, sagt der Wirt. Wo um Himmels willen? Bei wem?

Wieder grübelt er über das rätselhafte Haus nach, dessen Einrichtung angeblich Annies Wohnung in Berlin gleicht. Es muss doch eine Erklärung für all das geben.

Ziellos wandert er durch die Altstadt. Über den Berghängen haben sich dunkle Wolken gebildet. Es beginnt zu tröpfeln, und schon bald wird der Regen stärker. Er schlägt den Kragen seiner Jacke hoch und geht immer weiter.

Als er völlig durchnässt ist, stellt er sich unter die Markise eines Cafés und denkt angestrengt nach. Es gibt nur vier Möglichkeiten. Entweder hat sich Annie mittlerweile dazu entschieden, mit dem Zug zurück nach Berlin zu fahren, so dass er sie verpasst hat. Oder aber sie hat sich irgendwo ein Hotel genommen, weil ihr die Atmosphäre in dem Gasthof nicht behagte. Die dritte Variante wäre, dass sie tatsächlich einen Liebhaber in Blaubeuren hat, bei dem sie nun untergekommen ist. Die vierte Möglichkeit wäre noch schlimmer: Ihr ist etwas zugestoßen.

Ben beschließt, zunächst einmal die Hotels abzuklappern und nach einer Annie Friedmann zu fragen.

Er betritt das erste, an dem er vorbeikommt, und erkundet sich an der Rezeption. Der Angestellte reagiert misstrauisch. Erst als Ben von dem Streit mit seiner Freundin erzählt und dabei ein wenig dramatisiert, wirft er einen Blick auf die Gästeliste in seinem Computer.

»Ich finde hier keine Frau mit dem Namen.«

Ben bedankt sich und verlässt das Hotel.

Auch in einer Pension in der Fußgängerzone hat er kein Glück. Im strömenden Regen macht er sich auf die Suche nach der nächsten Unterkunft. Wie sich herausstellt, gibt es nicht gerade viele Hotels in dieser kleinen Stadt. Das dritte, in dem er es versucht, wirkt sehr viel feudaler. Es befindet sich in einem sanierten Fachwerkhaus, daran angrenzend ein moderner Anbau mit viel Glas und einer hell angeleuchteten Fassade.

Eine freundliche Empfangsdame begrüßt ihn, und Ben erzählt ihr seine Geschichte.

Mit einem mitleidigen Lächeln gibt die Frau den Namen in den Computer ein, und Ben ist bereits darauf gefasst, dass er wieder kein Glück hat, als sie zu ihm sagt: »Ja, eine Frau Annie Friedmann hat gestern Mittag eingecheckt.«

Sein Herz macht einen Sprung. »Könnten Sie sie auf ihrem Zimmer anrufen und ihr bitte sagen, Ben Kramer sei hier?«

Sie nickt, greift zum Telefon und tippt eine Nummer ein. Er hält den Atem an, als sie kurz darauf in den Hörer spricht und seinen Besuch ankündigt.

Sie legt auf und lächelt ihn an. »Frau Friedmann erwartet Sie. Sie hat unsere Suite gebucht.« Sie nennt ihm die Zimmernummer.

»Vielen Dank.«

Aufgeregt betritt er den Lift und fährt in den vierten Stock hinauf. Er geht durch den Flur, bleibt vor der Tür mit der Nummer 404 stehen, holt tief Luft und klopft an.

ZWANZIG

Annie öffnet ihm in einem roten Seidenkimono, der nur nachlässig zugebunden ist. Ihr Haar ist mit Klammern hochgesteckt.

Ihr Lächeln ist bezaubernd. Sie sieht hinreißend aus.

»Ben, was für eine schöne Überraschung. Komm doch rein.«

Kaum hat er die Tür hinter sich geschlossen, fällt sie ihm um den Hals. »Oh, wie ich mich freue, dich wiederzusehen.« Sie küsst ihn. »Du hast mir gefehlt, Ben.«

Sein Blick verliert sich für einen Moment in ihrem Dekolleté. Dann schaut er ihr in die Augen. »Du hast mir auch gefehlt, Annie. Und ich hatte Angst um dich. Ich hab zigmal versucht, dich anzurufen.«

Sie lacht. »Ich hab dich auch ein paarmal angerufen, Ben. Aber du hast nie abgehoben.«

»Das war vor zwei Tagen. Seit gestern bin ich in großer Sorge, weil du dich nicht meldest.«

Sie macht eine vage Handbewegung. »Nun bist du ja zum Glück hier.« Sie zieht eine Augenbraue hoch. »Aber du bist ja ganz nass. Das ist ein furchtbarer Regen draußen, nicht wahr? Zieh deine Jacke aus und mach es dir gemütlich. Schau nur, was für eine wundervolle Suite das ist. Ich hab mir gedacht, ein paar Tage Urlaub würden mir guttun. In dem Gasthof war es so deprimierend, findest du nicht auch?«

Sie nimmt ihm seine Jacke ab und hängt sie an die Garderobe. Ben blickt sich um. Ein Tisch in der großzügig geschnittenen Zwei-Zimmer-Suite ist mit einem reichhaltigen Frühstück gedeckt. In einem Kübel voller Eis steht eine geöffnete Flasche Champagner.

»Hast du Hunger?« Annie streicht ihm mit der Hand über die Wange. »Es gibt Lachs und Champagner, Rührei, Pfannkuchen, Obst und andere Leckereien. Alles, was dein Herz begehrt.«

»Nein danke, ich hab schon gefrühstückt.«

»Bist du die ganze Nacht durchgefahren?«

»Ja.«

»Nur meinetwegen?«

»Hmm.«

»Wie lieb von dir.« Nach einer Pause fragt sie: »Bist du noch immer sauer auf mich, Ben?«

Er schweigt.

»Weißt du, ich glaube, der Wirt in der Gaststätte war auf unser Glück eifersüchtig. Darum hat er so niederträchtige Dinge über mich gesagt. Oh, Ben, ich bin ja so froh, dass du wieder da bist.«

Er lässt die Schultern hängen und mustert sie. »Ich verstehe das alles nicht. Wo warst du denn so lange? Der Wirt hat gesagt, du hättest dein Gepäck erst einen Tag später bei ihm abgeholt.«

»Vergiss doch mal diesen entsetzlichen Kerl. Er wollte uns was Böses. Der ist doch nicht ganz dicht im Kopf.«

Wieder küsst sie ihn. Dann raunt sie ihm ins Ohr: »Zieh deine Sachen aus, Ben. Ich lasse dir ein schönes, heißes Bad ein. In dem Hotel gibt es auch eine Sauna, falls du darauf Lust hast.«

Er kann es nicht fassen. Träumt er? Ihre Anrufe klangen

so verzweifelt, und jetzt? Sie scheint sich wieder in die Annie verwandelt zu haben, in die er sich einmal verliebt hat.

Er löst sich von ihr. »Bist du sicher, dass alles mit dir in Ordnung ist? Erinnerst du dich noch, was du mir auf die Mailbox gesprochen hast? Es war so rätselhaft. Das Haus? Die Einrichtung? Das Foto einer Frau, die dir sehr ähnlich sieht?«

»Mach dir deswegen keine Sorgen, Ben. Mir geht es gut.«

»Und heute früh? Als ich hier ankam, hab ich dich gleich angerufen.«

Abermals lächelt sie. »Es ist zu dumm, weißt du, ich hab das neue Handy verlegt.«

»Wie bitte?«

»Ja, und auch das Geld, das du mir gegeben hast. Ich hatte es in meiner Handtasche, aber die ist... keine Ahnung, ich muss sie wohl verloren haben.«

»Du hast schon wieder deine Handtasche verloren?«

Sie macht einen Schmollmund. »Findest du mich deswegen schrecklich?«

»Nein, aber... wo warst du denn nur?«

»Hier.«

»Und in der Nacht davor?«

»Ben, Liebling, fang nicht wieder damit an.«

»Wie kannst du in einem teuren Hotel einchecken, wenn du überhaupt kein Geld hast?«

»Na ja, ich hab gehofft, dass mir schon eine Lösung einfallen wird.«

»Was ist los mit dir, Annie? Sag mir endlich die Wahrheit. Du scheinst ja mittlerweile einiges in Blaubeuren herausgefunden zu haben. Deshalb hast du mich doch vorgestern angerufen. Was ist das für ein Haus, von dem du gesprochen hast? Du sagtest, es komme dir vor, als lebe hier eine Zwillingsschwester von dir.«

Für einen Moment legt sie die Stirn in Falten. Danach setzt sie wieder ein fröhliches Gesicht auf. »Lass uns das lieber vergessen, okay? Schon möglich, dass ich mal in der Gegend war. Als junger Mensch hatte ich einige Probleme und hab verrückte Sachen angestellt. Kein Grund, sich deswegen den Kopf zu zerbrechen.«

Er starrt sie an. »Wir sollen es vergessen? Wir sind hergekommen, um deiner Erinnerung auf die Sprünge zu helfen.«

»Natürlich. Ich geb mir auch Mühe, aber...«, sie lässt die Luft durch die Zähne entweichen, »... es bringt doch nichts, immerzu über Probleme nachzugrübeln. Das Leben ist so kurz, man sollte es genießen. Wir machen hier paar Tage Urlaub, und dann fangen wir in Berlin von vorne an. Einverstanden?«

Er antwortet nicht.

Sie tritt nahe an ihn heran. Während sie ihn küsst, wandert ihre Hand langsam über seinen Rücken.

»Warte hier auf mich, Ben«, wispert sie. »Ich lasse uns ein Schaumbad ein. Wir trinken in der Wanne Champagner und haben Spaß.«

EINUNDZWANZIG

Irgendwann im Lauf des Vormittags beschließt Ben, sich fallen zu lassen und keine Fragen mehr zu stellen.

Natürlich wundert er sich über Annies Verband an ihrem linken Unterarm. Er glaubt ihr die Geschichte nicht, sie habe sich versehentlich an einer zerbrochenen Glasflasche verletzt. Er muss daran denken, wie sich Dr. Geiss nach Selbstverletzungen erkundigt hat. Annie aber gelingt es, ihn mit Küssen und Liebkosungen von seinen Grübeleien abzuhalten.

Er ist überglücklich, dass sie wieder bei ihm ist, und das ist im Moment das Einzige, was für ihn zählt.

Mittags lassen sie sich vom Zimmerservice ein dreigängiges Menü bringen und verzehren es im Bett. Beschwipst vom Champagner, albert Annie herum und bringt ihn immer wieder zum Lachen.

Er ist froh darüber, dass sie wieder unbeschwert sein kann. Ja, er hat den Verdacht, ihre Ausgelassenheit sei ein klein wenig übertrieben, sie kommt ihm gelegentlich überreizt und nicht ganz authentisch vor, aber er will nicht länger darüber nachdenken.

Da es draußen noch immer regnet, verlassen sie die Suite nicht. Nachdem sie ein zweites Mal Sex hatten, fällt Ben in einen seligen Nachmittagsschlaf und wacht erst am Abend wieder auf.

Er vernimmt das Rauschen der Dusche, stellt sich weiter schlafend, als Annie nackt ins Zimmer tritt, Slip und BH anzieht und ein besonderes Kleid aus ihrem Koffer hervorholt. Er beobachtet sie dabei, wie sie es sich überstreift. Es ist ein rotes Cocktailkleid mit Spitze, Schnürung und transparenten Partien. Sie kämmt sich vorm Spiegel die Haare und schminkt sich.

Plötzlich bemerkt sie seine Blicke.

»Ben, Liebling. Du bist ja wach.«

»Ja.«

Sie lächelt. »Woran denkst du gerade?«

»Dass ich der glücklichste Mensch auf der Welt bin, seit ich Annie Friedmann getroffen hab.«

Sie trägt Rouge auf. »Gefällt sie dir also, deine Annie?«

»Und wie. Was ist das für ein Kleid?«

»Magst du es?«

»Ja. Rot steht dir sehr gut.«

»Danke. Ach übrigens, weißt du, was für ein Tag heute ist?«

»Der 31. Oktober.«

»Und?«

»Halloween.«

Sie schaut in den Spiegel und strahlt ihn an. »Ich mag Halloween. Hast du dich als Kind gern verkleidet?«

»Nein. Du?«

»Ja, und nicht nur als Kind.« Sie hat einen Haarreif dabei und setzt ihn auf. »Ich liebe Maskeraden.«

»Wer würdest du gerne sein?«

Wieder lächelt sie. »Rotkäppchen.«

»Aber das arme Mädchen wird vom Wolf gefressen.«

»Das macht ja nichts. Der Jäger schneidet sie aus seinem Bauch heraus. Und am Ende ertrinkt der Wolf in dem Trog, in dem die heißen Würstchen sind.«

»Ein grausames Märchen.«

»Alle Märchen sind grausam. Das ist doch das Schöne an ihnen.«

Der Regen hat sich verzogen. Zwischen den Wolken blitzt der Mond hervor. Hand in Hand schlendern sie durch die hell erleuchtete Altstadt. Vor einer Schautafel mit einer Karte von Blaubeuren und Umgebung, auf der die Sehenswürdigkeiten eingezeichnet sind, bleiben sie stehen.

»Was wollen wir uns morgen ansehen?«, fragt Ben. »Worauf hast du Lust?«

»Am liebsten würde ich noch mal zum Blautopf gehen.«

»Abgemacht, und danach?«

Er deutet auf eine Stelle auf der Karte. »Wie wäre es damit? Das Rusenschloss. Klingt romantisch.«

Sie zuckt leicht zusammen.

»Was ist?«

»Ich glaub, da ist es nicht schön.«

»Aber warum nicht? Warst du schon mal dort?«

»Schon möglich. Ich fürchte, das sind bloß Ruinen.« Sie zieht ihn weiter.

»Wann war das, Annie? Wann warst du hier?«

»Weiß ich nicht mehr.«

»Aber...«

»Jetzt nicht, Ben.«

Er will die gute Stimmung nicht verderben, also wechselt er das Thema. Sie unterhalten sich angeregt über Halloween. Unterwegs entdecken sie ein Weinlokal, in dessen Schaufenster ausgeschnittene Kürbisse stehen. Spontan beschließen sie hineinzugehen. Sie bestellen Rotwein und Flammkuchen.

»Ich finde diese alten Volksbräuche wunderbar«, sagt Annie nach dem Essen. »Die Nacht vor Allerheiligen, in der die Seelen der Toten zurückkehren und Kontakt zu uns Menschen aufnehmen.«

»Glaubst du denn an Geister?«

»Unbedingt. Und ich liebe alles, was mit Halloween zusammenhängt. Knochenfeuer, Verkleidungen, Kürbislaternen. Früher habe ich jedes Jahr am 31. Oktober eine Party veranstaltet. Die Gäste mussten sich natürlich kostümieren. Ich ging am liebsten als Rotkäppchen. Natürlich nicht so eine brave Version wie im Kindergarten. Ich war das Gothic-Lolita-Rotkäppchen, rotes Cape und darunter schwarze Overknee-Strümpfe und eine aufreizende Korsage.«

»Wow.«

»Hättest du gern gesehen, was?«

»Selbstverständlich.«

Lang und breit schildert sie ihm die Partys, Kostüme, Horrormasken und Halloweenstreiche. Dabei wird sie immer aufgeregter. Sie trinkt hastig von ihrem dritten Glas Wein, gestikuliert wild. Sie verliert sich in der Erzählung von einem Paar, das heftigen Sex auf einem Friedhof hat und dabei einen Grabstein umstößt.

Ben kann ihr gar nicht mehr recht folgen, als sie plötzlich in ein schrilles Gelächter ausbricht und dabei das Glas umwirft. Der Rotwein bekleckert ihr schönes Kleid. Ein Kellner eilt mit Tüchern herbei.

Annie ist schlagartig verstummt.

Auch nachdem die Bedienung ihnen ein neues Tischtuch aufgedeckt hat, bleibt sie still und ernst.

»Was ist los?«, fragt er.

»Das war so ungeschickt von mir. Es ist mir entsetzlich peinlich.«

»Muss es doch nicht.«

Nach einer längeren Pause fragt sie leise: »Wo waren wir stehen geblieben?«

»Bei Halloween.«

»Ach ja, richtig. Verzeih, ich hab das alles ein bisschen ausgeschmückt. So viele Partys waren es gar nicht. Und es war oftmals überhaupt nicht schön.«

»Warum nicht?«

»Weil… diese permanente Angst, nicht gut auszusehen… ein unpassendes Kostüm zu tragen… nicht zu wissen, wie die anderen darauf reagieren werden… Und immer die Frage, wer mit wem zusammenkommt und wer nicht… Und die Aussicht, am Ende womöglich leer auszugehen und allein zu bleiben, das war ziemlich anstrengend für mich.«

»Kann ich mir bei dir überhaupt nicht vorstellen. Warst du früher schüchtern?«

Sie blickt ihn schweigend an.

»Auf mich hast du bisher immer sehr selbstsicher gewirkt.«

»Tatsächlich?«

Sie kaut an ihrem Daumennagel, wirkt völlig geistesabwesend.

Die Gesprächspause bedrückt ihn, also fragt er: »Hab ich vielleicht etwas gesagt, das dich verletzt haben könnte?«

Sie blickt überrascht auf. »Nein, nein. Es ist nur so, ich…«, sie verzieht den Mund, »ich glaube, ich bin ein bisschen nervös.«

»Wieso?«

»Weil du zu mir zurückgekommen bist… du hast die lange Fahrt hierher auf dich genommen… nur meinetwegen… und ich… ich hab Angst, es wieder zu vermasseln.«

Er nimmt ihre Hand. »Nicht doch, Annie. Warum solltest du es denn vermasseln?«

Sie zuckt mit den Schultern. »Wollen wir lieber gehen? Ich fürchte, ich hab zu viel getrunken.«

»Natürlich.«

Er bittet den Kellner um die Rechnung.

Auf dem Rückweg zum Hotel ist sie schweigsam.

Kaum sind sie wieder in der Suite, küsst sie ihn leidenschaftlich. Vor seinen Augen schlängelt sie sich aus ihrem Kleid und schläft ein drittes Mal mit ihm, nur mit ihrem roten Haarreif geschmückt.

In der Nacht liegt Ben lange wach. Er stützt den Kopf auf und betrachtet sie. Das Mondlicht fällt durch einen Spalt im Vorhang auf ihr schlafendes Gesicht.

»Ich bin verrückt nach dir, Annie«, flüstert er. »Doch ich weiß nicht, wer du bist.«

Er erwacht davon, dass sie laut mit jemandem spricht. Sie sitzt aufrecht im Bett, ihre Augen sind weit geöffnet. Aber da ist niemand. Sie redet zur dunklen Wand.

Sie träumt, durchfährt es ihn. Sie spricht mit jemandem, den er nicht sehen kann. Und es scheint eine Frau zu sein, auf die sie einredet. Seltsamerweise spricht sie sie mit dem Namen Annie an.

»Es tut mir so leid, Annie. Ich wollte dir den Rubin nicht stehlen... Nein, Annie, du darfst mich nicht beschimpfen, bitte. Ich will doch deine beste Freundin sein... Annie?... Bitte sei nicht mehr böse... Ich gebe dir deinen Schmuck auch wieder zurück.«

Ben knipst das Licht an. »Du träumst. Wach auf.«

Sie reagiert nicht. Redet einfach weiter. »Mir ist so kalt, Annie. Ich friere entsetzlich. Kannst du mir deinen Regenmantel leihen? Ich hab ihn so gern.« Er berührt sie an der Schulter. »Beruhige dich. Es ist nur ein Traum.«

»Gib mir deinen Regenmantel, Annie. Nur für einen Moment. Mir ist furchtbar kalt.«

Er will sie in den Arm nehmen, doch sie stößt ihn weg. »Mit wem sprichst du denn?«

Plötzlich lächelt sie. »Danke. Danke für deinen Mantel, Annie. Jetzt bin *ich* das Rotkäppchen. Und wer bist du?«

»Wach auf!«

Sie beginnt zu weinen. »Ich darf ihn nicht haben. Er gehört dir. Ich darf den Mantel nicht anziehen. Es ist deiner, Annie. Du bist das Rotkäppchen, nicht ich. Sei nicht böse auf mich, Annie.«

Sie schlägt mit den Händen um sich. »Wo bist du jetzt? Annie! Ich kann dich nicht mehr sehen, Annie! Der Schatz liegt irgendwo vergraben vor dem Rusenschloss. Wir müssen ihn finden. Annie! Hörst du mich? Der Schatz! Vor dem Rusenschloss!«

Und dann schreit sie auf. Ein markerschütternder Schrei. »Annie!«, brüllt sie.

Plötzlich ist sie wach. Sie starrt Ben an.

»Es war nur ein Traum«, sagt er.

Sie rührt sich nicht.

»Zu wem hast du gesprochen?«

Sie atmet schwer.

»Erinnere dich.«

»Nein.«

»Zu wem hast du in deinem Traum gesprochen?«

Sie schüttelt den Kopf.

»Antworte mir. Wer war es? Von wem hattest du den Rubin?«

»Rubin? Ich weiß nicht.«

»Von deiner Zwillingsschwester?«

»Wie?«

»Die Frau, die dir so ähnlich sieht? Die Frau auf dem Foto, die du erwähnt hast?«

»Ich hab keine Ahnung, was du meinst.«

»Du musst dich erinnern.«

»Nein!«

»Offenbar hattest du einen sehr deutlichen Traum. Du hast zu einer Annie gesprochen.«

»Aber das bin doch ich.«

»Wer ist die Annie aus deinem Traum?«

»Ich ... ich bin Annie.«

»Es scheint aber noch eine zu geben.«

»Nein, Ben. Du irrst dich.«

Er steht kurz entschlossen auf. »Zieh dich an.«

»Wieso?«

»Wir gehen zum Rusenschloss.«

»Ben. Es ist mitten in der Nacht.«

»Ganz genau. Die Nacht von Halloween. Und in dieser Nacht scheint etwas mit dir passiert zu sein. Ihr habt einen Schatz gesucht. Vermutlich wart ihr auf einer Schnitzeljagd. Du hast im Traum davon gesprochen. Du hast gesagt: Der Schatz ist vor dem Rusenschloss vergraben. Also lass uns dorthin gehen, damit du dich endlich erinnerst.«

ZWEIUNDZWANZIG

Er zwingt sie, sich anzuziehen. Sie sträubt sich, aber er lässt nicht locker. Über seine Hartnäckigkeit ist er selbst erstaunt. Doch nur so kann er ihr dabei helfen, sich dem Geheimnis ihrer Vergangenheit zu stellen. Indirekt hat sie bereits zugegeben, schon einmal in Blaubeuren gewesen zu sein, sie kennt also diesen Ort. Und er will sie dazu bringen, sich endlich an jedes Detail zu erinnern, und sei es noch so schrecklich.

Während er sich ankleidet, streift sie widerwillig eine Hose und einen Pulli über ihren Pyjama und schlüpft in Jacke und Schuhe.

Sie fahren mit dem Lift hinunter und verlassen das Hotel.

»In welche Richtung müssen wir gehen?«, fragt er.

»Ich hab keine Ahnung.«

»Annie, du weißt, wo das Rusenschloss ist. Mach mir nichts vor.«

»Ben, ich hab Angst.«

»Wir schaffen das gemeinsam.«

Er führt sie durch die nächtlichen Gassen der Altstadt, bis sie zu der Schautafel kommen, vor der sie am Abend standen. Er orientiert sich anhand der Karte.

»Hier entlang«, sagt er.

Sie kommen am Friedhof vorbei. Der Mond taucht die Gräber in ein fahles Licht. Sie sehen ein paar vermummte Gestalten, die an den Grabsteinen vorbeihuschen. Ben erkennt einen Typen mit der weißen Maske von Michael Myers aus dem Film *Halloween*.

Sie passieren ein Schulgelände und mehrere Einfamilienhäuser, entdecken ein weiteres Hinweisschild und gelangen auf einen Weg, der sie ans Flussufer führt.

Die Blau schlängelt sich durch das Tal. Über den Wiesen wabert Nebel, weißlich verschwommen im Mondlicht. Einzelne Bäume ragen vor ihnen auf, ihre knorrigen Äste wirken wie riesige Fingerknochen, die nach ihnen greifen.

Dicht vor ihnen flattert ein Nachtvogel auf, sein klatschender Flügelschlag lässt Annie zusammenfahren.

»Lass uns lieber umkehren, Ben.«

Statt einer Antwort nimmt er ihre Hand und zieht sie weiter.

Doch auch er fürchtet sich. Er ahnt, sobald sich Annies Amnesie aufgelöst hat, wird sich ihm ihr wahres Gesicht zeigen, und er ist sich nicht sicher, ob ihm das gefallen wird.

Dennoch ist er fest entschlossen, die Wahrheit in dieser Nacht zu enthüllen.

Lange marschieren sie am Ufer entlang.

Das Tal verbreitert sich, und nach einiger Zeit, als sie eine Wegbiegung hinter sich gelassen haben, sehen sie in der Ferne Lichter aufflackern. Je weiter sie gehen, desto deutlicher können sie erkennen, dass es sich um Fackeln handelt.

Sie lodern auf der anderen Seite des Flusses, hoch oben am Berghang. Schließlich erkennen sie die Ruinen des Rusenschlosses, vom Feuerschein der Fackeln in ein gespenstisches Licht getaucht.

Von der Beschreibung auf der Schautafel weiß Ben, dass es sich um eine Höhenburg aus dem elften Jahrhundert handelt, von der noch Turmreste erhalten sind.

Als sich das Tal wieder verjüngt, gelangen sie zu einer Brücke, auf der sie den Fluss überqueren können. Jemand hat einen ausgehöhlten Kürbis auf dem Geländer aufgespießt. Eine Kerze brennt hinter seiner ausgeschnittenen Fratze, und das breite Maul grinst sie an.

Sie vernehmen Gejohle von weit oben, offenbar hat sich eine Gruppe junger Leute in der Burgruine versammelt, um Halloween zu feiern.

Am anderen Flussufer führt ein Pfad den Berg hinauf, und sie beginnen mit dem Aufstieg.

Der Mond verschwindet für eine Weile hinter den Wolken, und mit einem Mal ist es stockdunkel um sie herum. Der Weg ist rutschig von feuchtem Laub und zum Teil so steil, dass sie auf allen vieren klettern müssen. Er windet sich in spitzen Kurven den Hang hinauf.

Ben ist so sehr darauf bedacht, nicht abzurutschen, dass er erst den Blick hebt, als der Mond wieder hervorblitzt und den Pfad vor ihm erhellt. Er schaut sich um. Annie ist einige Meter hinter ihm zurückgeblieben und hält inne, um zu verschnaufen.

»Komm«, ruft er ihr zu.

»Ich kann nicht mehr.«

»Es ist bestimmt nicht mehr weit.«

Als sie weiterklettert, setzt auch er den Aufstieg fort.

Hinter der nächsten Wegbiegung wartet er auf sie, doch sie kommt nicht.

»Annie!«, ruft er.

Er erhält keine Antwort.

Er geht zurück. Wieder ruft er nach ihr.

Nichts.

Erschrocken schaut er sich um. Sie ist wie vom Erdboden verschluckt.

Abermals ruft er ihren Namen, und das Echo seiner Stimme hallt durch das finstere Tal.

Von oben dringt Gelächter aus der Burgruine zu ihm.

Von Annie aber ist nichts zu sehen.

Sein Blick gleitet in den Abgrund hinab. Ist sie etwa abgestürzt? Aber er hat doch nichts gehört, keinen Steinschlag, keinen Aufschrei, nichts. Wie kann sie so einfach verschwinden?

Beklommen steigt er noch ein Stück weiter den Berg hinunter. Wieder und wieder ruft er nach ihr, doch ihm antwortet nur sein Echo.

Wäre sie vor Kurzem umgekehrt, müsste er ihre Gestalt irgendwo unten am Hang ausmachen.

Ängstlich späht er in die Tiefe.

Aber da ist niemand.

»Annie!«, schreit er, und seine Stimme überschlägt sich.

Als der Widerhall verstummt ist, vernimmt er plötzlich ein leises Wimmern. Ganz sacht, aber nicht weit von ihm entfernt. Was ist das?

Ein gedämpfter Singsang, als würde irgendwo in der Nähe ein Kind weinen.

Er steigt weiter den Hang hinab und folgt den klagenden Lauten. Vor einem dichten Efeuvorhang bleibt er stehen.

Er teilt ihn mit den Händen, und dahinter tut sich eine schwarze Höhle auf.

Abermals vernimmt er das schwache Wehklagen, und nun weiß er auch, woher es kommt. Es ist der Wind, der durch den Höhlengang streicht.

Er fasst sich ein Herz und tritt ein.

Finsternis umhüllt ihn. Er ist verborgen in einem felsigen Schlund. Seine Finger berühren kaltes, feuchtes Gestein. Der

Wind heult, streift seine Wangen kühl und abweisend, dass ihm schaudert. Langsam tastet er sich voran.

Tiefer und tiefer dringt er in das Innere vor. Er muss über mehrere Felsbrocken hinwegsteigen, bis er einen matten Schimmer in der Ferne erkennt. Schließlich erreicht er eine Stelle, wo der Höhlengang einen Knick macht. Dahinter ist es heller. Er arbeitet sich weiter voran. Schon bald bemerkt er das Mondlicht, das durch eine Öffnung am anderen Ende hereinflutet.

Sein Herzschlag beschleunigt sich, als plötzlich die Silhouette einer Frau im Licht erscheint. Geisterhaft tritt sie aus dem Schatten und baut sich vor dem Ausgang der Höhle auf. Mit dem Rücken zu ihm gewandt verharrt sie.

Ist das Annie?

Ja, sie ist es.

Was hat sie nur vor?

Sie steht dicht an diesem Felsenfenster, über ihr nichts als die Wolkenfetzen, der Mond, der weite Nachthimmel und unter ihr, steil abwärts, jäh, finster, schwindelerregend, das Tal und der schwarze Fluss.

Sie breitet die Arme aus und schwankt.

Er will nach ihr rufen, doch er bringt keinen Ton heraus. Vor Entsetzen ist er wie gelähmt.

Ihm stockt der Atem.

Sie will sich fallen lassen.

Er beobachtet, wie sich ihr Körper nach vorne neigt.

Endlich kann er sich aus seiner Erstarrung lösen.

Bevor ihre Füße vom Boden gleiten können, eilt er auf sie zu.

Im Bruchteil einer Sekunde meint er, sie in die Tiefe stürzen zu sehen, doch im allerletzten Moment hat er sie.

Er packt sie unter den Armen und reißt sie weg.

Er hört ihren Aufschrei und den Widerhall.

Sein Blick fällt in den höllenschwarzen Abgrund, während er sie umklammert, nur wenige Zentimeter von der Felsenkante entfernt.

»Annie!«

Schwer atmend blicken sie sich an.

»Ben.«

»Großer Gott, Annie, wolltest du dich etwa umbringen?«

»Du hast Besseres als mich verdient.«

»Aber ich will nur dich.«

»Ich hab dich angelogen.«

Er zieht sie weiter vom Abgrund weg.

Sie schweigt einige Zeit, bis sie leise zu ihm sagt: »Nun kann ich mich wieder an alles erinnern. Du hast recht daran getan, mich hierherzubringen. Doch die Wahrheit tut weh. Es war hier. In dieser Höhle. Es hat sich etwas Schreckliches ereignet. Das war zu Halloween vor sieben Jahren.«

»Was ist passiert?«

»Annie ist etwas zugestoßen.«

»Aber *du* bist doch Annie.«

»Nein, Ben. Ich bin eine Lügnerin. Mein richtiger Name ist Rebecca Klages.«

Es gibt diese eine Stunde in meinem Leben, da ich Annie so nahe gekommen bin wie nie zuvor.

Ich schließe die Augen, um mich der Erinnerung an jenen Tag hinzugeben, als sich mein Herz weitete und sich all meine Träume zu erfüllen schienen.

Damals schenkte sie mir ein wenig Beachtung, und wie durch ein Wunder war ich nicht mehr Luft für sie. Ich weiß nicht, aus welcher spontanen Laune heraus sie sich dazu herabließ, mir an diesem Tag einen Hauch ihrer Aufmerksamkeit zu widmen. Stets fühle ich mich ihr gegenüber in jeder Hinsicht unterlegen. Ich komme mir hässlich vor und verabscheue mich selbst.

Annie jedoch wird von Jahr zu Jahr schöner. Sie ist umgeben von einer Aura, die andere in den Schatten drängt. Wenn sie einen menschengefüllten Raum betritt, verstummt schlagartig jedes Gespräch. Männer starren sie an, Frauen verblassen vor Neid.

Manchmal habe ich Angst, ein Wahnsinniger könnte sie töten, nur weil sie so beliebt und begehrt ist. Zuweilen fürchte ich, ein Verrückter bringt sie in seine Gewalt, um sie zu quälen. Er verätzt ihre Haut mit Säure, verstümmelt ihren Körper, bloß weil sie zu hübsch ist für die abscheuliche Welt, in der wir leben. Ich sehe vor mir, wie er mit einem scharfen Messer das Lächeln von ihren Lippen schält.

An meinem Glückstag darf ich sie begleiten. Ich gehe ein paar Schritte hinter ihr. Sie trägt eng anliegende Reiterhosen, edle Lederstiefel und einen roten Pulli. Die Sonnenstrahlen bringen das Kirschholzbraun ihres zurückgebundenen Haars zum Leuchten. Mir entgeht keine ihrer Bewegungen, meine Blicke streifen um sie herum, und nicht zum ersten Mal registriere ich den winzigen Leberfleck hinter ihrem linken Ohrläppchen.

Wir betreten Sultans Stall. Sie legt ihm das Zaumzeug und den Sattel an. Ich darf dabei sein, während sie ihn ins Freie führt.

Sie steigt auf, gleitet schwungvoll in den Sattel. Plötzlich fällt ihr Blick auf mich herab.

»Willst du mitkommen?«

Ich bin so perplex, dass ich kein Wort herausbringe.

»Sag schon. Willst du oder nicht?«

»Ja«, murmle ich heiser. Das Herz schlägt mir bis zum Hals.

»Dann steig auf.«

Ich kann mein Glück nicht fassen. Sie reicht mir ihre Hand. Eine Berührung, die mir durch und durch geht. Sie versucht, mir hoch zu helfen, doch ich stelle mich ungeschickt an.

Sie lacht mich aus.

Mir schießt die Hitze ins Gesicht. Nach einigen verzweifelten Versuchen gelingt es mir endlich.

Wir sitzen beide im Sattel, dicht aneinandergeschmiegt.

Ich lege meine Arme um sie, und sie reitet los.

Ich spüre die Wärme ihres Körpers, atme den Duft ihrer Haut. Ihr Haar kitzelt mich, und für ein paar glückselige Sekunden wage ich es, meine Wange an ihren Rücken zu pressen.

Mir ist, als könnte ich ihren Herzschlag hören. Ich will das Blut sein, das in ihren Adern rauscht, das Glückshormon, das sie durchströmt.

Die Landschaft fliegt an uns vorüber, und wir nähern uns dem Wald. Das Hufgetrappel gibt den Takt vor für meinen jagenden Atem, die Geschwindigkeit berauscht mich, und ich umfasse Annie noch fester.

So nah bin ich ihr, so umwerfend nah. Ich könnte der Wind sein, der ihre Stirn kühlt, der Schweißtropfen in ihrem Nacken. Ich möchte eins werden mit dem Lächeln, das sich auf ihren Lippen kräuselt.

Wir rasen im Galopp dahin.

Mir entfährt ein Jauchzen, ein Jubelschrei.

War ich jemals glücklicher? Voller Inbrunst wünsche ich mir, dass dieser Moment niemals enden wird.

Doch sobald wir zum Reiterhof zurückgekehrt und aus dem Sattel gestiegen sind, ist der Zauber jäh vorüber.

»Danke«, sage ich, »das war wundervoll.« Ich trete einen Schritt auf sie zu, um sie zu umarmen.

Sie aber zuckt bloß mit den Schultern und wendet sich wortlos von mir ab.

Wie ein Fallbeil trifft mich die Erkenntnis: Ich bin ihr völlig gleichgültig. Unser Ausritt war nur das Ergebnis einer ihrer flüchtigen Launen. Ich bedeute ihr nichts.

Während sie das Pferd in seine Box führt, schaue ich ihr nach. Von da an beginnt ein verbotener Gedanke in meinem Kopf zu wuchern wie ein bösartiges Geschwür.

DREIUNDZWANZIG

Auf dem Rückweg spricht Ben kein Wort mit ihr. Im Hotelzimmer lässt sie sich aufs Bett sinken und vergräbt das Gesicht in den Händen.

Um Fassung bemüht, baut er sich vor ihr auf und verschränkt die Arme vor der Brust. »Ich kann es einfach nicht glauben. Du hast mir also die ganze Zeit etwas vorgemacht?«

Sie lässt die Hände sinken und schaut ihn an. In ihren Augen schimmern Tränen. »Es tut mir so leid.«

»Du verabredest dich mit mir online unter falschem Namen, dein Datingprofil ist eine einzige Lüge. Du machst mir weis, du seist die Kunstlehrerin Annie Friedmann, dabei bist du Rebecca Klages, eine gewöhnliche Servicekraft in einem Schnellrestaurant. Wozu das alles?«

»Um dir zu gefallen.«

»Und was an dir ist echt?«

Sie schweigt.

»Antworte.«

Sie schüttelt den Kopf.

»Die Art, wie du dich kleidest, frisierst, dein bezaubernder Charme, deine Kreativität, gehört das nun zu dir oder zu dieser Annie Friedmann?«

»Zu ihr«, entgegnet sie nach einer Weile kaum hörbar.

»Und wer bist *du*? Wer ist Rebecca?«

Sie kaut an ihrem Daumennagel. Der Verband an ihrem

Unterarm müsste gewechselt werden. Ben erkennt Blutflecken darauf.

Mit tonloser Stimme sagt sie: »Ich bin die Frau, die niemand auf einer Party beachtet. Ich bin das ungeliebte Kind einer depressiven Mutter, die sich das Leben nehmen wollte, aber nicht einmal dazu in der Lage war. Und mein Vater ist...« Sie bricht ab. »Über ihn möchte ich nicht sprechen.«

»Was ist mit deinem Aussehen? Wen habe ich vor mir, wenn ich dich anschaue, Rebecca oder Annie?«

»Annie. Mein Haar ist von Natur aus nicht brünett, und ich trage farbige Kontaktlinsen. Oftmals, wenn ich mit dir zusammen war, hab ich mich nachts heimlich aus dem Bett geschlichen, um sie herauszunehmen. Morgens musste ich sie dann schnell wieder einsetzen. Meine Augen sind nicht blaugrün, und sie haben überhaupt keinen Glanz.«

Er lässt den Atem ausströmen. »Das ist gespenstisch.«

»Wärst du nicht auch manchmal gern ein anderer? Fühlst du dich so wohl in deiner Haut?«

»Das nicht, aber... man kann doch nicht... wie konntest du mich nur so täuschen?«

»Ich weiß, es ist unentschuldbar.«

Stille. Er wendet sich von ihr ab und blickt aus dem Fenster. Draußen dämmert es bereits. In seinem Kopf ist Leere. Er hat sich in ein Trugbild verliebt. Jede Einzelheit, die ihm an dieser Frau gefiel, ist letztlich das Ergebnis perfekter Schauspielerei.

Er dreht sich zu ihr um. »Rebecca? So muss ich dich von nun an nennen?«

Sie schlägt die Augen nieder. »Ich wäre lieber wieder Annie. Ich habe mich selbst getäuscht. Hab immerzu gelogen. Und ab einer gewissen Zeit hielt ich die Lüge für wahr und die Wahrheit für falsch.«

Mit belegter Stimme fährt sie fort: »Meine Bewunderung für Wölfe, die bildhauerischen Arbeiten aus Holz, all das hab ich von Annie übernommen. Sie ist viel geschickter und bedeutend kreativer als Rebecca. Seit ich ihr begegnet bin, möchte ich so sein wie sie. Wenn ich Annie bin, lieben mich die Männer. Rebecca findet keine Beachtung bei ihnen. Ich bin mir sicher, hättest du mich unter meiner wahren Identität kennengelernt, wärst du nicht an mir interessiert gewesen. Niemand interessiert sich für Rebecca. Sie ist ein Nichts. Und sie ist hässlich.«

»Du sprichst von ihr wie von einer Fremden.«

»Sie ist mir auch fremd.«

»Aber das bist du, das ist dein Leben, deine Realität.«

Sie zuckt mit den Schultern. »Ich habe Rebecca abgelegt wie ein ungeliebtes Kleid, dafür bin ich in ein anderes geschlüpft, das sehr viel schöner ist.«

»Wer ist diese Annie? Woher kennst du sie?«

»Wir waren zusammen auf der Kunsthochschule in Berlin-Weißensee. Allerdings hab ich mir ihre Biografie so genau eingeprägt, ihre privaten Fotos studiert, Aufnahmen von ihrem Elternhaus hier in Blaubeuren, wo sie aufgewachsen ist, von dem Garten, ihrem Pferd, und ihre Person ist mir so in Fleisch und Blut übergegangen, dass die Antwort lauten müsste: Ich kenne sie, seit ich denken kann. Sie ist mein Ich. Ich bin sie.« Ihr Gesicht bekommt einen schwärmerischen Ausdruck. »Als Annie habe ich tolle Eltern. Mir gehört ein fantastisches Haus in der Nähe von dem sagenumwobenen Blautopf. Ich darf diesen hübschen Haflinger namens Sultan mein Eigen nennen. Er wartet in seinem Stall auf mich. Er spitzt die Ohren und scharrt mit den Hufen, wenn ich zu ihm komme. Und obendrein besitze ich noch eine prächtige Dreizimmerwohnung mitten in Berlin.«

»Das ist verrückt.«

»Ja, vielleicht. Aber es hat mir geholfen, ein stärkerer Mensch zu werden. Als Annie Friedmann gelang es mir, meine Selbstzweifel abzulegen. Rebecca Klages hat sich kaum getraut, die eigenen vier Wände zu verlassen.«

»Einige Details deiner angenommenen Biografie sind dir wohl zwischenzeitlich abhandengekommen. Was ist mit den letzten zwei Wochen, an die du dich nicht mehr erinnern konntest?«

»Ich hab einen Schock erlitten. Es ist etwas sehr Unheimliches passiert. Und alles, was mit Blaubeuren zu tun hat, wurde vorübergehend aus meinem Gedächtnis gelöscht. Seitdem ich in dieser Höhle war, weiß ich es wieder. Ich weiß, was geschehen ist.«

Sie steht auf und tritt auf ihn zu, doch er weicht zurück.

»Möchtest du hören, was passiert ist?«

Mit einer Stimme, die ihm selbst unheimlich ist, fragt er leise: »Hast du sie etwa umgebracht?«

Ihre Augen weiten sich. »Nein!«

»Ich habe Angst. Es könnte doch sein, dass ... Was, wenn du sie getötet hast, um ihre Identität zu übernehmen? Das könnte der Auslöser deines Schocks gewesen sein.«

»Nein. Es war anders. Das musst du mir glauben, Ben.«

»Wirklich?«

»Ja. Lass mich dir von Anfang an erzählen, wie es sich zugetragen hat. Die ganze Geschichte beginnt vor sieben Jahren. Und sie ist wahr.«

»Du willst mir die Wahrheit über Rebecca Klages anvertrauen?«

»Ja.«

Er hebt das Kinn. »Da bin ich aber neugierig. Rebecca kenne ich nämlich nicht. Sie ist mir bisher völlig unbekannt.«

Sie setzt sich wieder aufs Bett. »Ich kann mir vorstellen, wie verstörend dieses Geständnis für dich sein muss.«

»Das ist es. Äußerst verstörend.«

»Ich will ehrlich zu dir sein. Ich schäme mich für meine Lügen, aber vielleicht kann ich es wiedergutmachen, wenn ich dir von Rebecca erzähle. Von *mir* erzähle, von meinen Schwächen, meinen Unsicherheiten und den Gründen dafür, dass ich mich nie in meiner Haut wohlgefühlt habe.«

Schweigen.

Nach einer Weile sagt er leise: »In Ordnung. Verrate mir, wer du wirklich bist.«

Sie holt tief Luft: »Als Annie und ich in Berlin mit unserem Kunststudium anfingen, war ich ihre Mitbewohnerin. Nachdem ich sie lange darum gebeten, sie nahezu angebettelt hatte, erlaubte sie mir endlich, ein kleines Zimmer in ihrer wunderschönen Altbauwohnung in Pankow zu beziehen. Ihre Eltern haben sie ihr gekauft, bloß für ihr Studium. Ich hingegen war ziemlich mittellos und musste nebenbei zahlreiche Jobs annehmen, um mich über Wasser zu halten. Die Professoren mochten mich nicht und hielten mich für unbegabt. Ich hatte die Aufnahmeprüfung nur mit Ach und Krach bestanden. Annie jedoch war seit dem ersten Semester der Liebling der Lehrkräfte, weil sie so attraktiv, charmant und überaus talentiert war. Ich war froh, wenn sie mir ein wenig Beachtung schenkte, doch wegen ihrer Beliebtheit hatte ich sie selten für mich allein. Stets habe ich um ihre Freundschaft gebuhlt, immerzu hatte ich Angst, sie an die anderen zu verlieren.«

VIERUNDZWANZIG

Oktober 2010

Rebecca betritt Annies Schlafzimmer und schließt hinter sich die Tür. Sie hält für einen Moment inne, um tief einzuatmen. Ihr gefällt dieser Duft, das typische Annie-Aroma, eine Mischung aus Rosenholz und Orangen, ein Hauch Moschus und eine Prise Zimt. Es ist nicht nur ihr Parfum, Annie benutzt Coco Noir von Chanel, auch ihr bevorzugtes Waschmittel, und verschiedene ätherische Öle sorgen dafür, dass Tag und Nacht ein betörender Geruch durch den Raum schwebt, der Rebeccas Fantasie anregt und sie zum Träumen bringt.

Ihr Herz klopft. Es ist aufregend, etwas Verbotenes zu tun. Annie ist nicht da, und sie kann nach Herzenslust in ihren Sachen stöbern.

Sie berührt eine Holzfigur auf ihrem Schreibtisch, einen schlafenden Wolf, die Schnauze ruht auf den Vorderpfoten. Jedes Detail ist akkurat geschnitzt, das Fell, die geschlossenen Augenlider, selbst die Krallen, alles ist fein herausgearbeitet. Sie blättert in ihrem Skizzenbuch. Bleistiftzeichnungen im Manga-Stil, elfenhafte junge Frauen mit großen Kulleraugen, die sich in der Gesellschaft von wilden Wölfen befinden, Annies Lieblingsmotiv.

Sie legt sich auf ihr Bett, rollt sich auf die Seite und schnuppert an ihrem Kissen. Stellt sich vor, Annie wäre bei ihr, sie beide in einer liebevollen Umarmung vereint. Sie schaut hoch zur Decke, wo Annie phosphoreszierende Sterne angeklebt hat. Wenn es dunkel wird, fangen sie an zu leuchten. Einmal, in einer Gewitternacht, als sich Rebecca fürchtete, durfte sie zu Annie unter die Bettdecke kriechen. Aneinandergekuschelt lagen sie da und blickten in den künstlichen Sternenhimmel, während es draußen blitzte und donnerte. Einer dieser seltenen Glücksmomente, da sie Annie ganz nahe sein durfte.

Sie steht auf und fährt mit der Hand über die zahlreichen Kleider, Röcke, T-Shirts, Pullis, Jacken und Mäntel an der Stange, die die gesamte Breitseite des Raums einnimmt. Annie hat unendlich viele Kleidungsstücke, jedes einzelne davon ist prächtig, fantasievoll und verspielt, zum Teil selbst entworfen und genäht. Rebecca hat ihr oft gesagt, sie könnte ein eigenes Modelabel gründen, ihr sogar angeboten, dabei mitzuhelfen.

»Ich übernehme die Organisation und du die künstlerische Leitung.«

Annie hat nur gelacht. »Ich mache das lediglich zum Spaß. Ich will Kunstlehrerin am Gymnasium werden, mit Kindern und Jugendlichen arbeiten. Etwas Sinnstiftendes, weißt du?«

Rebecca hat bloß genickt.

Ob sie wohl beide an derselben Schule unterrichten können? Nie sieht sie sich eigenständig, wenn sie an ihre Zukunft denkt, immer erträumt sie sich eine Gemeinschaft mit Annie.

Umso grausamer ist es für sie, wenn Annie einen Liebhaber hat. In den letzten Wochen zum Beispiel kam ständig dieser Marc zu Besuch, ein ziemlich attraktiv aussehender Typ, blond, groß, muskulös. Wenn er hier übernachtet hat und Rebecca mit anhören musste, wie sie Sex hatten, bekam sie es mit der Angst zu tun. Unablässig fragte sie sich, was wohl mit ihr geschehen würde, wenn er bei Annie einzog. Ob sie dann gehen musste?

Zum Glück hat Annie erst neulich mit ihm Schluss gemacht. Vorübergehend ist Ruhe. Aber sie ahnt, dass es nicht lange dauern wird, bis der nächste Verehrer auftaucht.

Sie geht zur Kommode und öffnet die oberste Schublade. Zusammengerollte Söckchen. Sie schiebt sie wieder zu, öffnet die nächste. Annies Unterwäsche. Ihr steigt Hitze ins Gesicht, als sie die feinen Stoffe berührt, Spitze, Satin, aufreizende Lingerie.

Sie verliert sich in einem Tagtraum. Beobachtet sich selbst dabei, wie sie langsam ihre Kleidung ablegt. Ihr Atem beschleunigt sich.

Auf einmal steht sie splitternackt vor dem großen Wandspiegel. Sie streift sich einen von Annies G-Strings über und sucht sich ein Kleid aus. Das rote ist schön. Baumwollsamt, tief ausgeschnitten. Sie zieht es an.

Sie wiegt sich leicht in den Hüften, ahmt die Geste nach, mit der sich Annie das Haar hinters Ohr streift. Sie muss an den winzigen Leberfleck denken, der sich unter Annies linkem Ohrläppchen verbirgt. Und an den an ihrem Busen, rechts an der Seite, einen halben Zentimeter unter der Brustspitze.

Sie versucht so zu lächeln wie Annie, übt das Kräuseln der Lippen.

Wenn Annie mit Männern spricht, klingt ihre Stimme ein wenig tiefer.

»He, Marc«, sagt sie, während sie ihren Gesichtsausdruck im Spiegel überprüft, »ich hab genug von dir. Ich such mir einen andern.«

Sie greift sich mit der Hand ins Haar. Frisch gefärbt, hat sie viel Geld gekostet, für ihre Verhältnisse ein Vermögen, dabei hat die dämliche Friseurin Schnitt und Farbton nicht einmal annähernd hingekriegt, obwohl sie ihr mehrere Fotos von Annie gezeigt hat.

Annie lachte schallend auf: »Brünett? Echt jetzt? Nicht mehr straßenköterblond?«

Es hat sie zutiefst verletzt. Manchmal lässt Annie jeglichen Charme vermissen. Warum muss sie so gemein zu ihr sein?

»Ich will, dass du vor mir kniest, Marc. Sag: ›Bitte. Bitte, Annie, verlass mich nicht.‹«

Sie lächelt. Ja, so ist es gut. Der große, schöne Marc sinkt vor ihr nieder. Er faltet die Hände, er bittet, bettelt.

Sie nickt ihm zu, rafft das Kleid, zieht den Slip aus und lockt ihn mit dem Finger. Er kommt angekrochen. Schon spürt sie seinen heißen Atem in ihrem Schoß.

Plötzlich hört sie ein Geräusch und fährt heftig zusammen.

Sie lauscht.

Jemand ist an der Wohnungstür. Schritte nähern sich im Flur.

Verdammt. Annie ist früher als erwartet zurück. Rasch zieht sie das Kleid aus und schlüpft wieder in ihre eigenen Klamotten. Sie hängt es zurück, verstaut das Höschen in der Wäschekommode.

Sie zittert. Wenn Annie sie hier erwischt, ist sie erledigt. Dann muss sie garantiert ihre Sachen packen und die Wohnung für immer verlassen.

Sie hält die Luft an. Erwartet, dass sich jeden Augenblick die Tür öffnet. Schließlich aber vernimmt sie leises Geschirrklappern aus der Küche. Sie atmet auf.

Lautlos schleicht sie sich aus dem Zimmer.

»Rebecca?«

Sie fühlt sich ertappt, gibt sich einen Ruck und wendet sich zur Küche.

Annie schaut sie fragend an. »Hey.«

»Hey.«

»Du bist ja ganz rot im Gesicht.«

»Wirklich?«

»Alles in Ordnung?«

»Alles bestens. Und bei dir?«

Sie nickt. »Es gibt gute Neuigkeiten. Ich habe gerade mit meinem Vater telefoniert. Er hat mir gesagt, dass er am Wochenende nicht in dem Ferienhaus sein wird.«

»Welches Ferienhaus?«

»Hab ich dir noch nie von unserem Haus in Blaubeuren erzählt?«

»Nein.«

Annie streicht sich das Haar hinters Ohr, exakt so, wie es Rebecca gerade erst einstudiert hat, und strahlt sie an. »Es ist das Haus, in dem ich aufgewachsen bin, ein wunderschönes altes Bauernhaus. Manchmal ist mein Vater noch dort, aber seit dem Tod meiner Mutter ist es ihm auf Dauer zu einsam auf der Schwäbischen Alb. Darum ist er nach Stuttgart gezogen und hat es mir geschenkt.«

»Geschenkt? Dein Vater schenkt dir ein Haus?«

Sie zuckt mit den Achseln, als sei nichts Besonderes daran. »Na ja, er hat es mir überlassen. Unter der Voraussetzung, es gelegentlich selbst als Wochenenddomizil nutzen zu können.«

Rebecca schaut sie staunend an. Wie ist es möglich, dass ein einziger Mensch mit allem gesegnet ist, mit Schönheit, Talent, Beliebtheit und obendrein noch mit Besitztümern und Geld, während bemitleidenswerte Gestalten wie sie überhaupt nichts haben? Annie gegenüber kommt sie sich völlig wertlos vor.

»Jedenfalls hätten wir das Haus für uns allein. Darum

wollte ich dir vorschlagen, dass wir zu Halloween gemeinsam dorthin fahren. Was hältst du davon?«

»Wir beide?«

»Ja.«

Rebecca holt tief Luft. »Das wäre großartig!«

»Schön. Am besten fahren wir gleich am Donnerstag und machen ein verlängertes Wochenende daraus.«

Sie fällt ihr um den Hals. »Danke, Annie. Vielen, vielen Dank. Ich freue mich wahnsinnig über die Einladung.«

»Schon gut.«

Im Überschwang küsst Rebecca sie auf die Wange und bedankt sich ein weiteres Mal bei ihr.

»He.« Annie schiebt sie lachend ein Stück von sich weg. »Du erdrückst mich ja.«

»Wo genau liegt Blaubeuren?«

»In der Nähe von Ulm. Wir fahren am besten mit dem Zug hin.«

»Das ist wundervoll.«

Überglücklich lächelt sie Annie an. Mit einem Mal aber kommt ihr ein seltsamer Gedanke, und sie legt die Stirn in Falten. »Sagtest du nicht eben, deine Mutter sei gestorben?«

Schlagartig wird sie ernst. »Ja.«

»Wie lange ist das her?«

»Zwei Jahre.«

»Warum so früh? Was ist passiert?«

Annie verzieht den Mund. »Sie hatte Krebs.«

»Das tut mir leid«, erwidert sie beinahe reflexhaft.

Es gibt also doch ein Unglück in Annies Leben. Zumindest dieser eine Schatten hat sich über sie gelegt.

»Du hast sie sicherlich sehr geliebt.«

»Ja, das habe ich. Sie war ein toller Mensch.«

Das Thema scheint ihr unangenehm zu sein. Nun kennt

sie also Annies verwundbare Stelle. Rebecca schämt sich ein wenig dafür, dass ihr diese Information eine gewisse Befriedigung verschafft. Andererseits wäre es nicht gerecht, dass ein einziger Mensch dermaßen vom Glück gesegnet ist.

»Was für eine Art Krebs war das denn?«

»Komm schon, Rebecca, lass uns lieber über was anderes reden, ja?«

»Entschuldige, ich wollte dir nicht zu nahe treten.«

»Schon gut.«

»Erzähl mir mehr von dem Haus.«

Annie braucht einen Moment, bis sie sich gesammelt und in ihrem gewohnt heiteren Tonfall fortfahren kann. »Es ist sehr einsam gelegen, direkt am Waldrand. Es gibt einen großen Obstgarten und eine Scheune. Und nicht weit von dort entfernt befindet sich der Reiterhof, wo Sultan seine Box hat und auf mich wartet.«

»Sultan?«

»Mein Pferd.«

»Du hast ein eigenes Pferd?«

»Ja, einen Haflinger. Kannst du reiten?«

Vor Aufregung gerät sie ins Stammeln. »Ich.... ich war als Jugendliche... in den Ferien oft... auf einem Reiterhof. Ich reite für mein Leben gern. Annie, das ist ein Traum, ein eigenes Pferd zu besitzen. Du bist ja... mein Gott... was bist du nur für ein beneidenswerter Mensch.«

Sie lächelt. »Alles klar, dann reiten wir zusammen aus.«

Während ihr Annie weiter von ihrem Pferd und der Gegend vorschwärmt, in der sie aufgewachsen ist, den Felsen, Höhlen, Wäldern und Wacholderheiden, während sie über ihre glückliche Kindheit spricht, wirft ihr Rebecca prüfende Blicke zu und stellt schmerzliche Vergleiche an. Ja, sie wäre als Kind auch gern durch die Wälder gestreift, in Gummistiefeln und einem roten Regenmantel, und hätte sich vorgestellt, ein besonders mutiges Rotkäppchen zu sein, das einen wilden Wolf zähmt, um ihn sich zum Spielgefährten zu machen. Und was hätte sie darum gegeben, ein eigenes Pferd zu besitzen.

Annie erzählt von ihren Eltern, dem großartigen Vater, der ihr das Schnitzen beigebracht, der warmherzigen Mutter, mit der sie zusammen Kuchen gebacken und Marmelade einkocht hat.

Voller Begeisterung schildert sie ihr die Halloweennächte draußen auf der Schwäbischen Alb, ihre lustigen Kostüme und die imposanten Höhlen im Fackelschein.

»Und dann der Blautopf«, sagt sie, und ihre Stimme überschlägt sich fast, »den musst du gesehen haben, Rebecca. Dieses tiefe, klare Blau.«

»Der Blautopf?«

»Eine Karstquelle, ich werd sie dir zeigen. Das ist ein Ort von schier magischer Schönheit.«

Sie nickt ihrer Freundin schweigend zu. Wieder einmal ist sie von ihr in die Rolle der bewundernden Zuhörerin gedrängt worden. Wie aufs Stichwort darf sie »Oh« und »Ah« ausrufen und verblüfft die Augenbrauen hochziehen, während Annie ihre Schätze vor ihr ausbreitet.

Kein Wunder, dass sie so selbstbewusst, strahlend und beliebt ist. Sie hatte eine behütete Kindheit, ihre Eltern ließen ihr viel Freiraum, und sie ist in einer Umgebung groß geworden, die andere höchstens im Urlaub kennenlernen.

Und sie selbst? Sie hat nie Liebe erfahren. Ihre Mutter sah in ihr bloß eine Belastung. Sie hat ihr vorgehalten, ihr die besten Jahre ihres Lebens geraubt zu haben. Rebecca war nichts weiter als ein Verhütungsunfall, ihretwegen hat sich ihr Vater frühzeitig aus dem Staub gemacht.

Warum hat Annie eigentlich ausgerechnet mich zur Freundin auserkoren?, fragt sie sich in Gedanken. Sicherlich nur, damit ich sie bewundere. Annie genießt es, wie ich um ihre Anerkennung buhle, ihr Komplimente mache. Sie ist der Star, und ich soll ihr applaudieren.

Darum nimmt sie mich mit nach Blaubeuren. Allein aus diesem Grund verhält sie sich mir gegenüber großzügig. Vor einer unscheinbaren Person wie mir erstrahlt ihr Glanz noch heller.

Ich bin ein Nichts. Annie ist alles.

»Okay«, sagt Annie, »wir fahren Donnerstag, und am Samstag kommen die anderen dazu.«

»Welche anderen?«, fragt sie erschrocken.

»Wir wollen doch Halloween feiern. Dazu braucht es ein paar Freunde. Ich rufe sie gleich an.«

Natürlich, denkt sie bitter, obendrein muss ich mir ihre Gesellschaft noch mit anderen teilen. Wenn ich doch wenigstens ihre einzige Bewunderin sein dürfte.

Immerhin hat sie die Möglichkeit, von Donnerstagabend bis Samstag mit ihr allein in dem Ferienhaus zu sein. Sie beschließt, jede Minute dieser kostbaren Zeit als ein besonderes Geschenk anzunehmen.

Erneut umarmt sie ihre Freundin und bedankt sich überschwänglich bei ihr. Danach geht sie in ihr Zimmer, wirft sich aufs Bett und beginnt, von einer Halloweenparty zu träumen, auf der es nur zwei Gäste gibt: Annie und sie.

FÜNFUNDZWANZIG

Ihr Zug kommt am Nachmittag in Ulm an. Nach einem kurzen Aufenthalt fahren sie mit der Regionalbahn weiter. Am Bahnhof von Blaubeuren nehmen sie sich ein Taxi, das sie den Berg hinauffährt, die Landstraße verlässt und auf einen Waldweg einbiegt, bis es vor einem Haus mit blutroten Fensterläden Halt macht.

Annie zahlt den Fahrer, dann steigen sie aus und lassen sich von ihm das Gepäck aus dem Kofferraum reichen.

Nachdem der Wagen wieder im Wald verschwunden ist, atmet Rebecca die würzige Luft ein und blickt sich um.

»Und hier bist du tatsächlich aufgewachsen?«, fragt sie.

»Ja.«

»Es ist ein Traum, oder?«

Annie lächelt. »Nein, es ist Wirklichkeit. Komm, lass uns reingehen.«

Sie schultern ihre Reisetaschen, betreten den Vorgarten und nähern sich dem Haus. Annie schiebt die Zweige eines dichten Holunderbusches auseinander. Dahinter taucht die große Holzskulptur eines Wolfs auf. Unter Rebeccas verwunderten Blicken greift sie dem Tier ins Maul und fischt einen Schlüssel heraus.

Sie hält ihn hoch und lacht ihr zu. »Willkommen in meiner Welt.«

Sie schließt die Haustür auf, tritt ein, und Rebecca folgt ihr. Nachdem sie ihr Gepäck abgestellt und ihre Jacken ausgezogen haben, führt Annie sie durch die Räume. Angeregt erzählt sie von ihrer Kindheit in dem Haus. Zu beinahe jedem Möbelstück und noch so kleinen Gegenstand, zu annähernd jedem Bild an der Wand fällt ihr eine kleine Geschichte ein, die sie im Plauderton zum Besten gibt, während Rebecca staunend zuhört.

Sie zeigt ihr den Garten und die Scheune, die zu einem Atelier umgebaut ist. »Hier hat mein Vater früher gearbeitet. Er ist gelernter Tischler, hat sich dann aber beruflich weiterentwickelt und gründete schließlich ein Unternehmen für Innenarchitektur. In seiner Freizeit beschäftigte er sich eine Zeit lang mit der Holzbildhauerei. Das hab ich von ihm übernommen, er hat mir alles dafür beigebracht.«

Rebecca betrachtet die verschiedenen Werkzeuge und Schnitzarbeiten, fasziniert betastet sie die kleinen Figuren, die aus Annies Händen entstanden sind.

»Wie sieht dein Vater aus?«, fragt sie.

Annie schmunzelt. »Im Wohnzimmer steht ein Foto von ihm. Ich zeig es dir.«

Zurück im Haus, deutet sie auf eine gerahmte Fotografie auf dem Kaminsims. Sie zeigt Annie als Teenager im Arm ihres Vaters. Er ist schlank, groß, grau meliert, sein Gesicht hat ebenmäßige Züge, ein sympathisches Lächeln auf seinen Lippen.

»So ein schöner Mann«, murmelt Rebecca. »Und er macht so einen liebevollen Eindruck. Was für ein Glück, ihn zum Vater zu haben.«

Sie nimmt das Bild in beide Hände und betrachtet es lange. Am liebsten würde sie es sich an die Brust drücken, so sehr gefällt ihr der Mann darauf.

Erst als sie Annies zweifelnden Blick bemerkt, stellt sie es rasch wieder zurück.

In der Dämmerung spazieren sie durch den Wald hinunter in die Ortschaft, wo ihr Annie den Blautopf zeigt. Obwohl es schon dunkel ist und die Quelle schwarz und finster wirkt, ahnt Rebecca, welch magische Kraft von ihr ausgeht, und sie ringt Annie das Versprechen ab, morgen bei Tageslicht wiederzukommen.

Sie kaufen ein paar Lebensmittel ein und schlendern zurück. Rebecca hakt sich bei Annie unter. Sie achtet darauf, dass sie mit ihr im Gleichschritt geht, lauscht ihren Worten, fällt an den richtigen Stellen in ihr Lachen mit ein und genießt ihre Nähe.

Daheim bereiten sie sich ein Abendessen zu und speisen an dem großen Tisch in dem gemütlichen Wohnzimmer. Es gibt Kürbisrisotto mit Cashewkernen, einen Feldsalat mit Artischocken, und zum Nachtisch genehmigen sie sich eine große Portion Vanilleeis mit heißer Schokoladensoße. Danach entzündet Annie ein Feuer im Kamin. Sie setzen sich aufs Sofa, schlagen die Beine unter und trinken Rotwein.

Annie erzählt weitere Anekdoten aus ihrer Kindheit und Jugend, und Rebecca stellt neugierige Zwischenfragen und nimmt aufmerksam jedes Detail in sich auf.

Nachdem sie eine zweite Flasche Wein angebrochen haben, wird Annie etwas stiller, und die Gesprächspausen mehren sich, in denen sie beide gedankenverloren in die glühenden Scheite im Kamin schauen.

Dabei rückt Rebecca möglichst unauffällig ein Stück näher an ihre Freundin heran. Immer wenn Annie sie zufällig mit dem Arm streift, rieselt ein wohliger Schauer über ihren Rücken.

»Es ist wunderschön hier«, sagt sie leise.

»Freut mich, dass es dir gefällt.«

»Versprichst du mir eines?«

»Was?«

Sie greift nach ihrer Hand und drückt sie. »Dass du auf immer meine Freundin bleibst?«

Annie lächelt. »Natürlich, Becca.«

»Auf immer und ewig?«

»Ja.«

»Schwörst du es?«

Sie lacht.

»Nein, im Ernst. Würdest du es schwören?«

Annie nimmt einen großen Schluck Wein, stellt das Glas auf dem Couchtisch ab und hebt die Hand zum Schwur. Dabei grinst sie so breit, dass es Rebecca einen Stich versetzt.

»Du machst dich über mich lustig.«

»Das ist auch lustig.« Wieder lacht sie, aber es ist kein freundliches Lachen. »Verzeih, ich bin ein bisschen beschwipst. Aber wie heißt es so schön: *In vino veritas.*« Auf einmal rückt sie von ihr ab. Etwas Kaltes, schier Grausames funkelt in ihren Augen auf, während sie sie von der Seite ansieht. »Weißt du, was seltsam ist, Becca?«

»Was?«

»Ich weiß nicht, wie ich es dir sagen soll, aber...«

»Um Himmels willen, was denn?«

»Deine Frisur.«

Für einen Moment bleibt ihr die Luft weg. Hat sie sich verhört?

Aber nein, Annie setzt sogleich nach. »Und deine neue Haarfarbe. Das ist so sonderbar.«

Rebecca spürt, wie sie heftig errötet.

»Willst du etwa so aussehen wie ich?«

Sie bringt keinen Ton hervor.

»He, ich hab dich was gefragt.«

»Natürlich nicht, ich ... wollte nur mal was Neues ausprobieren. Gefällt es dir denn gar nicht?«

Annie antwortet nicht. Nach einer längeren Pause fragt sie schneidend: »Und das Wolfstattoo auf deinem rechten Schulterblatt? Warum hast du es dir stechen lassen? Es sieht exakt so aus wie meins. Und es ist an derselben Stelle.«

Sie schluckt.

Doch Annie ist noch nicht fertig. »Kann es sein, dass du neulich in einem Mantel von mir ausgegangen bist?«

Rebecca schweigt betreten.

»In meinem schwarzen Wollmantel? Sag schon.«

»Tut mir leid, ich hätte dich vorher fragen sollen.«

»Finde ich auch.«

Ihre Wangen glühen, ihr Magen rumort. Was ist nur los mit Annie? Eben noch war sie so gut drauf. Und jetzt? Was soll dieses Verhör? Ihr ist so übel, dass sie fürchtet, sich jeden Augenblick übergeben zu müssen.

»Es wird nicht wieder vorkommen«, murmelt sie.

»Das hoffe ich. Ich mag es nämlich überhaupt nicht, wenn jemand in meinen Sachen rumwühlt.«

»Ich hab nicht drin rumgewühlt, ich hab nur ...« Sie bricht ab. Nach einer Weile fügt sie kleinlaut hinzu: »Ich hab kaum Geld, um mir Klamotten zu kaufen. Und an der Kunsthochschule sind alle so gut gekleidet, da fühle ich mich irgendwie ... ausgegrenzt.«

Annie blinzelt ins Feuer. Ihr Schweigen bedrückt sie.

»Sei mir nicht böse, ja?« Rebecca wirft ihr einen flehenden Blick zu. »Ich möchte keinen Streit mit dir. Lass uns diese Zeit hier genießen, bitte.«

»Wie sieht es eigentlich mit dir und Männern aus?«

»Wie meinst du das?«

»Ob du einen Typen hast, will ich wissen.«

Sie schüttelt den Kopf.

»Warum nicht?«

»Keine Ahnung.«

»Du bist dreiundzwanzig, so wie ich. Wird doch langsam Zeit, oder?«

»Mir ist einfach noch nicht der Richtige über den Weg gelaufen, schätze ich.«

Annie spielt mit dem Weinglas in ihrer Hand. Nach einer Weile sagt sie: »Ich freue mich jedenfalls auf Sonntag.«

»Wieso?«

»Na, wegen Halloween.«

Rebecca seufzt.

»Du nicht?«

»Doch, schon.«

»Ich hab Damian eingeladen. Er kommt am Samstagnachmittag.«

»Wer ist Damian?«

»Ich bin in Blaubeuren mit ihm zur Schule gegangen. Wir hatten ab und zu mal was zusammen. Ich denke, Samstag ist es wieder so weit.«

»Klar. Und wer kommt noch?«

»Sylvie und Cornelius, das sind gute Freunde von mir.«

»Schön.«

»He, was ist los mit dir?«

»Nichts.«

»Bist du irgendwie beleidigt?«

Sie schluckt ihre Übelkeit hinunter. »Nein, alles gut.«

»Manchmal bist du ganz schön komisch.«

»Warum?«

»Na ja, sieh dich doch mal an. Da lädt man dich ein, damit du ein bisschen Spaß hast, und dann ziehst du so ein Gesicht.«

Rebecca überlegt verzweifelt, was sie ihr darauf erwidern soll. Immerhin möchte sie nicht undankbar erscheinen. Aber Annies Worte sind so verletzend, dass sie ihr am liebsten den Wein ins Gesicht schütten würde.

Schließlich steht sie abrupt auf. »Ich geh ins Bett. Gute Nacht.«

»Komm schon, es ist noch viel zu früh.«

»Ich bin aber müde.«

Annies Miene verfinstert sich. So wütend hat Rebecca sie noch nie erlebt.

Sie starrt sie an. Hat sie nun etwa alles verdorben?

»Annie«, sagt sie gedämpft.

»Ja?«

»Unsere Freundschaft bedeutet mir sehr viel.«

»Hmm.«

Sie blickt nicht einmal zu ihr auf.

Rebecca wendet sich von ihr ab und geht die Treppe hinauf.

In dem kleinen Gästezimmer, das Annie ihr zugeteilt hat, steht sie lange am Fenster und schaut hinaus. Der Mond wirft sein kaltes Licht in den Garten. Die Schaukel an einem der Apfelbäume bewegt sich sacht im Wind.

Plötzlich meint sie zu erkennen, wie ein Mann aus dem Schatten eines der Bäume tritt. Er ist groß und schön, hat ebenmäßige Züge und grau meliertes Haar.

Er schaut zu ihr herauf. Er winkt ihr lächelnd zu.

Sie hebt die Hand und erwidert seinen Gruß. Sie atmet auf. Jetzt ist ihr nicht mehr schlecht. Ihre Verkrampfung, die geballte Faust in ihrem Magen, löst sich, und erneut atmet sie auf.

»Danke, Daddy«, flüstert sie, *»danke, dass du mir dieses Haus geschenkt hast.«*

Auf einmal ist er bei ihr. Sie spürt seine Wärme. Er nimmt sie in seine Arme und küsst sie auf die Stirn.

Seine Stimme ist sanft und angenehm. *»Gerne, mein Schatz. Ich möchte doch, dass es dir gut geht.«*

Sie schmiegt sich an ihn. *»Ich hab dich lieb, Daddy.«*

»Ich hab dich auch lieb, Annie.«

SECHSUNDZWANZIG

Am nächsten Morgen erwähnt Annie ihren Streit mit keiner Silbe. Stattdessen ist sie liebreizend wie eh und je, schenkt Rebecca Kaffee ein und tut ihr von den Pfannkuchen auf, die sie gebacken hat.

Nach dem Frühstück brechen sie zu einer erneuten Besichtigung des Blautopfs auf. Das Farbenspiel auf dem Wasser, der Blick in die unermessliche Tiefe, die Vorstellung von einer geheimen Welt in den weitverzweigten unterseeischen Höhlen – all das ist für Rebecca so ergreifend, dass sie unwillkürlich nach Annies Hand greift.

»Danke«, sagt sie, »danke, dass du mich an diesen zauberhaften Ort geführt hast.«

Annies Lächeln ist ihr eine Spur zu spöttisch, als würde sie sich wieder über sie lustig machen. »Du bist sehr empfindsam, Rebecca, nicht wahr?«

Sie nickt.

»Eigentlich weiß ich ziemlich wenig über dich. Was war dein schönstes Erlebnis in der Kindheit?«

»Davon gibt es nicht gerade viele. Zu Hause hab ich mich nicht besonders wohlgefühlt. Am liebsten war es mir, wenn ich in den Ferien auf dem Reiterhof sein durfte.«

»Eine Pferdenärrin also.«

»Ja.«

»So wie ich. Na, dann lass uns Sultan einen Besuch abstatten. Du wirst von ihm begeistert sein.«

Ihr Weg führt sie einen Berg hinauf. Auf der Anhöhe angelangt, durchqueren sie eine Wacholderheide und folgen danach einem Pfad, der sich an einem weiteren Hang entlangschlängelt. Sie passieren mehrere große Felsengebilde, von denen manche an versteinerte Tiere erinnern. Eines hat Ähnlichkeit mit einem riesigen Totenschädel, vor dem Rebecca erschauert.

»Das ist das Felsenlabyrinth«, sagt Annie. »Zu Halloween werden wir uns hier in unseren Kostümen versammeln. Das wird aufregend. Weißt du schon, wie du dich verkleiden wirst?«

»Nein.«

»Du kannst dir ein paar Sachen von mir ausborgen, wenn du magst.«

»Das wäre großartig.«

»Du könntest zum Beispiel als Hexe gehen.« Annies Lachen gefällt ihr ganz und gar nicht.

»Findest du mich denn so hässlich?«

»Nun sei nicht wieder beleidigt. Es war nur ein Spaß.«

Nach einiger Zeit gelangen sie zurück in die Nähe von Annies Haus, wo sie jedoch die entgegengesetzte Richtung einschlagen, um an abgeernteten Feldern vorbeizumarschieren, bis sie schließlich das Dorf erreichen, in dem sich der Reiterhof befindet.

Im Stall wird Annie freudig von dem Pferd begrüßt. Es stupst sie mit dem Kopf an, scharrt mit den Hufen und lässt sich geduldig von ihr striegeln. Rebecca ist in die Rolle der Zuschauerin gedrängt.

Als sie ihrer Freundin den feuchten Schwamm reicht, mit dem Sultan die Augen und Nüstern ausgewischt werden sollen, erschreckt sie versehentlich das Tier, da sie sich ihm von hinten genähert hat. Sultan schnaubt auf und macht eine hektische Bewegung in seiner Box.

»Pass doch auf«, fährt Annie sie an, »du machst ihm Angst.«
»Entschuldige.«
Von Annies heftiger Reaktion eingeschüchtert, sieht sie ihr wortlos zu, wie sie ihm Zaumzeug und Sattel anlegt. Sie folgt ihnen nach draußen. Nachdem Annie aufgestiegen ist, glaubt sie für einen Moment, dass sie ohne sie davonreiten wird.
Endlich aber schaut sie zu ihr herab und nickt ihr zu.
»Komm schon.«
Erleichtert schwingt sich Rebecca zu ihr auf, und sie preschen davon.

Sie schlingt die Arme um ihre Freundin. Sie ist ihr so nah, dass sie sich glatt vorstellen kann, mit ihr zu verschmelzen.
Annie und sie sind eins.
Ja, *sie* ist Annie, und das Pferd gehört ihr.
Im Galopp gleitet sie durch das flirrende Licht an diesem herrlichen Oktobertag. Sie spürt die Hitze und Kraft des prächtigen Tiers unter sich.
Sie ruft ihm zu: »Lauf, Sultan, lauf!«
Begeistert jagt sie in einem wilden Rausch dahin, seine Mähne fliegt, sein Herzschlag stampft, während sie sich an seinen starken Rücken presst.
Ihr gehört er, ihr ganz allein.
»Braver Sultan«, murmelt sie.
Und sie hört sein Schnaufen, sieht den glitzernden Schweiß auf seinem Fell. Sie ist so stolz und froh, dieses Pferd ihr Eigen nennen zu dürfen.
Unwillkürlich denkt sie an ihren Vater, den Mann mit dem grau melierten Haar und dem freundlichen Lächeln, der ihr all das ermöglicht hat.
Und plötzlich ist er es, mit dem sie im Sattel sitzt. Er vorne, sie hinten an ihn geschmiegt.

»Danke, Daddy«, flüstert sie ihm zu, *»du beschenkst mich so reich.«*
»Weil ich dich liebe.«
»Ich liebe dich auch.«
»Mit wem sprichst du?«, fragt Annie vor ihr, und schon verlangsamen sie, aus dem Galopp wird Trab.
»Mit niemandem.«
Sie kehren um.
Der Traum ist vorüber.
Nur wenig später muss sie absteigen und tatenlos zusehen, wie Annie ihren Wallach zurück in den Stall führt.

Nachmittags verschwindet Annie in ihrem Atelier in der Scheune, nachdem sie ihr in knappen Worten mitgeteilt hat, sie habe ein paar Ideen für neue Holzarbeiten, die sie nun umsetzen wolle.
Rebecca ist enttäuscht. Warum können sie nicht zusammen arbeiten? Sie könnten doch gemeinsam eine Skulptur kreieren, etwas Großes, Aufsehenerregendes, als eine Art Symbol für ihre Freundschaft vielleicht. Sie hat sich bereits ausgemalt, wie sie zusammen eine monumentale Holzfigur schaffen, noch imposanter als der Wolf hinter dem Holunderbusch, ein gigantisches Standbild, das für ihre Unzertrennlichkeit steht. Annie jedoch scheint das Alleinsein ihrer Gesellschaft vorzuziehen.
Sie schleicht durchs Haus, fühlt sich einsam und abgelehnt. Die Zeit mit ihrer Freundin ist so begrenzt, und nun rinnen die Stunden dahin, und morgen, wenn die Gäste kommen, ist es vorbei mit der Illusion, sie sei etwas Besonderes für Annie.
Vermutlich ist sie ihr lästig. Gut möglich, dass Annie überhaupt nicht an ihrer Freundschaft interessiert ist. Sie ist ihre

Mitbewohnerin, und selbst dafür musste sie sich regelrecht aufdrängen.

Voll düsterer Gedanken stiehlt sie sich ins Annies Schlafzimmer. Es ist ähnlich eingerichtet wie das in Berlin. Sie begutachtet ihre Kleider. Erstaunlich, wie viele Sachen Annie besitzt. Selbst in einem Ferienhaus hat sie mehr Klamotten, als sie jemals tragen kann.

Da fällt Rebeccas Blick auf eine verzierte Holzschatulle, die auf der Wäschekommode steht. Sie öffnet sie und lässt verzückt den Atem ausströmen. Sie ist randvoll gefüllt mit Schmuck, manche Stücke haben eher Flohmarktcharakter, andere wiederum wirken sehr wertvoll, und ein jedes von ihnen zeugt von Annies hervorragendem Geschmack.

Ihr Herz klopft heftig, als sie eine Halskette mit einem funkelnden Rubin als Anhänger herausnimmt. Sie legt sie sich um und betrachtet sich im Spiegel.

Ihr Vater erscheint im Zimmer und lächelt ihr zu.

»Hübsch siehst du aus, mein Kind.«

Sie strahlt ihn an. *»Welches Kleid würde wohl dazu passen?«*

Er sucht ihr eines heraus. Dezent dreht er sich um, während sie ihre Sachen ablegt und in das Kleid steigt.

Dann steht er in ihrem Rücken, nimmt einen Kamm und frisiert ihr das Haar. Sie spürt seinen Atem im Nacken.

»Bezaubernd bist du, Annie, mein Kind.«

»Ich bin so glücklich hier.«

»Ja, wir haben es gut an diesem Ort.«

»Weißt du, Daddy, seitdem Mutter tot ist, sind wir noch inniger miteinander. Findest du nicht?«

Er nickt. *»So ist es, Annie, ja. Du bist mein Ein und Alles.«*

Sie wendet sich ihm zu, und er küsst sie auf die Stirn.

Als Krönung setzt er ihr einen roten Haarreif auf.

Sie sinkt aufs Bett und schließt die Augen. Erst gegen

Abend, als sie Annie unten in der Küche rumoren hört, ist der Zauber vorüber und ihr süßer Traum zerstört.

Rasch nimmt sie den Reif ab, zieht sich um, öffnet den Verschluss der Halskette und legt sie zurück in die Schatulle. Danach verlässt sie eilig das Zimmer.

SIEBENUNDZWANZIG

Am Samstagvormittag ist sie nervös. Immer wieder schaut sie aus dem Fenster in den Vorgarten hinaus und rechnet mit dem Eintreffen der Gäste. Annie kann ihr keine genaue Uhrzeit nennen.

»Sie kommen irgendwann im Lauf des Tages.« Sie schaut sie prüfend an. »Du bist eher der schüchterne Typ, hab ich recht?«

»Ich kenne doch hier niemanden.«

»Die drei sind nett. Du wirst sie mögen.«

Aber sie mich nicht, denkt sie bitter. Niemand mag mich. Sie ist sich sicher, wenn die anderen da sind, wird Annie im Mittelpunkt stehen, und sie selbst ist abgemeldet.

Annie nimmt einen letzten Schluck Kaffee, dann spült sie ihre Tasse aus und stellt sie ins Abtropfregal. »Wollen wir uns um unsere Kostüme kümmern? Morgen ist schließlich Halloween.«

»Okay.«

Sie folgt ihr ins Schlafzimmer.

Annie nimmt einen roten Regenmantel von der Kleiderstange und legt ihn aufs Bett. »Ich gehe als Rotkäppchen. Natürlich kein braves Rotkäppchen. Eher so eines, das sich ganz gern vom Wolf beschnuppern lässt.«

Sie öffnet die Wäschekommode und nimmt eine schwarze Korsage heraus.

Rebecca ist so überrascht, dass sie einen Moment lang

zu atmen vergisst, als sich Annie völlig ungeniert vor ihren Augen auszieht. Zuletzt streift sie ihren Slip ab und steht nackt vor ihr. Ihre Wangen glühen vor Hitze, während sie auf Annies zarte, unbehaarte Scham blickt.

Nur ein einziges Mal hat sie Annie unbekleidet gesehen. Mehr oder minder versehentlich ist sie in der Berliner Wohnung ins Badezimmer hineingeplatzt. Es waren nur wenige Sekunden, und doch konnte sie jedes Detail in sich aufsaugen.

Das hier ist etwas anderes. Ihr ist, als würde sich Annie absichtlich so aufreizend vor ihr bewegen.

Rebecca schaut auf ihre hübschen, festen Brüste und errötet noch mehr.

Annie schlüpft in die Korsage. »Hilf mir mal.«

Rebecca macht sich behutsam daran, die kleinen Häkchen am Rückenteil zu verschließen.

»Und nun die Strümpfe.«

Sie beobachtet, wie sie die schwarzen Overknees überstreift. Danach steigt sie in hochhackige Pumps, zieht sich den Regenmantel über und setzt sich die Kapuze auf.

»Voilà. Die Wolfsjagd kann beginnen.«

»Du siehst scharf aus. Richtig scharf.«

Ein rätselhaftes Lächeln umspielt Annies Lippen. Sie tritt auf Rebecca zu. Sie ist ihr so nah, dass ihr Atem sie streift.

»Manchmal bist du richtig süß.«

»Ja?«

»Und gleich darauf wieder so kratzbürstig. Wer bist du nur? Ich werd nicht schlau aus dir.«

»Ich bin... ich möchte doch nur...«

Sie glaubt zu träumen, als Annie mit der Hand in ihr Haar fährt. Sie zieht sie zu sich heran. Der jähe Kuss ist wie eine Explosion. Ihr Herz rast. Ihre Knie werden weich. Für einen Moment spürt sie Annies Zunge in ihrem Mund.

Doch genauso blitzartig, wie es geschah, ist es schon wieder vorbei.

Stille. Sie hört nichts als ihren wummernden Herzschlag.

Schließlich fragt Annie forsch: »War es das, was du wolltest?«

Sie starrt sie an.

»Hmm?«

Ist das alles? Sie muss doch wenigstens ein paar liebevolle Worte für sie übrighaben. Diese Schmach kann sie ihr nicht antun.

Aber da ist nur dieses Lächeln auf ihren Lippen, und das wirkt kalt.

»Na los, Becca, jetzt suchen wir was für dich aus.«

Sie bringt keinen Ton hervor. Ihre Beine zittern.

»Was ist?«

Ihr fällt das Atmen schwer. »Ich ... du ...«

»Ja?« Wieder dieses Lächeln. Spöttisch und beinahe triumphierend. Als hätte sie ihr soeben eine empfindliche Niederlage verpasst. »Du hast rote Flecken im Gesicht. Ist dir nicht gut?«

Frag sie, warum sie dich geküsst hat. Frag sie, was sie für dich empfindet.

»Becca! Du glotzt mich ja an wie eine Verrückte.«

Feine Nadelstiche quälen sie in ihrem Innern. Und ein verzweifelter Gedanke: *Sie spielt bloß mit mir. Ich bin Wachs in ihren Händen.*

Sie muss die Situation irgendwie retten. »Ich geh als Hexe.«

»Im Ernst?«

»Du hast vollkommen recht. Wer so hässlich ist wie ich, kann sich auch als Hexe verkleiden.«

»Ich hab nie gesagt, dass du hässlich bist. Ich finde es nur komisch, dass du meine Frisur nachahmst.«

»Ich schneid mir eine Glatze. Wäre dir das lieber?«

Ein Achselzucken. »Mach, was du willst.«

»Ich bin dir wohl völlig gleichgültig?«

»Aber nicht doch.«

»Ich denke schon.«

»Reg dich nicht gleich wieder auf, Süße. Wir finden was für dich.«

Ich bin ihr tatsächlich egal. Ich bin ein Nichts für sie.

Und schlimmer noch: Sie spielt mit meinen Gefühlen. Sie weiß, wie leicht sie mich verletzen kann.

Die Welt scheint sich von ihr zu entfernen. Wie durch einen Schleier hindurch beobachtet sie Annie, wie sie in ihrem roten Regenmantel die Bügel an der Stange hin und her schiebt. Sie nimmt einen schwarzen Hoody hervor und hält ihn ihr an. Sucht dunkle Netzstrümpfe für sie aus. Sie zeigt ihr einen kurzen Rock und passende Stiefel.

Aus weiter Ferne vernimmt sie Annies Stimme. »Ich nähe dir Ohren an die Kapuze von dem Hoody und Flügel an das Rückenteil, und schon bist du eine Fledermaus. Einverstanden?«

Sie hört sich selbst dabei zu, wie sie sagt: »Würdest du das wirklich für mich tun?«

»Na klar.«

Unbeteiligt beobachtet sie, wie Annie schwarzen Stoff heraussucht und daraufhin die Nähmaschine betätigt.

Sie hat kein Zeitgefühl mehr, doch irgendwann ist Annie mit allem fertig. Sie ist innerlich leer, während sie das geflügelte Kostüm anzieht, die Kapuze mit den Ohren aufsetzt, in Strümpfe, Rock und Stiefel schlüpft.

Sie lässt sich von Annie das Haar richten und von ihr eine Strähne aus der Kapuze ziehen, so dass sie ihr locker ins Gesicht fällt.

»Gut siehst du aus«, sagt Annie und führt sie zum Spiegel.

Sie kennt diese schwarz gekleidete Person nicht, sie schaut auf eine Fremde, die ihr im Spiegelbild entgegentritt.

»Meinst du das ehrlich?«

»Ja. Jetzt bist du meine kleine Fledermaus.«

»Okay, es reicht, du nimmst mich auf den Arm.«

»Nein, Rebecca, im Ernst, du bist hübsch.«

Annie lächelt ihr zu. Ein neutrales Lächeln. Ihr üblicher Charme. Und eine Spur von Ironie.

Kein Wort mehr von dem Kuss. Rebecca ist, als sei ihr Innerstes zu Eis erstarrt.

Es läutet an der Tür. Sie gehen gemeinsam die Treppe hinunter, Rotkäppchen und ihre unansehnliche, blutsaugende Fledermaus.

Die Gäste sind da. Annie begrüßt sie freudig, umarmt sie, lacht, weist auf Rebecca und nennt ihren Namen.

Rebecca nickt ihnen zu und versucht, ein freundliches Gesicht aufzusetzen.

Düstere Gedanken schweben über ihr. Dunkle Vorahnungen.

Sie kommt nicht dagegen an.

Halloween. Nacht des Grauens. Ich sehe eine Horde Wölfe. Sie fletschen die Zähne, sie fallen über Annie her.

Ich sehe Blut, viel Blut.

Sie reißen Rotkäppchen die Eingeweide heraus.

ACHTUNDZWANZIG

Sylvie und Cornelius beziehen das ehemalige Elternschlafzimmer. Damian wird angeboten, im Wohnzimmer auf der Couch zu schlafen.

»Wenn es dir zu unbequem wird, klopf einfach an meine Tür«, sagt Annie mit einem vieldeutigen Lächeln zu ihm.

»Klar, mach ich.«

Nachdem sich Rebecca und Annie wieder umgezogen und die anderen ihre Reisetaschen ausgepackt haben, versammeln sie sich in der Küche, um einen großen Topf Spaghetti zu kochen. Wie Rebecca herausfindet, kennen sich alle vier vom Gymnasium in Blaubeuren, wo sie gemeinsam das Abitur gemacht haben. Sie versteht ihre Anspielungen und Insiderwitze nicht und ist von dem allgemeinen Gelächter ausgeschlossen.

Sie essen am großen Tisch im Wohnzimmer und unterhalten sich angeregt. Rebecca stochert lustlos mit der Gabel auf ihrem Teller herum, während sie die anderen beobachtet. Natürlich entgeht ihr nicht, wie offensiv Annie mit Damian flirtet. Sie hat ihr wiedererwachtes Interesse für ihn ja bereits angekündigt.

Damian hat große Ähnlichkeit mit Marc. Noch so ein großer, durchtrainierter Kerl, der sich seiner Wirkung auf Frauen bewusst ist. Für Rebecca ist es unbegreiflich, dass sich Annie ausgerechnet zu diesem Typ Mann hingezogen fühlt. Aber es scheint kein Zweifel daran zu bestehen, dass er die

Nacht nicht auf dem Sofa, sondern in ihrem Bett verbringen wird.

Cornelius wirkt weitaus intelligenter als Damian. Eher schmächtig, Seitenscheitel, Nerd-Brille. Was Rebecca an ihm irritierend findet, ist die Art, wie er ihr gelegentlich spöttische Seitenblicke zuwirft. Mit einem Mal beschleicht sie der Verdacht, Annie könnte die anderen bereits am Telefon ausführlich mit Informationen über sie versorgt haben, allesamt negativ und vernichtend. Gut möglich, dass sie sich bei ihnen vorauseilend dafür entschuldigt hat, versehentlich eine Spaßbremse zu Halloween eingeladen zu haben, ihre neue Mitbewohnerin nämlich, die sich als nervtötend und langweilig erwies.

Und so fragt Cornelius sie auch in einem abschätzigen Tonfall: »Du bist also die Frau, die bei Annie eingezogen ist?«

»Ja.«

Er hebt die Augenbrauen. »Hohe Mietpreise in Berlin?«

»Hmm. Wohnraum ist knapp und teuer geworden.«

Er schaut Annie an. »Wie groß ist deine Eigentumswohnung? Habt ihr genug Platz?«

Annie zuckt mit den Achseln. »Es reicht schon.«

Alle Blicke sind auf Rebecca gerichtet. Sylvie, eine magere Dunkelhaarige, flachbrüstig, mit einem langen, schmalen Gesicht und eng stehenden Augen, legt den Kopf schief und mustert sie so intensiv, dass sie unwillkürlich die Schultern hochzieht. »Wenn man Annie nur lang genug bittet, kann sie einem keinen Wunsch abschlagen, oder?«

Sie schluckt. »Ich wollte mich nicht bei ihr aufdrängen.«

Annie lässt eine nach ihrem Geschmack viel zu lange Pause vergehen, bis sie endlich sagt: »Keine Sorge, du hast dich nicht angebiedert, Becca.« Sie lächelt gönnerhaft. »Ich hab nun mal ein großes Herz.«

»Bist du zum ersten Mal in Blaubeuren?«, fragt Sylvie.
Rebecca nickt.
Das plötzliche Schweigen am Tisch bedrückt sie.
»Gefällt mir gut hier«, murmelt sie nach einer Weile.
Schließlich ergreift Damian das Wort. Er erzählt eine witzige Anekdote aus der Schulzeit, worauf die anderen in schallendes Gelächter ausbrechen.
Nach dem Essen hilft sie in der Küche beim Geschirrspülen. Sylvie und Cornelius beschließen, einen Spaziergang zu machen, und verlassen das Haus. Damian bleibt bei Annie. Sie trocknen zusammen die Teller und Gläser ab. Einmal berührt er sie wie absichtslos an der Schulter, ein anderes Mal an der Hüfte. Schließlich gleitet seine Hand hinunter zu ihrem Po, und Annie gibt ein schulmädchenhaftes Kichern von sich.
Rasch verdrückt sich Rebecca aus der Küche und wendet sich zur Treppe, um nach oben zu gehen.
Plötzlich vernimmt sie Damians gedämpfte Stimme: »Ich finde sie eigenartig.«
Schlagartig hält sie inne und lauscht.
»Sie ist doch ganz nett«, erwidert Annie leise.
»Die passt überhaupt nicht in deinen Freundeskreis.«
»Sie ist ein wenig schüchtern.«
»Ich würde sie als Mitbewohnerin nicht einen Tag lang aushalten.«
»Sie hat wenig Geld. Kommt aus ziemlich traurigen Verhältnissen. Der Vater ist abgehauen, die Mutter schwer depressiv.«
»Problemkind, ja? Und wie ist sie im Studium?«
»Eher mäßig. Untalentiert.«
»Die und Künstlerin?«
»Sie will mal Lehrerin werden wie ich.«

»Ich sag dir was: Die ist irre. Wie die dich anguckt. Die ist ja besessen von dir.«

»Ich glaube, sie ist ein bisschen in mich verknallt. Stell dir vor, heute Vormittag hat sie versucht, mich zu küssen.«

»Was?«

»Richtig mit Zunge und so.«

Damian prustet los, und Annie fällt in sein Gelächter mit ein.

Rebecca eilt die Treppe hinauf. Im Gästezimmer wirft sie sich aufs Bett und schließt entsetzt die Augen.

Sie wartet darauf, dass ihr Vater erscheint, der Mann mit dem grau melierten Haar und dem sympathischen Lächeln. Er soll sie trösten, ihr die Tränen trocknen.

Doch er kommt nicht. Niemand sucht sie in ihrem Zimmer auf. Sie ist allein und voller Hass.

NEUNUNDZWANZIG

Nachts wird sie von heftigem Rumoren aus dem Nebenzimmer geweckt. Eine Tür klappt, ein Gegenstand fällt zu Boden. Sie erkennt Damians Stimme. Annie antwortet ihm mit schrillem Gelächter. Sie scheint betrunken zu sein, völlig überdreht. Für eine Weile herrscht Stille. Doch nur kurz darauf vernimmt Rebecca, wie Annie rhythmisch aufstöhnt. Auch Damian gibt Lustgeräusche von sich, brünstig, dumpf. Die Bettkante schlägt gegen die Wand. Ein spitzer Aufschrei von ihr, der ihn anfeuert. Das Stöhnen schwillt an. Sie geraten in Fahrt.

Verzweifelt dreht sich Rebecca auf die Seite und presst sich das Kissen aufs Ohr. Aber es hilft nichts, das Treiben nebenan ist so offensiv, als sei es allein für sie inszeniert. Ja, denkt sie verbittert, sie tun es nur, um mich zu verletzen.

Annie kreischt vor Lust, tierisch, exaltiert, aufgegeilt. Es dauert lange. Sie steigern sich genüsslich. Gemeinsam erklimmen sie himmlische Gefilde, während Rebecca am Boden bleibt, zerstört.

Jeder Atemzug, der sie dem Orgasmus näher bringt, ist ein Messerstich in ihre Brust. Schrill der Schrei, mit dem Annie kommt. Röhrend der Laut von Damian.

Rebecca schleudert das Kissen von sich und ringt nach Luft. Sie stellt sich vor, wie die beiden daliegen, nackt und verschwitzt. Hört gedämpft, wie sie sich unterhalten. Annie sagt etwas, und Damian lacht laut auf.

Sie reden wieder über mich, durchfährt es sie. Einmal meint sie sogar, ihren Namen zu hören. Damians verächtlicher Tonfall und Annies gehässiges Gelächter treffen sie bis ins Mark.

Sie findet keine Ruhe. Ihre Gedanken sind bösartige Kobolde, die durch ihren Kopf spuken und sie am Schlafen hindern.

Sonntag. Halloween. Allgemeine Aufregung. Die vier diskutieren über Geister, Rituale, Totenerscheinungen, vergleichen ihre Kostüme, prahlen mit ihren gruseligsten Erlebnissen auf Friedhöfen und in dunklen Höhlen, erzählen sich von den schaurigsten Partys und den besten Drogentrips.

Die Schnitzeljagd wird arrangiert. Damian verlässt das Haus, um in der Umgebung die Hinweise und den Schatz zu verstecken. Währenddessen bereiten Annie und Sylvie das Essen in der Küche vor. Cornelius sitzt breitbeinig auf dem Sofa und rollt sich einen Joint.

Rebecca verkriecht sich vor den anderen. Sie würde am liebsten abreisen, doch sie scheut die offene Auseinandersetzung mit Annie, die sich mit Sicherheit daraus ergeben würde. In einem unbeobachteten Moment stiehlt sie sich fort, zur Schmuckschatulle in Annies Zimmer, und nimmt die Halskette mit dem Rubin heraus. Sie verbirgt sie im Gästezimmer unter ihrem Kopfkissen. Der Diebstahl verschafft ihr eine gewisse Erleichterung. Sie legt sich aufs Bett und wartet, bis der Abend kommt.

Nach einer Weile schläft sie ein. Als sie aufwacht, ist es draußen bereits dunkel. Musik ist von unten zu hören. Sie geht hinunter ins Wohnzimmer und erschrickt vor den Gestalten, die sich vor dem Kamin versammelt haben.

Da sitzt ein Horrorclown, weiß und böse. Der Mund grellrot zu einem Grinsen verzogen. Er sieht aus wie Pennywise aus Stephen Kings Roman *Es*. Mit Verzögerung erkennt sie Damian wieder.

»Rebecca, warum hast du dein Kostüm noch nicht an?«

»Tut mir leid, bin eingeschlafen.«

»Wie langweilig.« Eine spöttische Bemerkung von Cornelius, der eine Zombiemaske aus Latex trägt. Die magersüchtige Sylvie ist passenderweise als Skelett gekleidet. Auf ihrem schwarzen Trikot ist ein Knochengerippe abgebildet, ihr Gesicht ist bleich geschminkt.

Annie erhebt sich in ihrem roten Regenmantel und der knappen Korsage darunter und tritt auf sie zu. »Ich bin enttäuscht von dir, Becca. Wozu hab ich dich überhaupt mitgenommen? Jedenfalls haben wir ohne dich zu Abend gegessen.«

»Ihr hättet mich doch wecken können.«

Annie stemmt die Hände in die Hüften. »Für wen hältst du dich eigentlich?«

Sie starren sich an.

»Na los, geh dich umziehen. Und verdirb uns nicht weiter den Spaß, ja?«

Sie nickt betroffen. »Entschuldige bitte.«

»Beeil dich.«

Sie hastet die Treppe hinauf.

»Sie benimmt sich unmöglich«, murmelt Sylvie, das Skelett, in ihrem Rücken. Cornelius sagt etwas Unverständliches, worauf Damian als Pennywise in ein meckerndes Gelächter ausbricht, dass es sie schaudert.

In ihrem Zimmer streift sie sich die dunklen Sachen über, die Annie für sie verändert hat, schlüpft in die Stiefel und schämt sich vor ihrem eigenen Spiegelbild. Sie trägt das mit Abstand hässlichste Kostüm.

Zum Trost legt sie sich die Halskette mit dem Rubin um und versteckt sie unter dem Fledermaus-Hoody.

Zögerlich geht sie zu den anderen hinunter.

»Was für ein fieser kleiner Blutsauger«, sagt der Horrorclown.

Alle lachen.

»Ist doch ganz hübsch geworden«, meint Annie. Aber Rebecca weiß, dass sie es nicht ehrlich meint.

Sie trinken Wodka Lemon, Cornelius lässt einen Joint kreisen. Rebecca schenkt sich ein, nimmt einen großen Schluck, lässt sich die Tüte reichen und inhaliert tief.

Die anderen lachen wieder über ihre Insiderwitze, die Musik ist laut. Ihre Gesichter verschwimmen, je mehr Rebecca trinkt, je mehr sie raucht, und bald ist ihr schwindlig, doch sie hört nicht auf. Und so bekommt sie nur wie durch einen Schleier mit, wie die Paare ausgelost werden, die zur Schnitzeljagd aufbrechen sollen.

»Shit«, sagt Annie, während sie auf die Karte schaut, die sie gezogen hat. Sie zeigt sie hoch. Brüllendes Gelächter. Rebecca begreift, dass ihr eigener Name auf der Karte steht. Offenbar ist es die Höchststrafe, mit ihr zusammen auf Jagd zu gehen.

»Na dann viel Spaß, Annie«, höhnt Sylvie, die Cornelius zugelost bekam.

Der Clown Pennywise springt auf einen Stuhl und ruft: »Der erste Hinweis ist hier im Raum versteckt.«

Sylvie klatscht in die Hände. »Los, los, los.«

Sie sucht mit Cornelius das Zimmer ab. Auch Annie springt auf, um sich hektisch an der Suche zu beteiligen. Rebecca versucht, behilflich zu sein, doch sie scheint ihr nur im Weg zu stehen.

»Nimm dir eine andere Ecke vor«, herrscht Annie sie an. »Wir müssen uns aufteilen.«

»Okay.«

Rebecca hebt verschiedene Gegenstände an, verrückt die Möbel, schaut unter einem Teppich nach. Ihr ist so übel, dass sie fürchtet, sich übergeben zu müssen. Sie hat noch nichts gegessen, dafür zu hastig von dem Schnaps getrunken. Und den Cannabis verträgt sie nicht. Fortwährend hat sie das Gefühl, als würden sich die Wände vor ihr verschieben. Die stampfenden Bässe aus den Lautsprechern der Stereoanlage und die aufgeregten Stimmen der anderen hallen gespenstisch in ihrem Kopf wider. Sie hat Angst vor den Kostümen, den Maskeraden, sie wirken verzerrt, ihre Konturen lösen sich auf. Selbst Annie in ihrer Verkleidung als Rotkäppchen kommt ihr unheimlich vor. Lichtpunkte tanzen vor ihrem Gesichtsfeld. Immerzu muss sie sich über die Augen wischen, um besser sehen zu können. Fahrig taumelt sie herum. Sie würde ihrer Freundin gern helfen, für sie den ersten Hinweis finden, aber sie stellt sich so ungeschickt an, dass Annie sie barsch zurechtweist.

»Hier hab ich doch schon gesucht. Geh dahin. Beeil dich, verdammt.«

»Ja, mach ich.«

»Ich will gewinnen, kapiert?«

»Klar.«

»Gefunden!«, ruft Sylvie und fischt ein zusammengefaltetes Blatt Papier aus einer Porzellanvase.

Sie und Cornelius stecken die Köpfe zusammen und lesen, was darauf geschrieben steht.

»Ich hab die Lösung«, sagt Cornelius und flüstert ihr etwas ins Ohr.

»Ja«, ruft Sylvie, und schon stürmen die beiden aus dem Haus.

»Jetzt seid ihr dran«, sagt Damian.

Annie schnappt sich den Zettel. Rebecca liest über ihrer Schulter mit. Es ist ein Rätsel in Versform, das sie lösen müssen.

Mach dich auf den Weg in die Finsternis,
Vielleicht zwei Augen in der Höhe
Erhellen dir den Weg.

»Die Brillenhöhle«, ruft Annie aus.

»Wie kommst du darauf?«

»Erkläre ich dir, wenn wir dort sind. Los, komm.«

Erstaunt über den verbissenen Eifer, den Annie bei der Schatzsuche an den Tag legt, folgt Rebecca ihr. Zum Schutz vor der Kälte draußen, streift sich Annie einen Wollpullover über ihre Korsage, schlüpft in Leggins und feste Schuhe, schnürt den Regenmantel fest zu und setzt sich die Kapuze auf. Sie verabschiedet sich von Damian, dem Horrorclown, der sich als Spielleiter nicht an der Jagd beteiligt, und eilt hinaus in die Dunkelheit. Rebecca, die sich hastig eine Jacke über ihr Fledermaus-Kostüm geworfen hat, müht sich ab, mit ihr Schritt zu halten.

Der Weg führt sie tief in den Wald hinein. Schließlich erreichen sie einen Pfad, der sich am Berghang entlangschlängelt. Rebecca wagt es kaum, in die Tiefe zu schauen. Mehrmals rutscht sie aus.

Sie bittet Annie, etwas langsamer zu gehen. Doch diese beschwert sich: »Sylvie und Cornelius sind uns weit voraus.«

Den Schatz als Erste zu finden scheint für sie immens wichtig zu sein, also fügt sich Rebecca und stolpert hinterher.

Es herrscht ein kalter Wind in dieser Halloweennacht. Wolkenfetzen ziehen am Himmel vorbei. Der Mond wirft lange Schatten. Hohe Felsen tun sich vor ihnen auf. Sie erreichen den, der Ähnlichkeit mit einem riesigen Totenschädel hat. Verkleidete Gestalten haben sich vor ihm im Fackelschein versammelt.

Annie erkennt ein paar Bekannte und ruft ihnen zu. Schon steigt sie zu ihnen hinauf, um sie zu begrüßen. Rebecca folgt ihr halbherzig. Plötzlich legt ein Betrunkener in einem mittelalterlichen Henkerkostüm den Arm um sie.

»Na, kleine Fledermaus?«

Sie schreit leise auf. Seine Augen funkeln unter der Henkerskapuze, seine Stimme klingt dumpf.

»Was denn? Hast du Angst vorm schwarzen Mann?«

Sie reißt sich von ihm los.

Annie lässt sich von einem Typen mit zotteliger Werwolfmaske und spitzen Reißzähnen umarmen.

»He, Rotkäppchen, du machst mir Appetit.«

Sie lacht anzüglich und trinkt aus der Schnapsflasche, die herumgereicht wird. Dann gibt sie Rebecca ein Zeichen, und sie kraxeln wieder hinunter zum Weg.

Ein durchdringender Nieselregen setzt ein. Rebecca fröstelt. Endlich erreichen sie die mit einem Gitter versperrte Brillenhöhle. Annie weist zur Höhlendecke hinauf, in der sich nebeneinander zwei kreisrunde Öffnungen befinden, die annähernd an ein überdimensionales Brillengestell erinnern.

»Daher hat der Ort seinen Namen«, sagt sie.

Rebecca entdeckt ein Stück abseits ein paar frische Fußspuren im Sand, die vom Regen noch nicht ganz aufgeweicht sind. Sie leuchtet die Stelle mit ihrem Smartphone ab und sieht, dass jemand Erde angehäufelt und glatt gestrichen hat.

»Schau mal hier«, ruft sie Annie zu.

Sie bücken sich und buddeln einen kleinen Plastikbehälter aus. Darin befindet sich ein Zettel mit Damians Handschrift:

Der Ort, nach dem du suchst,
Ist von prächtiger Farbe.
An seinem Grund sitzt eine Frau.

»Der Blautopf«, platzt es aus Rebecca heraus. »Und die Frau ist die schöne Lau, das Wasserwesen aus der Sage.«

Sie ist froh, dass sie nicht nur auf den Hinweis gestoßen ist, sondern auch gleich das Rätsel gelöst hat.

Annie aber entgegnet, dass die Aufgabe kinderleicht war, was ihr einen Stich versetzt.

Um für gute Stimmung zu sorgen, sagt sie: »Wenn wir uns beeilen, holen wir Sylvie und Cornelius vielleicht noch ein.«

Annie hebt zweifelnd die Augenbrauen, schweigend gehen sie weiter. Der Regen wird stärker, und der Pfad hinunter ins Tal ist weit. Als sie schließlich am Blautopf ankommen, durchnässt und verfroren, brauchen sie lange, bis sie den Behälter mit dem nächsten Hinweis finden. Er ist mit einer Schnur an den Pfahl eines Wegweisers gebunden. Auf dem Zettel darin sind Geo-Koordinaten notiert, die sie in ihre Handys eingeben. Die Daten verweisen auf eine Höhle unterhalb des Rusenschlosses.

Mitternacht ist längst verstrichen, als sie die dritte Etappe der Schnitzeljagd erreichen.

Sie teilen einen Vorhang aus Efeuranken und leuchten mit ihren Smartphones in den dahinterliegenden Höhlengang hinein. Rebecca atmet auf, als Annie nach ihrer Hand greift. Offenbar fürchtet sie sich ebenso wie sie vor der alles verschluckenden Finsternis. Gemeinsam treten sie ein und dringen mit zaghaften Schritten immer tiefer in das Innere des Felsens vor.

Hinter einer Biegung gelangen sie in einen größeren

Höhlenraum, der sich zum Berghang hin öffnet. Der Blick hinunter ins Tal und zu dem schwarzen Wasser des Flusses ist schwindelerregend, und jäh verspürt Rebecca erneute Übelkeit.

Erschrocken weicht sie vor dem Abgrund zurück. Sie kauert sich in einer Ecke der Höhle zusammen.

»Was ist los mit dir?«, fragt Annie.

»Ich habe Angst.«

»Wovor?«

»Ich finde es hier drin unheimlich.«

»Es ist Halloween, Becca, das ist kein Kindergeburtstag.«

»Ich weiß.«

Seufzend setzt sich Annie zu ihr und legt tröstend einen Arm um sie. »Ist schon gut. Wir waren heute alle nicht besonders nett zu dir, oder?«

Sie nickt kaum merklich.

»Du verhältst dich meinen Freunden gegenüber aber auch sehr komisch.«

»Tut mir leid. Mit dir allein fand ich es nun mal schöner.«

»Ist dir kalt?«

»Ja.«

»Wollen wir tauschen? Ich nehme deine Jacke, und du kriegst meinen Mantel? Der ist wärmer.«

Sie lächelt sie dankbar an. »Das wäre lieb von dir, Annie.«

Rebecca zieht ihre Jacke aus, reicht sie ihr und schlüpft dafür in den roten Regenmantel. »Jetzt bin ich das Rotkäppchen.«

»Hmm, und ich eine hässliche Fledermaus.« Annie streift sich die Jacke über. Plötzlich fällt ihr Blick auf die Kette an ihrem Hals. »Was trägst du da?«

Rasch zieht Rebecca ein Ende des Hoodys über das Schmuckstück.

Annie aber packt sie am Kragen. Schon hat sie den Rubin entdeckt.

»Das ist meiner!« Empört springt sie auf. »Gib ihn her.«

Rebecca erhebt sich ängstlich. »Sei mir nicht böse, ja?«

Annies Augen verengen sich zu Schlitzen. »Du warst wieder an meinen Sachen.«

»Nicht böse sein, bitte.«

Da stößt Annie die Worte hervor, die sie zutiefst verletzen: »Du bist ja völlig verrückt. Ich hab es mit einer komplett Wahnsinnigen zu tun.«

DREISSIG

Annie macht einen Schritt auf sie zu. Sie packt sie an den Haaren und zieht sie zu sich heran. Ihr Gesicht ist zu einer zornigen Fratze verzerrt.

»Gib mir die Kette wieder. Das ist ein Schmuckstück meiner Mutter. Es ist das Einzige, was mir von ihr geblieben ist. Du hast kein Recht, mich zu bestehlen.«

Vor Schmerz treten Rebecca Tränen in die Augen. »Du tust mir weh.«

»Gib sie her.«

»Du musst mich erst loslassen.«

Doch Annie zerrt noch fester an ihren Haaren.

»Aufhören, bitte.«

»Nein, das hast du verdient.«

»Ich tu's nie wieder, versprochen.«

»Das sagst du immer.«

»Diesmal wirklich.«

»Ich glaub dir kein Wort, du elende Lügnerin.«

Da schlägt ihr Rebecca die Hand ins Gesicht. Annie lässt von ihr ab und taumelt zurück. Der Schlag war so heftig, dass Rebecca selbst darüber erschrocken ist.

Sie starren sich an.

Nach einer Pause sagt Annie: »Ich hab mich in dir getäuscht. Ich dachte, es könnte schön sein, dich hierher mitzunehmen. Aber so wie du dich verhältst...«

»Bitte, Annie, sag das nicht.«

»Gib mir den Rubin, und dann verschwinde aus meinen Augen. Ich will dich nie wiedersehen.«

»Nicht doch, Annie.« Ihre Stimme kippt. Trotz der Kälte bricht ihr der Schweiß aus.

Sie streckt die Hand nach ihr aus, aber Annie weicht mehrere Schritte vor ihr zurück.

»Du machst mir Angst. Du bist wahnsinnig.«

»Ich will dich doch nur zur Freundin haben.«

Annie schüttelt den Kopf.

Rebecca tritt auf sie zu. Sie stehen nahe am Abgrund. »Bitte.«

»Ich dachte auch, wir könnten gute Freundinnen sein. Aber du hängst an mir wie eine Klette. Du lässt mir keine Luft zum Atmen.«

»Ich hab niemanden außer dir.«

»Das ist gerade das Unheimliche daran. Warum, Rebecca? Warum gibt es keinen anderen Menschen in deinem Leben?«

»Weil mich niemand mag. Weil ich versponnen und eigenartig bin. Ich mag mich selbst nicht. Ich wäre lieber wie du.«

»Das ist verrückt. Begreifst du das denn nicht?«

»Wir vertragen uns wieder, ja?«

Sie rührt sich nicht.

»Ich verspreche dir, ich werde niemals mehr Sachen von dir anziehen oder Schmuck aus deinem Zimmer stehlen. Von nun an will ich deine Privatsphäre respektieren.«

Keine Reaktion.

»Ich werde mich so verhalten, dass ich dir eine gute Freundin bin.«

Annie sieht sie kühl an.

»Lass mich nicht im Stich, ja?«

Sie schweigt.

»Wir schließen Frieden, okay?«

Kein Wort von ihr, nur dieser vernichtende Blick.
Ist das ihr Ende?
»Sag doch was. Bitte.«
Rebecca will es nicht wahrhaben.
Sie möchte ihr um den Hals fallen, sie an sich drücken. Verzweifelt tritt sie auf sie zu.
Und dann geht alles sehr schnell.
In einer ruckartigen Bewegung weicht Annie vor ihr zurück.
Sie verliert den Halt. Sie wankt. Rudert mit den Armen.
Rücklings stürzt sie über die Felskante hinweg in die Tiefe.

VIERTER TEIL

EINUNDDREISSIG

Rebecca sitzt vor Ben im Hotelzimmer auf dem Bett und blickt zu ihm auf. Er ist fassungslos. Wie konnte er sich nur so täuschen lassen?

Ist diese Frau gefährlich? Geisteskrank?

Um Himmels willen, was hat sie getan?

Er sucht nach Worten. »Sei ehrlich zu mir. Bitte. Ich muss das wissen. Hast du sie vom Felsen gestoßen?«

Ihre Augen weiten sich. »Nein.«

»Hast du Annie Friedmann umgebracht, um ihre Identität zu übernehmen?«

Sie springt auf. »Ben, nein!«

Für eine Weile fällt ihm das Atmen schwer. Er keucht, stürzt zum Fenster und reißt es auf. Draußen wird es allmählich hell. Die Stadt liegt friedlich im Morgengrauen vor ihm. Er aber greift sich an den Kragen und ringt nach Luft.

Schließlich dreht er sich zu ihr um.

»Wer bist du wirklich?«

Ihre Stimme ist brüchig. »Ich bin eine verschüchterte, unsichere Frau, die sich niemals in ihrer Haut wohlgefühlt hat. Nur wenn ich zu Annie Friedmann wurde, war das Leben für mich erträglich. Du bist der einzige Mensch, der mich dazu gebracht hat, so zu sein, wie ich wirklich bin. Noch nie habe ich mich einem Mann so geöffnet wie dir. Es ist unendlich schmerzhaft, meine Geschichte zu erzählen, es tut weh, meine Lebenslüge einzugestehen. Aber ich weiß nun, dass es der einzige Weg ist, um mich zu bessern und Heilung zu erfahren. Ich muss akzeptieren, dass ich ein Mensch mit vielen Fehlern und Schwächen bin. Doch ich schwöre dir, Ben, ich habe Annie nichts angetan.«

»Ich würde dir so gerne glauben.«

»Und ich möchte alles tun, um dein Vertrauen zurückzugewinnen.« Sie lässt die Schultern sinken. »Ben, du hast mir sehr geholfen. Du hast dafür gesorgt, dass ich mich endlich wieder an alles erinnern kann. Diese Stadt hier, in der sich Furchtbares ereignet hat, war aus meinem Gedächtnis wie ausgelöscht.«

»Und das sagst du nicht nur einfach so? Was, wenn deine geistigen Aussetzer eine Methode sind, um dir unangenehme Fragen vom Leib zu halten?«

»Das stimmt nicht.«

»Ist dir schon mal aufgefallen, dass dein Gedächtnis immerzu versagt, wenn es für dich unbequem wird?«

»Ich tue das nicht bewusst. Es widerfährt mir. So wie mir Dinge in meiner Kindheit widerfahren sind. Zuweilen verlor ich mich in eigenartigen Bewusstseinszuständen. Ich trat gewissermaßen aus mir heraus und konnte mich selbst als Fremde beobachten. Das half mir über bittere Tage und Nächte hinweg. Zum Beispiel, wenn meine Mutter damit drohte, sich vor meinen Augen das Leben zu nehmen. Wenn sie mir vorwarf, der Grund zu sein, weswegen mein Vater uns verlassen hat. In Zeiten, da ich mir besonders wertlos vorkam, schuf sich mein Geist eine andere Welt und gaukelte mir vor, nicht mehr Rebecca zu sein.«

»Und so bist du eines Tages in Annies Haut geschlüpft?«

»Ja, so war es.«

»Du hast dir diese andere Realität so lange eingeredet, bis du sie selbst für die Wahrheit gehalten hast?«

Sie antwortet mit einem kaum merklichen Nicken.

»Verstörende Details sind aus deiner Erinnerung verschwunden. Du hast mich kennengelernt und behauptet, du seist die Kunstlehrerin Annie Friedmann. Ich verliebe mich in dich, und alles wäre gut gegangen, wäre ich dir nicht eines Vormittags zu diesem schmutzigen Schnellrestaurant im Wedding gefolgt.«

»Es tut mir unendlich leid.«

Ben sieht sie an. Ist sie eine gefährliche Stalkerin? Eine Frau mit psychotischen Neigungen?

Anfangs behauptete sie, die anderen seien verrückt, würden Lügen erzählen. Dabei scheint es eher umgekehrt zu sein. Sie selbst ist die Wahnsinnige.

»Und wenn du in Wirklichkeit eine Mörderin bist?«

»Das bin ich nicht.«

»Du hast sie nicht auf dem Gewissen?«

»Nein!«

»Du hast ihr die Halskette mit dem Rubin geklaut, du bist im Besitz ihres roten Regenmantels, du hast ihr Aussehen und ihre Biografie übernommen. Deine Wohnung ist offenbar die gespenstische Kopie all der Räume, die sich Annie Friedmann eingerichtet hat. Und jetzt willst du mir weismachen, dass sie bei einem Unfall ums Leben gekommen ist?«

»So genau weiß man das nicht. Sie wird seit sieben Jahren vermisst. Man hat ihren Leichnam nicht gefunden.«

»Entschuldige, aber das muss ich erst einmal verkraften.«

»Das verstehe ich gut, Ben.«

Nach einer Pause fragt er leise: »Was geschah danach?«

»Ich stand in dieser Höhle unter Schock. Keine Ahnung, wie viel Zeit verging, doch irgendwann trafen Cornelius und Sylvie dort ein. Annie und ich hatten sie wohl abgehängt und waren dadurch schneller am Etappenziel. Jedenfalls fanden sie mich in dem roten Regenmantel vor, zusammengekauert in einer Ecke, bleich, fahrig, wirr, einer Ohnmacht nahe. Sie fragten mich, wo Annie sei, und ich konnte ihnen keine Antwort geben.«

»Du hast eine Amnesie erlitten.«

»Ja. Erst durch dein Eingreifen, weil du hierhergekommen bist und darauf bestanden hast, mit mir zum Rusenschloss zu gehen, haben sich meine Gedächtnislücken aufgelöst. Dir habe ich es zu verdanken, dass ich mir endlich über Annies wahres Schicksal im Klaren bin.«

Er legt die Stirn in Falten. War Annie von ihrer Stalkerin ermordet worden? Kein Zweifel, dass Rebecca von ihr besessen war. In jener Halloweennacht stellt Annie sie zur Rede. Rebecca wird wütend, und dann versetzt sie ihr einen tödlichen Stoß. Annie zerschellt am Abgrund, Rebecca verscharrt ihre Leiche.

Das wäre zumindest eine plausible Erklärung.

»Du glaubst mir nicht?«

Er schweigt.

»Lass mich der Reihe nach erzählen. Bitte.«

Er holt tief Luft. »Okay.«

Für einige Zeit herrscht Stille. Ben schließt das Fenster, weil er fröstelt.

Nach einer Weile verschränkt Rebecca die Arme vor der Brust. Gedämpft fährt sie fort: »Damals konnte ich mich nur noch vage an den Streit erinnern. Und daran, dass er mit dem Rubin zu tun hatte. Die beiden wunderten sich darüber, dass ich Annies Mantel trug. Aber auch dafür konnte ich ihnen keine Erklärung liefern. Sie riefen Damian an. Doch auch er wusste nichts von Annie. Er kam zu uns. Sie suchten gemeinsam die Gegend ab. Schließlich alarmierten sie die Polizei. Die Beamten befragten mich. Während der Vernehmung brach ich zusammen, und man brachte mich in eine Klinik. Dort kam ich erst am nächsten Morgen wieder zu mir. Und ich erfuhr, dass man mittlerweile die Umgebung mit Hundestaffeln durchkämmte. Von Annie fehlte weiterhin jede Spur.«

»Wenn sie vom Felsen gestürzt ist, wie du mir erzählt hast, hätte man sie doch irgendwo dort unten finden müssen, entweder schwerverletzt oder tot.«

»Ja, aber rätselhafterweise blieb sie verschwunden. Sie war wie vom Erdboden verschluckt.«

»Und was geschah dann?«

»Man verdächtigte mich. Die Beamten fanden es merkwürdig, dass ich mich nicht mehr erinnern konnte, was im Einzelnen passiert war.«

»Das kann ich gut nachvollziehen.«

»Annies Vater war mittlerweile aus Stuttgart eingetroffen. Er beteiligte sich an der Suche. Doch seine Tochter gilt seit jenem Tag als verschollen. Ich wurde nach zwei Tagen aus der Klinik entlassen. Ich brachte ihm Annies Regenmantel zurück. Auch er fragte mich, was im Einzelnen vorgefallen sei, aber ich konnte ihm nur lückenhaft Auskunft geben. Schließlich fuhr ich zurück nach Berlin. Alsbald löste er dort ihre Wohnung auf, und ich musste mir eine neue Bleibe suchen.«

»Den Rubin hast du aber behalten?«

Sie nickt. »Das muss ich zu meiner Schande gestehen, ja. Dieses Schmuckstück bedeutete mir sehr viel. Es war wie ein Fetisch für mich. Etwas aus ihrem Besitz, das ich unmittelbar auf meiner Haut trug.«

Der hübsche Rubin, denkt er. Wie es ihr gelungen ist, ihn damit zu betören. Und nicht nur mit dem Schmuck. Ihre ganze Maskerade, ihr Auftreten, die einstudierten Gesten, all das hatte so überaus authentisch auf ihn gewirkt.

Er hat ihr die Rolle dankbar abgenommen.

»Du bist eine begnadete Schauspielerin, Rebecca Klages.«

In ihren Augen funkeln Tränen. »Es ist unentschuldbar. Ich wünschte, ich könnte es ungeschehen machen.«

»Was geschah danach?«

Sie seufzt. »Ich weiß, wie verrückt es dir vorkommen mag, aber… Annie existierte in mir weiter… und… ich nahm nur kurz darauf ihren Namen an. Fortan lebte ich mit der Lüge, ein anderer Mensch zu sein. Die Täuschung ging mir so sehr in Fleisch und Blut über, dass ich mein früheres Dasein vollkommen leugnen konnte.«

»Ihr Leichnam wurde tatsächlich nie gefunden?«

»So ist es.«

»Ist das vielleicht deine letzte Erinnerungslücke? Der Moment, da du die Höhle verlassen hast, hinunter ins Tal gegangen bist, um ihre Leiche verschwinden zu lassen? Um zu verschleiern, dass du Annie absichtlich hinuntergestoßen hast?«

Ein flackernder Blick von ihr.

»Sei aufrichtig.«

»Das bin ich.«

Er wartet ab, doch sie schweigt.

Nach einer Pause fragt er leise: »Rebecca, hast du es getan? Wolltest du sie dir ein für alle Mal vom Hals schaffen, um ihre Identität anzunehmen? Hast du die Leiche versteckt und bist danach wieder in die Höhle zurückgekehrt, wo dich schließlich die anderen fanden?«

Sie schüttelt den Kopf. »Nein.«

»Mag ja sein, dass du unter Schock standst. Ich will dir auch glauben, dass du an einer Amnesie gelitten hast. Aber ist es nicht an der Zeit, die ganze Wahrheit zu enthüllen?«

Sie geht auf ihn zu. »Ja, es ist an der Zeit. Und die Wahrheit ist um einiges schrecklicher, als ich mir das bisher vorstellen konnte.«

Er runzelt die Stirn. »Was meinst du damit?«

Sie senkt die Stimme. »Ben. Vor einigen Tagen, nach unserem Streit, fuhr ich hierher. Und ich war in Annies Haus. Ich blieb insgesamt zwei Wochen in der Gegend. Nun weiß ich wieder, was am Ende meiner rätselhaften Reise vorgefallen ist. In der Nacht bevor mich diese Frau im Wald gefunden hat, ist etwas Furchtbares geschehen. Es ist gerade mal fünf Tage her. Der Grund, warum ich wieder einen Blackout erlitt... ich weiß ihn jetzt.«

Er sieht sie an. Ihr Gesicht ist auf einmal aschfahl. Unwillkürlich läuft ihm ein Schauer über den Rücken.

»Rebecca«, fragt er gedämpft, »was ist passiert?«

»Wenn ich es dir sage«, wispert sie, »wirst du mir bestimmt glauben, dass ich nicht Annies Mörderin bin.«

Erneut schaudert es ihm. »Ich verstehe nicht.«

Sie greift nach seiner Hand. »Es gibt einen Beweis. Und leider begreife ich erst jetzt, dass wir beide in großer Gefahr sind.«

ZWEIUNDDREISSIG

»In Gefahr? Wieso?«
Rebecca versucht, in seinen Augen zu lesen. Sie hofft inständig, dass er ihr Glauben schenkt. Sie ahnt: Nur wenn sie ihm schonungslos alles über sich erzählt, besteht vielleicht noch eine geringe Chance, dass er sie nicht von sich stößt. Je mehr sie sich ihm öffnet, desto klarer wird ihr, wie sehr sie sich einen Neuanfang mit ihm wünscht. Ohne Maskerade. Ohne Verstellung. Als sie selbst, Rebecca, der Mensch, der sie wirklich ist. Glanzlos, unsicher, voller Angst. Noch bis vor Kurzem hätte sie es nicht für möglich gehalten, dass ihr einmal etwas daran liegen könnte, von einem Menschen so akzeptiert zu werden, wie sie nun mal ist.

Ist es das, was sie erst lernen musste? Den Mut aufzubringen, zu der eigenen Unvollkommenheit zu stehen? Sie dem anderen zu zeigen, ihm ihr wahres Gesicht zu präsentieren?

Bisher war sie immer der Meinung gewesen, dass es sich mit einer Lüge sehr viel leichter lebt als mit der Wahrheit.

Aber seit dieser Reise mit Ben ist einiges anders geworden. Was hat er nur mit ihr gemacht? Die Begegnung mit ihm hat sie verändert. Es erstaunt sie, dass sie ihm so viel über sich erzählen kann. Es ängstigt und verstört sie. Und doch ist es erleichternd, auch wenn er zornig wird. Er hat ja allen Grund, auf sie wütend zu sein. Was hat sie ihm nur alles vorgemacht. All die Verkleidungen, Lügengeschichten, Vortäuschungen falscher Tatsachen. Der ganze Mummenschanz.

Und doch ist er erneut hierhergekommen, um die Gründe für ihre verzweifelte Schauspielerei herauszufinden. So ist er zu dem jämmerlichen Kern ihrer eigentlichen Persönlichkeit vorgedrungen.

Und nun? Wie wird es mit ihnen weitergehen? Darf sie überhaupt noch auf ihn hoffen? Oder wäre das allzu vermessen von ihr?

Er zieht seine Hand von ihr weg. »Sag schon, was ist passiert?«

»Nach unserem Streit, nachdem du mir vorgeworfen hast, eine Lügnerin zu sein, war ich völlig durcheinander. Ich bin aus deiner Wohnung gestürzt, in Panik, konfus. Einerseits hasste ich dich dafür, dass du heimlich Nachforschungen über mich angestellt und in dem Gymnasium, in dem ich angeblich unterrichtete, nach einer Annie Friedmann gefragt hast. Andererseits schämte ich mich für das Theater, das ich veranstaltet habe. Retuschierte Fotos, geschönte Kostüme, farbige Kontaktlinsen und eine geliehene Biografie. Wer war ich denn nun? Die beklagenswerte Rebecca? Das hässliche, verschüchterte Mädchen aus der Vorstadtsiedlung? Sollte ich mich wieder wertlos und abgelehnt fühlen? War ich das ungewollte Kind, der Auslöser der mütterlichen Depression, das Balg, vor dem der eigene Vater wegläuft? Nein, ich wollte für immer Annie Friedmann sein. Ich wollte glänzen, bewundert und begehrt werden. Ich wollte diejenige sein, die den Männern den Kopf verdreht, und nicht die unterbezahlte Tresenkraft aus dem schmuddeligen Schnellrestaurant, die von ihrem Freund beschimpft wird.«

Sie blicken sich schweigend an.

»Du hast mir den Boden unter den Füßen weggezogen, Ben. Natürlich warst du im Recht. Aber in meinem Kopf herrschte ein einziges Chaos. Schon immer gab es in meinem Leben diese kritischen Momente, da bei mir sämtliche Sicherungen durchbrannten. Die Folge waren Gedächtnisaussetzer, unkontrollierte Reisen, die ich spontan unternahm, und hoffnungslose Hirngespinste, in denen ich mich verlor. Und auch wenn es mir nicht leichtfällt, es einzugestehen: Zuweilen habe ich mich selbst verletzt, mich mit Glasscherben oder Rasierklingen geritzt, wenn meine Emotionen am Überkochen waren. Ich brauchte gewisse Ventile, und der Schmerz war oft eine Erlösung für mich.«

Er schluckt. »Du hast dich also in den Zug gesetzt und bist nach Blaubeuren gefahren, um wieder Annie Friedmann zu sein?«

»Ja. Nur dass es unbewusst ablief. Plötzlich stand ich vor dem Haus von Annie, in dem ich seit sieben Jahren, seit der Tragödie in der Halloweennacht, nicht mehr war. An die Fahrt kann ich mich kaum erinnern. Allerdings weiß ich jetzt, wie ich den Zweitschlüssel gesucht habe. Ich ging zielstrebig zu diesem Holunderbusch, hinter dem die Wolfsskulptur aus Holz steht. Annie hat sie angefertigt. Sie hat mir damals gezeigt, dass der Schlüssel im Maul des Wolfs versteckt liegt. Und da war er auch noch, selbst nach all den Jahren. Ich schloss die Tür auf und trat ein.«

Sie stößt einen tiefen Seufzer aus. »Kaum war ich in dem Haus, ging eine Veränderung mit mir vor. Ich war wieder zu Annie Friedmann geworden. Unser Streit, die Konfrontation mit meinem wahren Ich, war in weite Ferne gerückt. Und dieses schöne Haus, es gehörte mir, mir allein. Alles gehörte mir. Ich war ganz in meiner Rolle. Keine Erinnerung an das Unglück in der Höhle. Irritierende Details wurden einfach aus meinem Gehirn gelöscht. Nur das Gute zählte. Die schönen Möbel, die hübsche Einrichtung. Die vielen Kleider, die Schuhe. Der Garten. Die Schaukel. Die zum Atelier umgebaute Scheune. Die kleinen Holzfiguren. Alles war noch so wie vor sieben Jahren. Nur dass überall dicker Staub lag. Das Haus schien die ganze Zeit leer gestanden zu haben. Ich putzte, jätete Unkraut im Garten, und abends legte ich mich ins Bett und schlief selig ein.«

Für eine Weile hängt sie ihren Erinnerungen nach, dann fährt sie fort.

»Am nächsten Morgen ging ich zum Reiterhof, um nachzuschauen, ob das Pferd noch da war. Sultan. Und tatsächlich, er stand in seiner Box, spitzte die Ohren und sah mich an, als habe er jahrelang treu und geduldig auf mich gewartet.« Sie schlägt die Augen nieder. »Ich hab ihn mir heimlich ausgeliehen, zu einem Ausritt.«

»Ausgeliehen? Du hast ihn entführt.«

Sie nickt betroffen. »Ja, Ben. Und ich will auch nicht beschönigen, dass ich an diesem Tag auf einen Mann traf, den ich in das Haus einlud und mit dem ich eine kurze, aber für mich völlig belanglose Affäre begann.«

Seine Miene ist wie versteinert. »Der Wirt in dem Gasthof hatte also doch recht.«

»Ja, er muss uns gesehen haben.«

»Unser erster Streit, und dir fällt nichts anderes ein, als ... das Spiel weiterzutreiben und dem nächsten Kerl vorzumachen, du seist Annie Friedmann?«

»Es ist schändlich, ich weiß. Ich dachte nur, dass es zwischen uns aus ist, und ... ich suchte verzweifelt nach Trost.«

Sie atmet hörbar aus.

»Wer ist dieser Mann?«

»Sein Name ist Finn Morgenroth. Er ist ein Geschäftsmann und hält sich für eine Art verlängerte Erholungskur in der Gegend auf. Wir kamen ins Gespräch, und ... eines ergab sich aus dem anderen.«

»Wie lange warst du mit ihm zusammen?«

»Es waren bloß zwei Nächte. Einmal trafen wir uns in Annies Haus und einmal bei ihm.«

»Ich fasse es nicht.«

»Ben. Ich war zu der Zeit nicht ganz ich selbst.«

»Bist du es denn jetzt? In welchem Zustand befindest du dich gerade?« Er ringt die Hände. »Ich weiß nicht, was ich sagen soll. Ich ... ich habe mich in ein Trugbild verliebt. Aber dieses Bild ist nun zerstört. Die Farbe ist abgebröckelt. Und was sich dahinter auftut ...« Er bricht ab.

»Kannst du denn nichts Liebenswertes an mir entdecken?«

»Ich würde ja gerne, aber ... Alles ist finster. Abgründig. Und irgendwie auch krank. Ich schaue dich an, und du bist mir fremd. Ich kenne dich überhaupt nicht.«

»Dann fangen wir noch mal von vorn an. Wir lernen uns ab heute richtig kennen, ja?«

»Hör mal, so einfach ist das nicht. Ich habe noch immer den Verdacht, dass du Annie etwas angetan hast.«

Sie schüttelt den Kopf. »Aber das ist nicht wahr.«

»Du sprachst von einem Beweis«, entgegnet er. »Der Beweis, der mich glauben lassen soll, du hättest sie nicht umgebracht.«

»Ja. Und dieser Beweis existiert.«

»Und?«

»Einige Zeit später ist in dem Haus etwas vorgefallen, das einen neuerlichen Schock bei mir ausgelöst hat.«

»Und wieder einmal ließ dich dein Gedächtnis im Stich?«

Sie nickt.

Er blickt sie zweifelnd an.

»Hör zu, es entspricht der Wahrheit. Ich habe Annie nicht umgebracht.«

Rebecca holt tief Luft, dann beginnt sie zu erzählen.

DREIUNDDREISSIG

Fünf Tage zuvor

Rebecca verbringt die Zeit in Blaubeuren wie im Rausch. Vergessen ist der Streit mit Ben und die Schmach, bloß eine einfache Tresenkraft zu sein.

Nein, sie ist Künstlerin und Lehrende, attraktiv, wohlhabend, beliebt, und ihr gehört dieses bezaubernde Haus auf der Schwäbischen Alb, um das sie alle beneiden.

Finn hat mehrmals versucht, sie anzurufen. Er will sich wieder mit ihr treffen. Sogar einen flammenden Liebesbrief hat er ihr geschrieben. Auch Ben ruft ständig auf ihrem Handy an. Sie aber reagiert nicht. Sie genießt es, beide Männer zappeln zu lassen.

Ja, sie ist Annie Friedmann. Und als Annie kann sie sich gewisse Launen erlauben. Sie braucht nur mit den Fingern zu schnippen, und schon kommen die Männer angelaufen.

Zwei Wochen ist sie nun schon in dem Haus. Jeden Augenblick hat sie genossen. An diesem Abend entzündet sie wie gewöhnlich ein Feuer im Kamin und trinkt von dem guten Rotwein aus der Vorratskammer. Zufrieden träumt sie vor sich hin. Als die Holzscheite vollständig heruntergebrannt sind, geht sie nach oben ins Schlafzimmer. Eine Weile steht sie am offenen Fenster und schaut in den vom Mondlicht erhellten Garten. Wie still es hier ist, denkt sie, wie friedlich, was für ein guter Ort.

Sie schließt das Fenster, und einer plötzlichen Laune folgend probiert sie noch ein paar Kleider an. Vor dem großen

Wandspiegel verwandelt sie sich in eine verspielte Fee, dazu hat sie ein geblümtes Maxikleid gewählt. Sie prüft ihr Aussehen als Partygirl in einem weißen Cocktaildress mit einem Oberteil aus zarter Spitze und einem fließenden Rock. Sie gefällt sich als Femme fatale, gehüllt in ein ärmelloses Nichts aus roter Seide, die linke Schulter frei, der Saum hoch geschlitzt.

Sie zieht das rote Kleid wieder aus und durchforstet die Wäschekommode. Nachdem sie die Qualität der feinen Strümpfe geprüft hat, Nylons und Overknees in hoher Zahl, bewundert sie die raffinierten Dessous. Unglaublich, was für Schätze sich in den Schubladen verbergen. Rüschen zu edler Spitze, geschmeidiger Samt mit floralen Stickereien, unterschiedliche Materialien, Farben und Muster. Bügellose Triangel-BHs, verführerisch transparent oder alltagstauglich mit leichter Wattierung. Strings, Slips, Pantys, aufregende Bodys und verwegene Korsagen. Manches streift sie über, anderes hält sie sich bloß an die nackte Haut. Ihr Puls beschleunigt sich, je mehr sie von den Wäschestücken begutachtet, anzieht, wieder abstreift. Zittrig fliegen ihre Finger über die Stoffe, und verzückt betrachtet sie sich im Spiegel, halb nackt und erregt.

Rebecca trägt ein dunkles Spitzenbustier, dazu einen String mit breiter Borte aus weichem Jersey, als sie den roten Regenmantel auf der Kleiderstange entdeckt.

Für einen Moment stockt ihr der Atem, und sie hält inne.

Der Anblick des Mantels löst einen Sturm widersprüchlicher Empfindungen in ihr aus. Sie muss vage an Halloween denken. Düstere Erinnerungsfetzen bedrängen sie. Kurzzeitig droht ihre Rolle als Annie Friedmann in sich zusammenzubrechen, doch die Erinnerungen sind zu lückenhaft, und mit einer energischen Kopfbewegung verscheucht sie jeglichen Zweifel an ihrer Berechtigung, sich in diesem Schlafzimmer aufzuhalten.

Nur mit der Unterwäsche bekleidet, schlüpft sie in den Mantel und bekommt prompt eine Gänsehaut. Das kühle, lackglänzende Material hat eine stimulierende Wirkung auf ihre Nerven. Mit einer lasziven Geste setzt sie sich die Kapuze auf, tänzelt auf den Zehenspitzen und lächelt ihrem Spiegelbild zu. Nun ist *sie* das Rotkäppchen, aufreizend hübsch und allseits begehrt.

Sie gibt sich ihren Tagträumen hin und legt sich in dem Mantel aufs Bett. Bald löscht sie das Licht und schaut gedankenverloren zu den phosphoreszierenden Sternen an der Decke hinauf.

Später in der Nacht schreckt sie hoch. Sie muss wohl eingeschlafen sein. Sie trägt noch immer den Mantel.

Da ist ein wiederkehrendes Geräusch, von dem sie offenbar aufgeweckt wurde.

Sie lauscht.

Ihr Herz schlägt höher.

Ein Pochen. Schritte auf der Treppe. Jemand ist im Haus.

Sie wird panisch.

Die Schritte nähern sich dem Obergeschoss. Rebecca springt im Halbdunkeln auf und blickt sich gehetzt um.

Wo soll sie sich verstecken? Hier gibt es ja nicht einmal einen Kleiderschrank.

Dumpf kommen die Schritte näher und näher. Ihr Puls rast. Schließlich kriecht sie unter das Bett. Schon hört sie, wie jemand den Gang entlanggeht.

Kurz darauf wird die Tür geöffnet und das Licht eingeschaltet. Rebecca hält den Atem an. Sie kann die Füße von zwei Personen ausmachen.

Ein metallisches Klicken ist zu vernehmen.

Eine männliche Stimme sagt: »Los, beeil dich.«

Die zweite Person streift die Schuhe ab. Das Bettgestell knarrt, die Matratze gibt nach, und sie legt sich hin. Rebecca ist starr vor Angst.

Da hört sie, wie eine weibliche Stimme auf dem Bett sagt: »Bitte, mach das Licht aus, ich möchte die Phosphorsterne sehen.«

Rebecca traut ihren Ohren nicht. Es ist Annies Stimme.

Der Lichtschalter wird betätigt, und gleich darauf ist es dunkel.

Stille.

War das wirklich Annie? Sie kann es kaum glauben.

Wie ist das möglich? Nach so vielen Jahren?

Sie lauscht angestrengt. Nichts geschieht.

Plötzlich sagt der Mann: »Keine Tricks, okay?«

Sie hört die Frau über sich atmen. Dann sagt sie leise und verunsichert: »Danke, dass du mir das gestattest.«

Sie ist es, durchfährt es Rebecca. Es ist tatsächlich ihre Stimme.

Erneut ist es völlig still.

Die Minuten verstreichen.

Keiner rührt sich.

Die Szenerie ist so gespenstisch, dass Rebecca der Angstschweiß aus allen Poren bricht.

Schließlich ist gedämpft ein Seufzen zu vernehmen. Und mit einem Mal glaubt sie, die Frau weinen zu hören.

Sie fragt sich, was der Mann derweil macht, wo er überhaupt ist. Sie kann seine Füße nicht mehr sehen.

Das Weinen wird lauter.

»Hör auf damit«, sagt die männliche Stimme, und allmählich verstummt die Frau.

Wieder geschieht lange Zeit nichts.

Ungefähr eine Viertelstunde später sagt der Mann: »Das reicht jetzt.«

»Bitte, noch einen Moment«, fleht die Frau. »Es tut so gut, hier auf dem Bett zu liegen und hinauf zu den Sternen zu schauen.«

»Wir haben nicht viel Zeit. Steh jetzt auf.«

Das Licht wird wieder eingeschaltet. Rebecca sieht, wie der Mann ans Bett tritt.

»Bloß noch ein paar Sekunden, ja? Nur hier liegen. Auf dem weichen Bett.«

Wer ist dieser Mann? Was hat das alles zu bedeuten?

»Komm jetzt.«

Die Matratze bewegt sich. Er scheint sie vom Bett zu ziehen. Die Frau setzt sich auf. Sie zieht ihre Schuhe an und erhebt sich.

Erneut hört Rebecca das metallische Klicken. Was ist das nur?

Die Frau, von der sie glaubt, es sei Annie, stößt ein gedämpftes Wimmern aus, und Rebecca beschleicht der Verdacht, dass das klickende Geräusch von Handschellen kommt, mit denen sie gefesselt wird.

»Können wir nicht noch einen Augenblick hierbleiben?«

»Nein. Es ist zu gefährlich. Du kannst von Glück reden, dass ich es dir überhaupt erlaubt habe.«

Das Licht wird gelöscht. Rebecca hört das Klappen der Tür, danach sich entfernende Schritte auf dem Gang und auf der Treppe.

Eine Zeit lang ist sie wie gelähmt. Ihr Atem ist gepresst. In ihren Ohren rauscht das Blut.

Zögernd kriecht sie unter dem Bett hervor.

War das wirklich Annie? Oder sollte sie sich getäuscht haben?

Sie horcht.

Am liebsten würde sie nachschauen gehen, aber sie hat große Angst. Noch immer sind die beiden auf der Treppe. Schließlich gibt sich Rebecca einen Ruck, öffnet lautlos die Tür und schleicht sich hinaus, bis zum Treppenabsatz.

Sie beugt sich über das Geländer und späht hinunter.

Sie hört, dass die beiden nun im Wohnzimmer angelangt sind. Sie wagt sich noch einen Schritt vor, als plötzlich eine Diele auf der Treppe ein lautes Knarren von sich gibt.

Erschrocken hält sie inne.

Unten ist es schlagartig still.

»Ist da jemand?«, ruft die männliche Stimme nach einer Pause.

Sie ist so entsetzt, dass ihr schwindlig wird. In Panik macht sie kehrt und stürmt die Treppe hinauf.

Von unten sind hektische Geräusche zu vernehmen. Etwas fällt polternd zu Boden, und abermals klicken die Handschellen. Offenbar wird die Frau irgendwo angekettet. Das verschafft Rebecca einen gewissen Vorsprung. Doch wo soll sie hin? Wie kann sie entkommen?

Schon hört sie, wie jemand eilig die Treppe heraufläuft.

Sie verschwindet im Schlafzimmer und schlägt hinter sich die Tür zu. Sie stürzt zum Fenster und reißt es auf.

Direkt unter ihr befindet sich der Schuppen, der ans Haus grenzt. Sie schätzt die Höhe bis zum Dach. Sie hört, wie hinter ihr die Tür aufgestoßen wird.

Kurzerhand schwingt sich Rebecca aus dem Fenster und springt. Unsanft landet sie auf dem Vordach. Sie rappelt sich auf und hangelt sich an der Regenrinne hinab.

Als sie wieder festen Boden unter ihren Füßen hat, rennt

sie los. Sie hört einen Aufprall, ahnt, dass auch ihr Verfolger aus dem Fenster gesprungen ist.

Sie flieht durch den nächtlichen Garten, sucht Schutz hinter den Obstbäumen. Ein zorniger Ausruf in ihrem Rücken. Er ist hinter ihr her. Sie muss sich irgendwo verstecken, doch sie weiß nicht, wo.

Sie beschleunigt. Ihr Herz rast.

Da erreicht sie die Scheune. Ohne länger darüber nachzudenken, öffnet sie das Tor und hastet hinein. Sie verschließt es leise hinter sich, tastet sich im Dunkeln voran und versteckt sich schließlich hinter einem großen Holzstapel.

Sie lauscht. Ihre Knie sind weich. Sie zittert.

Stille.

Ihr Puls jagt.

Hat ihr Verfolger gesehen, dass sie in der Scheune verschwand? Wo ist er jetzt?

Nichts ist zu hören.

Gibt er auf? Ist sie ihm entwischt?

Doch plötzlich wird das Scheunentor mit lautem Krachen aufgerissen. Rebecca erstarrt. Hält den Atem an. Ihre Hände sind zu Fäusten geballt.

Schritte. Das Deckenlicht flammt auf.

Sie duckt sich, versucht, sich so klein wie möglich zu machen. Sie hört, wie er das Atelier durchschreitet.

Rebecca kneift vor Angst die Augen zusammen. Als sie sie wieder öffnet, geht alles sehr schnell.

Sie erkennt einen Schemen, der hinter dem Holzstapel auftaucht. Sie springt auf, rennt los. Da wird sie von hinten gepackt. Zwei kräftige Hände legen sich um ihren Hals und drücken zu.

Sie röchelt.

Der Griff verstärkt sich.

Für ein paar Sekunden wird ihr schwarz vor Augen. Hilflos zappeln ihre Hände umher.

Da ertastet sie einen Gegenstand, der auf dem Ateliertisch liegt. Es ist der Winkelschleifer, dessen Akku sie erst vor Kurzem aufgeladen hat, um mit ihm eine Holzskulptur zu bearbeiten.

Fester und fester wird sie gewürgt. Sie ringt nach Luft.

Sie ist nahe daran, das Bewusstsein zu verlieren. Zittrig greifen ihre Finger nach der Flex.

Sie hebt sie hoch, drückt den Hebel, mit dem sie eingeschaltet wird. Das Gerät heult auf.

Krihiiii, wimmert es, *kriiiihiiiiii.*

Rebecca macht eine ruckartige Bewegung, und das rotierende Sägeblatt fährt in den Arm ihres Angreifers.

Ein gellender Schrei.

Er lässt von ihr ab.

Blut spritzt ihr ins Gesicht.

Sie kann nichts mehr sehen. Sie streckt die Hand aus, mit der sie den Winkelschleifer hält. Es gibt ein furchtbares Geräusch, als sie tiefer in den Arm schneidet. Noch mehr Blut spritzt. Ein Knochen scheint zu splittern. Eine Fontäne schießt ihr ins Gesicht.

Sie lässt die Flex fallen und rennt los.

Schmerzensschreie in ihrem Rücken.

Plötzlich heult die Flex wieder auf.

Krrriiiihiiii.

Wie von Sinnen rennt Rebecca aus der Scheune. Sie stürzt durch den Garten, hechtet über den Zaun.

Krihhhiiii, krihiiiiiii, dröhnt die Schneide des Werkzeugs hinter ihr. Das Geräusch verfolgt sie. Offenbar hat sich ihr Angreifer das Gerät geschnappt, und das Sägeblatt rotiert in einem fort, während er ihr nacheilt, blutend, schwerverletzt.

Kriiihiiiiii. Kriiiiiihiiiiiii.

In Todesangst rennt sie auf den Waldrand zu.

Annie, mein Leben, meine Gier. Endlich ist der Zeitpunkt gekommen, da ich sie beherrsche. Nie wieder wird sie einen Schritt ohne mich tun. Sie gehört mir, ganz allein mir. Doch der Höhepunkt meiner Lust steht noch bevor. Der Moment, da ich sie töte. Die Nacht, da ich sie mir einverleiben werde. Erst dann ist sie völlig in meinem Besitz.

In meinen Tagträumen stelle ich mir vor, wie ich es anstellen werde. Sie ist gefesselt. Ich weiß, mit welchen Seilen. Ich habe die Knoten geübt. Es gibt verschiedene Methoden, wie man einen Menschen fesseln kann. Eine Reihe von Büchern sind darüber verfasst worden, ich habe sie alle gelesen. Annies Mund ist mit Klebeband verschlossen, auch dafür habe ich in meinen Fantasien gesorgt.

Ich rieche ihren Angstschweiß und sehe das Entsetzen in ihren Augen. Ich vernehme ihr Wimmern hinter dem Tape. Ihre Nasenflügel sind gebläht. Sie keucht, ringt nach Luft. Ihr Hals ist angeschwollen. Ich kann das Pulsieren ihrer Adern sehen.

Sie trägt einen roten Regenmantel, für mich. Sie trägt ihn auf nackter Haut. Er sieht aus wie der Mantel, den sie zu Halloween anhatte. Er steht ihr so gut.

Ich habe ihr die Kapuze aufgesetzt. Ihr Haar ist zu Zöpfen geflochten.

Ich sehe es vor mir, und ich weiß: Eines Nachts ist es Wirklichkeit. Ich berausche mich an meinen Träumen. Sie soll Rotkäppchen für mich sein.

Ich möchte auf meine spezielle Art Halloween mit ihr feiern. Ich möchte, dass sie es bitter bereut, mich in all den Jahren nicht ein einziges Mal eingeladen zu haben. Es soll unsere ganz besondere Party werden.

Die Feier ihres Todes.

Dafür habe ich mir eine große Sammlung von Scheren zugelegt. Alle Arten von Scheren, spitz, scharf, gierig. Die Scheren sind die Zähne des Wolfs.

Seit dem Moment, da ich beschlossen habe, dass Annie unter meiner Hand sterben wird, empfinde ich eine Art Frieden.

Mit meinem Vorhaben kann ich mir Zeit lassen, extrem viel Zeit.

Allein an ihr qualvolles Ende zu denken verschafft mir einen Rausch, der mehr einem Orgasmus gleicht. Indem ich mir genüsslich jede Einzelheit ausmale, bade ich in einem Gefühl der Allmacht, das niemals vergeht. Auf diese Art gelingt es mir, sie immer und immer wieder zu töten. Und es bereitet mir unendliche Freuden, den Zeitpunkt ihres tatsächlichen Todes hinauszuzögern.

Bis dahin lasse ich andere für sie sterben. Frauen, die ihr ähnlich sehen. Frauen, die mich an sie erinnern. Dabei verfeinere ich meine Methoden. Nur die Übung macht den Meister.

Gelegentlich werde ich sogar von Fantasien überwältigt, in denen ich Annie an meinen Morden teilhaben lasse. Ich stelle mir vor, sie gewissermaßen zu meiner Schülerin zu machen.

Eine großartige Vorstellung. Wer weiß, vielleicht setze ich sie ja wirklich in die Tat um. Annie würde keine andere Wahl bleiben, als mitzumachen, schließlich ist sie in meiner Gewalt.

Sie weiß, dass ich morde. Seitdem sie bei mir ist, habe ich ihr oft genug davon erzählt.

Und sie weiß auch, was ihr am Ende blüht.

Manchmal fleht sie mich an, sie endlich sterben zu lassen. Zuweilen vergießt sie bittere Tränen. Dann sage ich ihr, dass ihre Strafe nur gerechnet ist. Sie hätte mich eben früher beachten sollen. Warum hat sie nie ein freundliches Wort für mich gehabt? Stets musste ich ihre Kälte ertragen. Ich war ein Nichts für sie, ein Niemand. Ich war die Person im Hintergrund.

Ich trockne ihre Tränen und vertröste sie auf morgen. Eines Tages wird sie erlöst sein. Ihre Zeit wird kommen, ganz gewiss. Und dann frage ich sie, von welchem Mord ich ihr erzählen soll. Von meinem ersten? Oder dem zweiten?

Sie schweigt. Ihre Augen weiten sich vor Entsetzen. Die Vorstellung, dass andere für sie sterben müssen, bereitet ihr Qualen. Sie hofft auf mein Mitleid. Aber das bekommt sie nicht. Niemals.

Also erzähle ich ihr von der jungen Joggerin, die es als Erste erwischt hat. Sie hatte eine gewisse Ähnlichkeit mit Annie. Ihre festen Gewohnheiten passten gut in meinen Plan.

Es ist überaus wohltuend, sich die Abläufe ins Gedächtnis zu rufen. Wie einen Film kann ich die Ereignisse in meinem Kopf abspulen, wann immer mir danach ist.

An jedem einzelnen Wochentag, pünktlich um halb

sieben am Morgen, parkt die Frau, die stellvertretend für Annie sterben soll, ihren himmelblauen Toyota Corolla an der Bundesstraße. Sie steigt aus, absolviert ein kurzes Stretching, danach läuft sie eine Dreiviertelstunde durch den Wald, bis sie zum Parkplatz zurückkehrt. Anschließend fährt sie zur Arbeit.

Ich habe ihre Laufstrecke genau studiert. Jede ihrer Bewegungen hat sich in mein Bewusstsein eingeprägt. Zum Joggen bindet sie sich das brünette Haar zu einem Pferdeschwanz zurück.

Hörst du, Annie? Genau so wie du dein Haar getragen hast, wenn du auf Sultan ausgeritten bist. Erinnerst du dich noch an Sultan, dein geliebtes Pferd?

Sie schweigt. Und ich lache.

Je länger ich die Joggerin beobachtet habe, desto mehr wurde sie in meiner Vorstellung zu Annie. Ich kannte die Farben ihrer verschiedenen Haargummis, das Muskelspiel ihrer Waden. Ich wusste, welche Steigungen ihr zu schaffen machten und ab wann sich die Glückshormone in ihrem Körper ausbreiteten. Mir war ihr seliges Lächeln beim Schlussspurt vertraut und die aufreizende Slip-Linie unter ihrer eng anliegenden Laufhose.

Sie war pfeilschnell und ausdauernd. Und ich fand eine Stelle, wo ich sie erwischen konnte.

Wenn ich die Augen schließe, sehe ich es wieder vor mir.

Nach ungefähr dreiundzwanzig Minuten erreicht sie einen schmalen Pfad, der rechts und links von dichtem Gestrüpp gesäumt ist.

Hier warte ich auf sie.

Es ist ein kühler Morgen im September. Lange habe

ich über meinen Plan fantasiert, nun soll er in die Tat umgesetzt werden.

Sie kommt näher. Ich bin bereit.

Sie trägt eine knallrote Laufjacke mit Kapuze und eine schwarze Sporthose. Ich lauere im Gebüsch.

Ich wittere ihren Schweiß. Ich spüre die leichten Vibrationen des Waldbodens. Ich bin ganz in Grau gekleidet. Sturmhaube, Lederhandschuhe, Overall. Schon kann ich ihre Atemstöße hören.

Lauf, Mädchen, lauf!

Ich setze zum Sprung an.

Sie ist noch etwa sieben Meter von mir entfernt.

Sechs Meter, fünf, ich bin voller Adrenalin.

Noch vier Meter, drei, das Blut schäumt in meinen Adern. Zwei, eins, jetzt!

Ich schnelle aus dem Gebüsch hervor und packe sie.

Sie stürzt. Ich bin auf ihr.

Sie ist mein Rotkäppchen, ich bin der Wolf.

VIERUNDDREISSIG

Als Rebecca ihren Bericht beendet hat, breitet sich Schweigen in der Hotelsuite aus. Das Licht der Morgensonne fällt durch die Fenster herein. In der Ferne erschallt der Klang einer Kirchenglocke.

Endlich findet Ben seine Sprache wieder. »Dieser Mann hat versucht, dich umzubringen?«

Sie nickt.

»Würdest du ihn wiedererkennen?«

Sie schüttelt den Kopf. »Ich konnte nicht einmal sein Gesicht sehen.«

»Und Annie war in jener Nacht in seiner Gewalt?«

»Ich weiß es nicht. Ich hab ja nur eine weibliche Stimme gehört. Aber sie klang wie die von Annie.«

»Warum sollte dieser Mann mit ihr in dem Haus gewesen sein?«

»Keine Ahnung. Für mich hörte es sich so an, als würde er ihr damit einen lang gehegten Wunsch erfüllen.«

»Du musst dich getäuscht haben. Wie sollte das alles möglich sein? Du sagtest doch, Annie sei von dem Felsen in die Tiefe gestürzt.«

»Was nicht ausschließt, dass sie den Sturz überlebt hat. Ich habe mich heute Nacht dort genauer umgesehen. Es gibt einen kleinen Felsvorsprung, etwa drei Meter unterhalb der Höhle. Möglich, dass sie dort aufgeprallt ist. Kann sein, dass sie extremes Glück hatte.«

»Das glaube ich nicht. Du hast doch bestimmt nach ihr gerufen. Später wurde nach ihr gesucht. Warum hat sie sich nicht gemeldet?«

»Ich weiß es nicht. Ich habe nur den Verdacht, dass sie neulich in dem Haus war.«

»Du meinst, sie ist entführt worden? Kurz nach eurem Streit vor sieben Jahren?«

»Wer weiß.«

»Und warum sollte der Entführer nach all der Zeit mit ihr in das Haus zurückkehren?«

»Über die genaueren Umstände kann ich bloß spekulieren. Aber ich bin mir einigermaßen sicher, ihre Stimme gehört zu haben. Sie war in ihrem Zimmer. Zusammen mit diesem Mann.«

Ben schaut sie zweifelnd an. »Und das ist nicht wieder nur so ein Lügengespinst von dir?«

»Nein, ist es nicht.«

»Warum erinnerst du dich erst jetzt daran? Du hättest uns viel Ärger ersparen können, wenn du es mir gleich erzählt hättest.«

»Ich stand unter schwerem Schock. Er hat mich gewürgt. Ich hab ihn mit der Flex verletzt. Dann hat er mich damit verfolgt. Ben, ich wäre ihm um ein Haar zum Opfer gefallen. Er hätte mich mit dem Winkelschleifer in kleine Stücke zerschnitten. Ich war traumatisiert. In diesem Zustand habe ich die Nacht im Wald verbracht, völlig verängstigt. Reicht das als Grund nicht aus, dass mich mein Gedächtnis im Stich ließ?«

Er schweigt.

»Ich habe mir meine Amnesien nicht ausgesucht. Sie sind für mich genauso verstörend wie für dich. Doch dir ist es zu verdanken, dass meine Erinnerungen zurückgekehrt sind, und das nur, weil ich noch einmal in diese Höhle unterhalb des Rusenschlosses kam. Ansonsten wüsste ich noch immer nicht, dass Annie allem Anschein nach am Leben ist.«

Er weicht ihrem Blick aus.

»In Annies Atelier müssten sich Blutspuren befinden. Ich war zwar noch einmal in ihrem Haus, an dem Tag nachdem wir beide in dem Gasthof übernachtet haben, aber nicht in der Scheune. Jetzt verstehe ich auch, was mich davon abhielt. Ich hatte große Angst und verspüre sie noch immer. Bitte, Ben, begleite mich dorthin.«

Er wiegt den Kopf.

Sie atmet tief durch. »Die Zeit der Lügen ist vorüber. Und ich will alles wiedergutmachen. Sollte Annie noch am Leben sein, muss ich ihr irgendwie helfen.«

Schweigen.

Sie schluckt, sucht nach Worten. Sie senkt ihre Stimme. »Und mir liegt unendlich viel daran, unsere Beziehung zu retten, die doch gerade erst begonnen hat.«

»Ich hatte eine wahnhafte Beziehung mit Annie, nicht mit dir.«

Sie schaut ihn verzweifelt an. »Ich weiß, Ben, es war ein Fehler von mir. Würdest du mir trotzdem beistehen? Dieses eine Mal noch?«

FÜNFUNDDREISSIG

Nachdem sie geduscht, sich umgezogen und gefrühstückt haben, verlassen sie das Hotel. Rebecca weist ihm den Weg durch die Stadt. Er folgt ihr durch den Tunnel unter der Bundesstraße. Sie biegen auf den Pfad ein, der steil den Berg hinaufführt. Oben angelangt, durchqueren sie die Wacholderheide.

Einige Zeit später kommen sie zur anderen Hangseite, passieren das Felsenlabyrinth, lassen den Wald hinter sich und wandern an brachliegenden Feldern vorbei.

Schließlich bleibt Rebecca vor einer weit ausladenden Eiche stehen. »Dahinter ist es.«

Als Ben die blutroten Fensterläden des alten Bauernhauses ausmacht, beschleicht ihn ein ungutes Gefühl.

Rebecca öffnet das Gartentor. Widerstrebend tritt er mit ihr auf das Haus zu. Was, wenn sie ihn wieder reinlegt?

»Und du bist sicher, dass niemand hier ist?«, fragt er leise.

Sie zuckt mit den Schultern. »Bisher war es so. Ich konnte mich hier völlig ungestört aufhalten. Soweit ich weiß, hat Annies Vater jegliches Interesse an dem Haus verloren, seitdem sie verschwunden ist. Anscheinend will er es nicht einmal verkaufen. Bis zu jener Nacht neulich war alles friedlich. Ein Haus wie im Dornröschenschlaf.«

Dunkle Wolken schieben sich vor die Sonne. Es frischt zunehmend auf. Ben hebt fröstelnd die Schultern.

Er späht durchs Fenster neben der Eingangstür. Dann drückt er die Klinke. Verschlossen.

Rebecca steuert auf den Holunderbusch zu. Ihm schaudert, als sie die Zweige teilt und sich die große Wolfsskulptur vor ihnen auftut.

Sie greift dem Wolf ins Maul und fischt den Zweitschlüssel heraus.

Als sie sich der Tür nähert, hält er sie zurück. »Keine gute Idee, Rebecca. Lass uns lieber von hier verschwinden.«

»Aber, Ben...«

»Das ist Hausfriedensbruch.«

»Und was ist mit Annie?«

»Melde den Vorfall bei der Polizei.«

»Der Verdacht wird sofort auf mich fallen. Ich bin hier eingedrungen, ich...«

»Ganz genau. Du bist hier eingedrungen. Und nicht nur das. Du hast behauptet, du seist Annie und das Haus würde dir gehören. Erklär das mal den Beamten.«

»Und darum müssen wir es allein versuchen. Schon damals hatte man mich im Visier. Die werden mir kein Wort glauben.«

»Aber ich soll es, ja?«

Sie schweigt.

Nach einer Weile sagt sie: »Lass uns wenigstens in der Scheune nachsehen.«

Er blickt sie kopfschüttelnd an.

Ruckartig greift sie nach seiner Hand, und er zuckt unwillkürlich zusammen.

»Komm mit.«

Zögerlich folgt er ihr auf dem Weg, der hinter das Haus führt. Sie gehen an dem Schuppen vorbei, und Rebecca schaut ängstlich zu dem Schlafzimmerfenster hinauf.

Die Schaukel, die an dem Apfelbaum hängt, bewegt sich im Wind. Ben schauert erneut. Rebecca drückt seine Hand fester, als sie sich der Scheune nähern.

Das Tor ist geschlossen. Sie löst sich von ihm und schiebt den Riegel zurück. Sie tauschen einen kurzen Blick, dann gehen sie hinein.

Kaum hat Rebecca das Deckenlicht eingeschaltet, steigt sein Puls.

»Siehst du das?«, fragt sie mit belegter Stimme.

Beinahe gegen seinen Willen tritt er näher.

Es riecht nach Holz. Von überall starren ihn Wölfe an, manche mannshoch, andere kleiner. Ihre Mäuler sind aufgerissen, ihre Schwänze hoch erhoben. Einige von ihnen sind noch nicht aus den groben Holzklötzen geschlagen.

Noch einen Schritt.

Die Skulpturen sind ihm unheimlich. Sie wirken überaus lebendig.

Doch was ihn am meisten irritiert, ist die Wand hinter einem Arbeitstisch.

Atemlos setzt er Schritt vor Schritt.

»Schau es dir an«, sagt sie, doch er kann nichts erwidern.

Kurzzeitig hofft er, dass das, was er an der Wand sieht, Teil eines Kunstprojekts ist. Vielleicht handelt es sich ja um Farbe. Wild verschmierte Farbe, braunrot.

Er geht näher heran, und dann weiß er, dass dem nicht so ist.

Es ist Blut. Viel Blut.

Spritzer an der Wand. Auf dem Boden. Auf dem Tisch.

Selbst einige der Wölfe sind mit Blut besudelt.

»Glaubst du mir jetzt?«, fragt sie kaum hörbar.

Er rührt sich nicht. Sein Mund ist trocken.

»Ben.«

Er gibt keine Antwort.

»Es ist der Beweis«, murmelt sie.

Der Beweis wofür?, durchfährt es ihn. Sie hat sich zwei Wochen unrechtmäßig in dem Haus aufgehalten. Einem wildfremden Mann, der ihr im Wald begegnet, macht sie weis, sie sei Annie Friedmann. Sie reitet auf einem gestohlenen Pferd aus. Alle werden von ihr getäuscht. Und dann wird sie erwischt. Jemand stellt sie zur Rede, er droht vielleicht damit, die Polizei zu rufen. Sie nimmt die Flex, und dann...

Er wischt sich den Schweiß von der Stirn.

Sie bringt ihn um, denkt er. Sie flieht in den Wald. Und danach erzählt sie ihm von ihren Blackouts.

»Ben?«

Er schluckt.

»Es ist so, wie ich es dir gesagt habe.«

Er kämpft gegen eine heftige Übelkeit an. »Ruf die Polizei.«

»Nein.«

»Du musst.«

»Ich habe Angst.«

»Ich auch. Du erzählst mir, du hättest jemandem mit einem Winkelschleifer in den Arm geschnitten. Du sprachst von einer Blutfontäne und Knochensplittern. Du hast dich gewehrt, ja? Mag ja sein, aber... Vielleicht ist derjenige verblutet.«

Er zuckt zusammen. Liegt hier womöglich irgendwo eine Leiche versteckt? Hat Rebecca sie etwa im Garten verscharrt? Was hat sie angerichtet?

Sie erbleicht. Atmet schwer.

Schließlich scheint sie sich zu fassen. »Ich mach dir einen

Vorschlag. Wir gehen ins Haus. Vielleicht finden wir dort einen Hinweis.«

»Was sollte das sein?«

»Keine Ahnung. Etwas, das dich überzeugt. Außerdem muss ich Annie retten, bevor alles zu spät ist.«

Sie eilt aus der Scheune und geht in raschen Schritten auf das Haus zu.

»Rebecca«, ruft er ihr nach.

SECHSUNDDREISSIG

Er läuft ihr bis zum Vordereingang nach, doch sie ist bereits im Innern des Hauses verschwunden. Die Tür steht offen. Nach einigem Zögern tritt er ein.

Durch einen kleinen Flur gelangt er in das Wohnzimmer mit amerikanischer Küche. Die Einrichtung erinnert ihn fatal an die in Rebeccas Wohnung.

Er ruft ihren Namen.

Keine Antwort.

Sein Herz klopft. Ihm ist, als sei er in ein Paralleluniversum geraten. Es ist gespenstisch. Jeder Gegenstand, jedes Möbelstück, auf das sein Blick fällt, wirkt wie eine Kopie aus Rebeccas Welt. Dabei ist es genau umgekehrt. Hier befindet sich das Original. Von hier aus nahm der Wahnsinn seinen Lauf.

Er wendet sich der Treppe ins Obergeschoss zu.

»Rebecca?«, ruft er noch einmal.

Keine Reaktion. Beklommen steigt er die Stufen hinauf. Oben angelangt, blickt er sich um. Links eine angelehnte Tür zum Bad. Daneben ein Raum mit einem breiten Doppelbett, offenbar war das früher das Zimmer von Annies Eltern. Am Ende des Gangs steht ein großer Schrank, auf der anderen Seite befinden sich zwei weitere Türen.

Er öffnet eine und späht in einen Raum, der recht klein und spärlich eingerichtet ist, ein Schlafsofa, ein Beistelltisch und eine Stehlampe, anscheinend ist er für Gäste gedacht.

Er klinkt die nächste Tür auf. Dahinter befindet sich ein Schlafzimmer, das dem von Rebecca in Berlin so verblüffend ähnelt, dass ihm kurzzeitig der Atem stockt.

Sie hockt auf dem Bett, mit dem Rücken zu ihm, und starrt aus dem Fenster.

Er braucht einen Moment, bis er sich gesammelt hat, dann tritt er ein und setzt sich zu ihr.

Nach einigem Schweigen sagt sie: »Es war verrückt von mir zu glauben, ich könnte so sein wie sie.«

»Ja, das war es. Ich wünschte, du wärst mir von Anfang an unter deinem richtigen Namen begegnet.«

»Aber hättest du mich denn gemocht?«

»Warum nicht?«

»Als Rebecca fühlte ich mich hässlich und abgelehnt. Niemand wollte mich. Nicht einmal meine Eltern.«

Er schweigt.

»Als Annie fühlte ich mich stark. Es ging mir nicht nur darum, beliebt bei den Männern zu sein. Ich wollte etwas Freude und Leichtigkeit in meinem Leben haben. Den Ballast meiner Vergangenheit ablegen. Und so ein strahlend schönes Leben führen wie Annie.«

Er schaut sie von der Seite an. »Du hättest ehrlich zu mir sein können.«

Sie erwidert seinen Blick. »Ja?«

»Hmm.«

»Und jetzt?«

»Wir müssen herausfinden, was mit Annie passiert ist. Es will mir nicht in den Kopf, dass sie nach all den Jahren in dieses Haus zurückgekehrt ist. Bist du dir sicher, dass sie es war?«

»Ja, sie war hier. Auf diesem Bett hat sie gelegen. Sie hat geweint. Sie war in großer Not.«

»Und das hast du nicht geträumt?«

Sie antwortet nicht.

»Es klingt nämlich wie ein furchtbarer Albtraum... als hätte sich dein schlechtes Gewissen gemeldet... Du schläfst in ihrem Bett... Du hast diesen Rotkäppchen-Mantel an, und dann geht die Tür auf, und wie ein böser Geist...«

»Aber dieser Mann. Er ist so real wie das Blut in der Scheune. Er war hier. Mit einer Frau. Ihre Stimme klang wie die von Annie. Dafür würde ich meine Hand ins Feuer legen. Und um ein Haar hätte er mich umgebracht.«

Er atmet tief durch. »Das ist überaus merkwürdig.«

»Ja.«

»Und da ist noch etwas, was mir komisch vorkommt.«

»Was denn?«

»Es hat mit dem Haus zu tun. Seinem Grundriss.«

»Wie?«

»Ich kann es nicht genau erklären, aber als ich die Treppe hochkam...« Er denkt nach. »Von außen sieht es aus, als...« Er bricht ab. Dann murmelt er: »Die beiden Zimmer nach hinten wirken sehr viel kleiner, als man von draußen vermutet.«

Abrupt steht er auf, geht ans Fenster und schaut nachdenklich in den Garten hinaus.

Er dreht sich um, geht in den Flur und misst ihn mit Blicken ab.

Rebecca, die ihm gefolgt ist, fragt: »Was ist denn los?«

»Ich weiß nicht, aber...« Er stutzt. »Wie viele Leute haben hier eigentlich früher gewohnt?«

»Drei, soweit ich weiß. Annie und ihre Eltern.«

»Die Mutter lebt nicht mehr?«

»Nein, sie starb wohl an Krebs.«

»Und der Vater ist weggezogen?«

»Richtig.«

Er blickt sich um. »Zwei Schlafzimmer, ein Bad und ein Raum für Gäste. Und die Fenster...?«

Sie schaut ihn fragend an.

Er steigt die Treppe hinunter, durchquert das Wohnzimmer und tritt aus dem Haus. Wieder im Obstgarten, schaut er an der Fassade hinauf. Er versucht, sich den Grundriss des Hauses zu vergegenwärtigen.

Er geht zum Ende des Gebäudes, zwängt sich in die Holunderbüsche und schaut abermals an der Fassade hinauf. Er erkennt ein Fenster an der Stirnseite des Hauses.

Daraufhin eilt er zurück. Rebecca steht unten am Treppenabsatz.

»Ich verstehe noch immer nicht...«

»Komm mal mit«, unterbricht er sie.

Sie folgt ihm in das Obergeschoss.

Erneut schätzt er die Länge des Flurs ab. »Ich weiß jetzt, was mich irritiert hat. In der oberen Etage gibt es zwei Fenster zum Garten. Das eine gehört zu Annies Schlafzimmer, das andere zum Gästezimmer. Aber das Haus wirkt von außen ein Stück breiter, als es hier im Flur den Anschein hat.«

»Ja und?«

»Ich hab noch ein drittes Fenster an der Stirnseite entdeckt. Allerdings frage ich mich, zu welchem Raum es gehören könnte.« Er deutet auf den alten Bauernschrank am Ende des Flurs. »Weißt du, was dahinter ist?«

Sie schaut ihn erstaunt an. »Eine Wand, denke ich.«

»Das schon, aber...«

Er tritt auf den Schrank zu. Er packt ihn an und versucht ihn zur Seite zu schieben.

»Hilf mir mal.«

Mit vereinten Kräften rücken sie an dem schweren Möbelstück und wuchten es ein Stück von der Wand weg.

Schließlich entdecken sie eine Tür, die sich dahinter befindet. Sie blicken einander mit großen Augen an.

»Wusstest du davon?«, fragt er.

»Nein.«

Er rüttelt an der Klinke. »Verschlossen. Gibt es hier irgendwo einen Werkzeugkasten?«

»Vielleicht unten in der Küche.«

Er geht hinunter. Nach einigem Suchen findet er in einer Schublade ein Schweizer Taschenmesser.

Wieder im Obergeschoss, bearbeitet er damit das Schloss. Er braucht einige Zeit, doch schließlich kann er es knacken.

Die Tür springt auf.

SIEBENUNDDREISSIG

Der Raum, der sich dahinter befindet, misst etwa vier mal drei Meter. Er ist schmal, hat eher den Charakter einer Kammer. Ein muffiger Geruch schlägt ihnen entgegen. Das Fenster an der Stirnseite ist nahezu blind vor Dreck.
Gemeinsam treten sie ein.
Keine Möbel. Die blassblaue Tapete an den Wänden ist ausgeblichen und fleckig. Der Boden ist mit einer dichten Staubschicht bedeckt. Die bräunliche Farbe der Dielen ist zum Teil abgeblättert. Spinnweben hängen von der Decke.
Ben fährt leicht zusammen, als er eine krabbelnde Bewegung direkt vor seinen Füßen ausmacht. Ein großer Käfer mit hartem Chitinpanzer und langen Fühlern verschwindet unter dem verrosteten Heizkörper am Fenster.
Ein länglicher Schmutzstreifen an der Wand, wo vermutlich mal ein Bett gestanden hat. Als sich Ben zu der Stelle vorbeugt, erkennt er an der Tapete mehrere Furchen, als habe sie jemand mit den Fingernägeln zerkratzt.
Und dann sieht er die kleinen Zeichnungen, die jemand mit rotem Filzstift an die Wand gemalt hat. Es sind Symbole für Scheren, eine ganze Reihe davon.

✀ ✀ ✀ ✀ ✀ ✀ ✀ ✀ ✀ ✀ ✀ ✀

Er richtet sich auf und schaut Rebecca an. »Was hat das zu bedeuten?«

»Keine Ahnung.«

»Das Zimmer ist so sonderbar. Als würde es überhaupt nicht zum restlichen Haus gehören.«

»Ja. Es ist fremd und abweisend. Alle anderen Räume sind liebevoll und verspielt eingerichtet, dieser aber ...« Sie bricht ab und verzieht angewidert das Gesicht.

»Und Annie hat den Ort wirklich mit keiner Silbe erwähnt?«

»Nein.«

»Wer könnte hier drin gehaust haben? Von wem stammen diese merkwürdigen Zeichnungen?«

»Ich weiß es nicht.«

»Irgendwann einmal scheint das Zimmer jedenfalls genutzt worden zu sein. Und es hat den Eindruck, als sollte nichts mehr daran erinnern. Die Tür wird abgeschlossen und mit dem Schrank verrammelt. Das ist, als würde man einen Teil des Hauses abspalten und für tabu erklären.«

»Mich wundert das auch. Man hätte es ja zumindest renovieren und verschönern können. Annies Vater ist Innenarchitekt. Es müsste ihm doch eigentlich viel daran gelegen haben, jeden Winkel des Hauses besonders zu gestalten.«

»Vielleicht ist hier drin etwas passiert, was schleunigst in Vergessenheit geraten sollte.«

Sie blickt ihn an. »Das ist unheimlich.«

»Oder war es vielleicht ein geheimes Versteck?«

»Dafür ist es doch nicht allzu schwer zu finden.«

»Ja, du hast recht.« Er schaut sich um. »Ob Annie eventuell nichts davon gewusst hat?«

»Kaum vorstellbar. Sie ist hier aufgewachsen.«

»Stimmt.«

»Auch mir wäre sicher irgendwann aufgefallen, dass das Haus von außen um ein kleines Stück breiter wirkt.«

»Also hat Annie es dir mit Absicht verschwiegen.«

»Anzunehmen, ja.«

Seine Blicke durchstreifen das Zimmer. »An sich macht das Haus einen leicht verschrobenen, aber äußerst gemütlichen Eindruck. Hinter dem Schrank und der verborgenen Tür jedoch befindet sich ein Ort, mit dem seine Bewohner offenbar etwas Ungutes verbinden, das sie partout nicht mehr sehen wollen. Was könnte das wohl sein?«

»Es ist mir schleierhaft.« Rebecca verschränkt die Arme vor der Brust. »Irgendwie kann ich es beinahe nachvollziehen, dass sie den Raum auf diese Art versperrt haben. Ich hab jedenfalls das Gefühl, hier drin kaum atmen zu können.«

»Schlechte Aura, was?«

»Ja.«

»Geht mir genauso.«

»Dann nichts wie raus.«

Gedankenverloren folgt er ihr zur Tür. Plötzlich hält er inne. Er wendet sich um und betrachtet die Dielenbretter. »Warte einen Augenblick.«

»Mir wird ganz schlecht. Der Raum strahlt etwas… zutiefst Bösartiges aus.«

»Komisch. Ich bin sonst nicht so empfindlich, aber man könnte glatt meinen, er sei verhext.«

»Das ist gruselig.«

»Irgendwas hat eben ganz kurz meine Aufmerksamkeit geweckt. Ich weiß nur nicht, was.«

»Meinst du etwa diesen ekligen Käfer?«

Er schaut auf den Boden. Es sind mehrere. Sie wuseln vor ihm herum. Es schüttelt ihn.

»Igitt«, ruft sie aus, »das sind ja viele. Komm.«

»Moment noch.«

Vor der Wand gegenüber den Scherenzeichnungen scheint ein Teil eines Dielenbretts ersetzt worden zu sein. Die Farbe ist dort ein wenig heller. Ihm kommt es vor, als würde es ein Stück überstehen. Das hat ihn wohl irritiert.

Er kniet davor nieder und betastet die Stelle.

»Bitte nicht, Ben. Ich halte es hier nicht länger aus.«

»Das Brett ist lose«, sagt er. Er schiebt die Fingerspitzen in den schmalen Spalt zwischen den Dielen.

»Ist mir völlig egal. Ich will raus.«

»Warte doch. Ich glaube, darunter ist...«

Ein Ruck, und er kann das Brett herausheben.

»Was denn?«

»Hier ist was.«

Ihre Schritte nähern sich. Die Dielen knarren.

»Ein Hohlraum.« Er greift mit der Hand unter die nächste Diele. »Da ist viel Platz.« Er streckt sich auf dem Boden aus und fährt mit dem Arm hinein. Auf einmal stoßen seine Finger auf einen Widerstand.

Er blickt zu ihr auf. »Jemand hat darunter etwas versteckt.«

»Was denn?«

Er tastet weiter. Vorsichtig zieht er den Gegenstand zu sich heran.

Schließlich hebt er eine Kiste unter den Dielen hervor. Sie ist ziemlich groß. Etwas Schweres scheint darin zu sein.

Sie tauschen Blicke.

»Mach sie auf«, sagt sie leise.

Er wischt den Staub vom Deckel.

»Na los!«

Angespannt öffnet er die Kiste.

Seine Augen weiten sich.

»Verdammt, das ist ja...« Seine Stimme kippt.

Abartig, durchfährt es ihn.

Er vernimmt, wie Rebecca hinter ihm nach Luft schnappt.

Entsetzt schreit sie auf.

ACHTUNDDREISSIG

Zwei leere Augenhöhlen starren ihn an. Etwas Metallisches steckt in ihnen.

Er lässt den Deckel fallen und springt auf. Er weicht einen Schritt zurück und stößt mit Rebecca zusammen.

Sie atmen beide schwer.

Er vergräbt das Gesicht in den Händen. Zählt innerlich bis zehn. Erst dann wagt er es, wieder hinzuschauen.

Was sich dort in der Kiste befindet, scheint mumifiziert worden zu sein. Es riecht leicht nach Formaldehyd.

Es hat braun-weißes Fell, das zum Teil mottenzerfressen ist. Eine spitze Schnauze. Das Maul ist zu einem stummen Todesschrei aufgerissen.

Ben hält das Tier für einen Marder. Er ist entsetzlich zugerichtet. Irgendein Wahnsinniger hat sich an ihm ausgetobt.

Fassungslos schaut Ben auf die Scheren, die in seinem leblosen Körper stecken. Überall ist er von ihnen durchbohrt, am Hals, in der Brust, im Bauch und im Unterleib, selbst aus dem geöffneten Maul ragen sie heraus.

Und aus den ausgehöhlten Augen.

Zwanzig bis dreißig Scheren unterschiedlicher Art haben ihn aufgespießt. Chirurgische Scheren, Friseurscheren, Blechscheren, Geflügelscheren, Papierscheren, Teppichscheren, Nagelscheren.

Sie verschwimmen vor seinem Blick, und er gibt es auf, sie zu zählen.

Er tastet nach Rebeccas Hand. Sie ist kalt und zittrig.

»Großer Gott, das ist...« Sie bricht ab, presst die Faust gegen die Lippen. Keuchend stürzt sie aus dem Zimmer.

Er folgt ihr in den Flur. Sie ist kreidebleich.

»Ich muss... ich kann nicht... ich...«, bringt sie noch hervor, dann verschwindet sie würgend im Bad.

Hinter der angelehnten Tür vernimmt er, wie sie sich übergibt.

Ihm ist selbst so übel, dass es ihn nach frischer Luft verlangt. Leicht benommen wankt er die Treppe hinunter.

In seinem Kopf überschlagen sich die Gedanken. Wer hat dieses Zimmer bewohnt? Welcher kranke Geist bringt es fertig, ein Tier zu fangen, mit Scherenstichen zu quälen, es abzustechen und dann einzubalsamieren? Unmöglich, dass Annie von der Kiste unter den Dielen gewusst hat.

Und doch muss sie geahnt haben, welche Abgründe sich hinter der Tür am Ende des Ganges verbargen. Kein Wunder, dass das Zimmer verrammelt wurde.

Unablässig beschäftigt ihn die Frage, wer der unheimliche Bewohner gewesen sein könnte. Anscheinend wurde er totgeschwiegen. Ausgegrenzt. Ein Tierquäler und Sadist. Womöglich mehr als das.

Ein gefährlicher Psychopath.

Unten angelangt, trinkt Ben ein Glas Wasser in der Küche. Danach geht er zur Haustür, um draußen Atem zu schöpfen. Da kommt ihm eine Idee. Abrupt hält er inne. Vielleicht gibt es ja irgendwo Fotoalben von Annies Eltern, ältere Aufnahmen, die erklären, wie es in dem Zimmer früher aussah.

Wieder im Haus, schaut er sich im Wohnzimmer um, durchsucht Regale und Schubladen.

Auf einmal hört er ein leises Geräusch und fährt herum.

Ihm ist, als sei jemand an der Hintertür, die zum Garten hinausführt.

Er lauscht angestrengt.

Nichts. Da ist niemand.

Vermutlich hat er sich getäuscht.

Er atmet durch. Möglich, dass bloß das Holz auf der Treppe geknarrt hat.

Und doch ist sein Puls hoch. Kalter Schweiß steht ihm auf der Stirn. Ihn durchzucken Bilder von dem toten Marder, gnadenlos grell, in rascher Folge, sein aufgesperrtes Maul, die Scheren, die in seinem Körper stecken. Er schaudert, zieht die Schultern ein.

Nervös setzt er seine Suche fort. Dabei fällt ihm ein gerahmtes Bild mit zersplittertem Glas in die Hände. Es zeigt eine Frau, mit der Rebecca verblüffende Ähnlichkeit hat. Offenbar ist es Annie.

Er legt das Foto zurück ins Regal, geht zur Treppe und ruft hinauf. »Alles in Ordnung, Rebecca?«

»Ja«, entgegnet sie gedämpft, »ich komme gleich.«

Die Wasserleitung rauscht. Sie scheint sich das Gesicht abzuspülen. Auch ihm ist noch immer flau im Magen. Er verbietet sich jeglichen Gedanken an den grauslichen Fund unter den Dielen.

Seine Blicke durchwandern den hinteren Flur des Hauses. Plötzlich wird seine Aufmerksamkeit auf eine Tür unterhalb der Treppe gelenkt, die ihm bisher noch nicht aufgefallen ist. Kurzerhand öffnet er sie. Dahinter befinden sich Stufen, die zum Keller führen. Im Halbdunkeln tastet er nach dem Lichtschalter.

Jäh zuckt er zusammen.

Wieder ein knackendes Geräusch, dicht hinter ihm.

Atemlos dreht er sich um. Er bemerkt einen vorbeihuschenden Schemen an dem kleinen Fenster am Hintereingang.

Was war das?

Sein Herz stolpert.

Da ist doch jemand, durchfährt es ihn.

Oder war es eine Täuschung? Er registriert, wie sich draußen die Äste der Apfelbäume im Wind bewegen. Blasse Sonnenstrahlen flirren im Herbstlaub und sorgen für ein hektisches Schattenspiel. Möglich, dass er sich davor erschrocken hat. Seine Nerven sind überspannt. Die Kiste. Der Marder. Die Scheren. All das befeuert seine Paranoia.

Er will sich wieder der Kellertreppe zuwenden, als plötzlich etwas hinter der Scheibe der Gartentür auftaucht.

Ein Gesicht. Verschwommen hinter Milchglas.

Es blickt Ben direkt an.

Ein paar Sekunden vergehen.

Ben ist wie gelähmt.

Dann wird ein Schlüssel ins Schloss gesteckt. Die Klinke nach unten gedrückt.

Die Tür geht auf.

Er will schreien. Doch ihm bleibt die Luft weg.

Er versucht, sich zu rühren, doch es gelingt ihm nicht. Er ist starr vor Schreck.

Kurz darauf macht er ein schnappendes Geräusch aus, monoton wiederkehrend. *Schnipp-schnapp. Schnipp-schnapp. Schnipp-schnapp.*

Ben starrt auf die lange Schneiderschere in der Hand des Mannes. *Schnipp-schnapp. Schnipp-schnapp. Schnipp-schnapp.* So schnappt sie auf und zu.

Ben sieht, wie sich die Spitze der Schere ihm nähert.

Der linke Arm des Mannes steckt in einem dicken Verband. In der rechten Hand hält er die Schere.

Endlich kann er sich wieder bewegen, doch da ist es bereits zu spät. Der Mann stürzt sich auf ihn und sticht zu. Ben reißt schützend die Hände hoch, doch die Spitze trifft ihn in die Brust.

Er taumelt zurück, sinkt zu Boden. Schon ist sein Hemd feucht von Blut.

Er hört Rebecca oben schreien.

Der Mann steckt die Schneiderschere ein und packt ihn mit einer Hand. Er zieht ihn zu sich heran. Ben versucht verzweifelt, sich trotz seiner Verletzung zu wehren, doch der andere ist selbst mit einem verbundenen Arm stärker als er. Er wirbelt ihn herum und versetzt ihm an der offenen Kellertür einen heftigen Stoß.

Ben stürzt.

Die Tür knallt hinter ihm zu, während er die Treppe hinunterfällt.

Er schlägt unten auf. Sein Kopf prallt gegen eine Wand. Der Schmerz ist heftig.

Er hört, wie die Kellertür abgeschlossen wird.

Er denkt an Rebecca. Dass er ihr helfen muss.

Doch seine Augenlider flackern, das Atmen fällt ihm schwer. Jäh verliert er das Bewusstsein.

NEUNUNDDREISSIG

Rebecca schlägt die Augen auf. Sie verspürt einen Brechreiz in ihrer Kehle. Entgeistert stellt sie fest, dass sie keine Ahnung hat, wo sie sich befindet.
»Du hast geschlafen«, sagt entfernt eine Stimme zu ihr. »Lang geschlafen.«
Wer ist das?
Plötzlich beugt sich jemand über sie. Verblüfft schaut sie in ein Gesicht, das ihr äußerst vertraut vorkommt.
Danach wird sie wieder ohnmächtig.

Als sie erwacht, ist das Gesicht noch immer da. Sie versucht, sich aufzurichten, doch ihre Glieder sind schwer.
Sie liegt auf einem Bett. Eine junge Frau ist bei ihr.
Eine Frau, die ihr sehr ähnlich sieht. Rebecca wollte schon immer so sein wie sie.
Aber nein, es ist nicht möglich, denkt sie. Es muss ein Traum sein.
Sie meint zu fallen. Ihre Lider flackern. Die Konturen ihrer Umgebung verschwimmen.

Einige Zeit später spürt sie, wie eine Hand sanft über ihre Wange streicht.
»Becca, ich bin ja so froh, dass du bei mir bist.«
Benommen blickt sie auf.
»Hast du Durst?«

»Ja«, murmelt sie.

Ihr wird eine Plastikflasche mit Wasser an den Mund gesetzt. Sie trinkt gierig daraus. Danach wird die Flasche weggestellt.

Sie will schlafen, nur noch schlafen.

Doch dann schaut sie erneut in dieses vertraute Gesicht.

Wie ist das möglich?

Was ist passiert?

Kein Zweifel, es ist Annie. Sie ist schmaler geworden, blasser. Ihre Augen haben an Glanz verloren. Ihr Haar hat nicht mehr dieses Leuchten. Sie ist auch anders gekleidet als früher, nachlässig, mit einem ausgewaschenen T-Shirt, einer ausgeleierten Jogginghose. Aber sie ist es.

»Wie lange war ich nicht bei Bewusstsein?«, fragt Rebecca schwach.

»Einige Stunden.«

»Wo sind wir hier?«

Annie schweigt.

»Sag schon, wo?«

»Psst. Ruh dich einfach aus. Wir haben Zeit. Viel Zeit.«

Sie dämmert vor sich hin. Plötzlich schreckt sie hoch.

Erinnerungen stürzen auf sie ein. Ben. Der Mann mit dem Armverband. Kampfgeräusche. Ein Schrei. Sie steht am Treppenabsatz und sieht, wie der Mann mit einer Schere auf Ben einsticht. Er stößt ihn die Kellertreppe hinunter.

In Panik rennt sie zurück ins Obergeschoss. Geistesgegenwärtig zieht sie ihr Handy aus der Hosentasche. Verzweifelt wischt sie über das Display.

In diesem Moment wird ihr das Telefon aus der Hand geschlagen. Der Fremde packt sie von hinten und drückt ihr ein Tuch über Nase und Mund.

Ein süßlicher Geruch. Ihr wird schwindlig. Kurz darauf fällt sie in Ohnmacht.

Offenbar wurde sie mit Chloroform betäubt und dann hierhergebracht.

Erschrocken blickt sie sich um.

Sie liegt auf einem schmalen Bett in einem fensterlosen Kellerraum. Er ist spärlich eingerichtet. Ein Tisch, zwei Stühle. Ein paar Obstkisten zu einem Regal umfunktioniert, in dem sich Kleidungsstücke und einige Plastikwasserflaschen befinden. Ein Waschbecken und ein Klo, vermutlich nachträglich eingebaut, ebenso wie ein vergitterter Lüftungsschacht unterhalb der Decke. Das ist alles.

Erschüttert starrt Rebecca auf die Eisentür ohne Klinke an der Stirnseite dieser Zelle.

Jemand streicht ihr mitfühlend über den Arm. Es ist Annie. Sie setzt sich am Bettrand zu ihr.

Keine Frage, sie ist es wirklich. Also hat sie nicht bloß von ihr geträumt.

Endlich findet sie ihre Sprache wieder. »Bist du hier… seit sieben Jahren…?«

»Eingesperrt«, murmelt Annie mit einem Nicken.

Rebecca betrachtet die Kellerwände. Sie sind mit zahlreichen farbigen Bildern von Landschaften versehen. Einfache Tuscharbeiten auf Papier, mit Tesafilm angeheftet.

»Er erlaubt mir zu malen«, sagt Annie leise, die wohl ihren Blick bemerkt hat. »Damit verbringe ich in meinem Verlies die endlosen Tage. Schnitzen darf ich nicht. Er sagt, es sei zu gefährlich wegen der scharfen Werkzeuge. Ich könnte ihm oder mir etwas antun. Manchmal nimmt er mich mit nach oben. Er lässt die Rollläden herunter, und ich darf mich eine Weile in seinen Räumlichkeiten aufhalten. Wir kochen und essen gemeinsam. Sehen zusammen fern. Einmal in der

Woche darf ich seine Badewanne benutzen. Und gelegentlich führt er mich bei Nacht in den Garten hinaus. Dazu legt er mir Handschellen an und kettet mich an sich, damit ich nicht weglaufen kann.«

»Er?«

»Mein Peiniger. Wir sind im Keller seines Hauses.«

Stille. Bloß ein leises Surren ist zu vernehmen. Rebecca vermutet, dass es aus dem Lüftungsschacht dringt.

Annie atmet tief aus. Mit belegter Stimme fährt sie fort. »Nach langem Bitten hat er sich endlich dazu bereiterklärt, mich einmal, ein einziges Mal nach sieben Jahren, im Schutze der Dunkelheit in mein altes Zimmer zu führen. Ich wollte auf meinem eigenen Bett liegen. Das war mein größter Wunsch. Immer und immer wieder habe ich ihn darum angefleht. Schließlich hat er nachgegeben. Dabei hast du ihn wohl ertappt.«

Sie schauen sich an.

»Du warst wieder heimlich in meinem Haus, nicht wahr?«

Rebecca nickt. Dann fragt sie: »Wer ist dieser Mann?«

Annies Miene verfinstert sich. Offenbar fällt es ihr schwer, über ihn zu sprechen.

Nach einigem Zögern sagt sie: »Sein Name ist Adam.«

Erneut breitet sich Stille in dem Kellerraum aus. Die Neonröhre an der Decke wirft ihr kaltes Licht auf die unheimliche Szenerie. Rebecca ist fassungslos. Sieben Jahre war Annie hier gefangen?

Ihr Blick gleitet über die Malereien an der Wand. Nahezu naiv anmutende Darstellungen von Bäumen, Wiesen, Feldern. Offenkundig all das, wonach sich Annie Stunde um Stunde gesehnt hat. Freiheit. Weite. Sauerstoff. Himmel und Sonne.

Erneut fallen ihr die Augen zu.

Sie nähert sich einer Ohnmacht.

Ben, denkt sie. Um Himmels willen, ich darf ihn nicht im Stich lassen. Wie kann ich ihn retten? Was kann ich nur tun? Ich darf nicht aufgeben.

Sie gibt sich einen Ruck und öffnet die Augen.

Annie betrachtet sie stirnrunzelnd. »Arme Rebecca. Nun musst du also mein Schicksal mit mir teilen. Und das alles nur, weil du dich verbotenerweise in meinem Haus aufgehalten hast.« Sie greift nach ihrer Hand. »Aber weißt du, auch wenn es selbstsüchtig erscheinen mag, ich bin beinahe froh darüber. Denn nun bin ich nicht mehr allein hier unten.«

Rebecca holt tief Luft. »Sag mir, wer dieser Adam ist.«

VIERZIG

Als Ben wieder zu sich kommt, ist alles schwarz um ihn herum. Sein Schädel dröhnt. Erst nach einiger Zeit wird ihm klar, wo er sich befindet. Irgendwo in diesem Keller. Am Fuße der Treppe. Eingesperrt im Dunkeln.

Er befühlt die Wunde an seinem Brustkorb. Da ist zwar viel Blut, doch der Einstich scheint nicht besonders tief zu sein. Schlimmer sind die Schmerzen in seinem Kopf und in den Gliedern. Bei jeder noch so kleinen Bewegung wird ihm schwindlig. Er schätzt, dass er eine Gehirnerschütterung hat. Dazu Prellungen an Beinen und Schultern.

Stöhnend kauert er sich zusammen. Das Kinn sinkt ihm auf die Brust, und er dämmert eine Weile vor sich hin. Plötzlich muss er an Rebecca denken. Erschrocken hebt er den Kopf. Der Mann mit der Schere. Was wird er mit ihr anstellen?

Sie ist ernsthaft in Gefahr, und Ben muss ihr irgendwie helfen. Wenn es nicht bereits zu spät ist. Vielleicht hat er sie längst abgestochen. Sie mit Scheren durchbohrt wie den Marder.

Nein, das darf nicht sein. Er verjagt den Gedanken daran. Hebt unter Schmerzen den Arm. Seine Finger tasten an der Wand entlang. Vielleicht ist da irgendwo ein Treppengeländer, an dem er sich hochziehen kann. Er versucht, sich zu orientieren, doch jäh überfällt ihn der Schwindel, und er sackt wieder in sich zusammen.

Kurz darauf startet er einen neuen Versuch. Er richtet sich ein wenig auf und schafft es auf die Knie. Seine Hand sucht nach dem Geländer.

Tatsächlich bekommt er es zu fassen. Mühsam zieht er sich hinauf und schleppt sich auf die nächste Stufe. Sein Körper brennt vor Schmerz. Er keucht. Wellenartige Übelkeit überkommt ihn. Alles dreht sich um ihn herum.

Seine Hand rutscht ab, und er sinkt zu Boden.

Die erneute Ohnmacht ist wie eine Erlösung. Aufblitzende Sterne schwärmen auf ihn zu, und er versinkt in einem Strudel aus Licht.

Er sieht sie vor sich. Sie trägt Annies Kleidung, sie hat ihr rotbraunes Haar, die funkelnden Augen. Doch er weiß, es ist Rebecca.

»Du hast mich belogen«, raunt er ihr zu.

Sie will etwas erwidern. In diesem Moment entgleitet sie ihm, und das Bild erlischt.

Mit einem Ruck ist er wieder bei sich. Er hat keine Vorstellung davon, wie lange er ohne Bewusstsein war. Er zittert. Sein gesamter Körper ist mit kaltem Schweiß überzogen.

Ich muss es die Treppe hinauf schaffen, denkt er, sonst sterbe ich hier unten. Es brummt in seinem Kopf, die Schmerzen zerren an ihm, und er kämpft dagegen an, erneut abzudriften.

Plötzlich hört er jemanden oben an der Tür. Ein Schlüssel schnarrt im Schloss. Das Kellerlicht wird eingeschaltet. Die Helligkeit trifft ihn wie ein Schlag.

Er kneift die Augen zusammen. Wieder dieses Geräusch. Metallisch. Drohend.

Schnipp-schnapp. Schnipp-schnapp. Schnipp-schnapp.

Schritte auf der Treppe.

Schnipp-schnapp. Schnipp-schnapp.

Ben schirmt mit der Hand die Augen ab. Ängstlich blickt er ins Licht.

Schnipp-schnapp.

Da ist der Mann mit dem Verband. Seine Schere schnappt. Noch ein paar Stufen, und er ist bei ihm.

Er beugt sich zu ihm herab und drückt ihm die Spitze der Schneiderschere an die Kehle.

Ben atmet gepresst. »Tun Sie mir nichts. Bitte.«

»Steh auf, ich will es zu Ende bringen.«

»Ich kann nicht.«

»Du musst.«

»Wo ist Rebecca?«

Ein Grinsen in seinem noch recht jungen Gesicht. Ben schätzt ihn auf Anfang dreißig. Verstrubbeltes braunes Haar. Blasse Haut. Wässrige Augen.

»Meinst du deine Freundin?«

Ein schwaches Nicken von Ben, und der andere drückt ihm die Scherenspitze fester an den Hals.

»Die siehst du nie wieder. Komm jetzt.«

»Nein.«

Er grinst breiter. »Ich hab hinter der Scheune eine Grube für dich ausgehoben. Darin wirst du verschwinden. Für immer.«

»Bitte...«

Er nimmt die Schere von seinem Hals, schiebt sie in seine Hosentasche. Dann packt er ihn mit einer Hand. Bens Knie geben nach. Doch schließlich steht er schwankend auf der Treppe.

»Vorwärts.«

Mühselig steigt er eine Stufe höher, gestützt von dem anderen.

»Nun mach schon.«

»Was haben Sie mit ihr angestellt?«

»Ich lasse sie leiden. Danach kommt auch sie in die Grube.«

Ben stöhnt auf. Noch ein Schritt. Noch eine Stufe.

»Beeil dich.«

»Wer sind Sie?«

Keine Antwort.

»Ist das Ihr Zimmer da oben?«

Er schweigt.

Ein Stoß in seine Rippen, und Ben erklimmt die nächste Stufe. So geht er weiter, langsam, taumelnd, den Atem des anderen im Nacken.

Es erscheint ihm wie eine Ewigkeit, bis sie den Treppenabsatz erreicht haben.

»Wie ist Ihr Name?«, fragt Ben.

»Mein Name spielt keine Rolle. Aber das ist mein Haus. Ihr beide hattet kein Recht, euch hier aufzuhalten.«

»*Ihr* Haus? Und was ist mit Annie?«

Statt einer Antwort packt er ihn an der Schulter und schleift ihn durchs Wohnzimmer bis zum Eingangsbereich. Dort öffnet er die Tür und hilft ihm hinaus. Die Nacht ist hereingebrochen. Unzählige Sterne stehen am Himmel.

Ben ist so schwindlig, dass er sich an dem anderen festklammern muss.

»Hören Sie. Wir werden nichts verraten, Rebecca und ich. Wir fahren zurück nach Berlin und verraten niemandem ein Wort davon, was hier vorgefallen ist.«

Ein leises Lachen. »Zur Scheune, los.«

Seine unsicheren Schritte knirschen im Kies. Der Mann führt ihn um das Haus herum, durch den Garten. Die Schaukel bewegt sich im Wind. Bleiches Mondlicht weist ihnen den Weg.

Als die Scheune vor ihnen auftaucht, knickt Ben zusammen. Der Mann zerrt ihn hoch. Er versucht weiterzugehen, doch die Beine versagen ihm den Dienst.

Der Mann greift unter seine Achsel und schleppt ihn weiter.

Schließlich erkennt Ben die frisch ausgehobene Grube im Mondschein. Der Spaten steckt davor im Boden. Er ringt nach Luft.

Am Rand der Grube bleibt der Mann mit ihm stehen. Abrupt lässt er ihn los.

Ben fällt auf die Knie.

Er hört das Schnappen der Schere hinter sich.

Schnipp-schnapp.

»Tun Sie das nicht.«

Ein verächtliches Schnauben.

Ben schließt die Augen.

Schnipp-schnapp. Schnipp-schnapp.

Einige Sekunden vergehen, nur das Schnappen der Schere ist zu vernehmen.

Schnipp-schnapp. Schnipp-schnapp. Schnipp-schnapp.

Plötzlich herrscht Stille.

Es ist aus, denkt er verzweifelt. Sein Herz pocht.

Dann verspürt er die Stiche der Schere.

Immer und immer wieder trifft sie ihn in Rücken und Nacken.

Er sinkt in die Grube.

Das Letzte, was er sieht, ist der Mann mit seinem bandagierten Arm, wie er einhändig Erde auf ihn schaufelt.

EINUNDVIERZIG

»Wer ist Adam?«, fragt Rebecca erneut, doch Annie antwortet nicht.

Sie starrt ihr ins Gesicht. Sie kann noch immer nicht recht glauben, dass ihre Freundin tatsächlich am Leben ist.

Wieder überkommt sie eine Welle der Übelkeit. Jäh erinnert sie sich an den furchtbaren Chloroformgeruch. Und vor ihrem inneren Auge sieht sie, wie Ben die Kellertreppe hinuntergestoßen wird. Wo ist er jetzt? Sie muss ihm helfen.

Abrupt will sie aufstehen, doch Annie hält sie zurück.

»Nicht doch, Becca. Beruhige dich. Die Eisentür ist fest verschlossen.«

»Aber wir können doch nicht einfach aufgeben.«

»Was willst du denn tun? Schreien? Mit den Fäusten gegen die Tür hämmern? Niemand hört dich hier unten. In den ersten Tagen und Nächten meiner Gefangenschaft hab ich mir die Kehle aus dem Leib gebrüllt. Aber es hilft alles nichts. Du musst dich ihm fügen.«

»Wem muss ich mich fügen?« Ihre Stimme kippt. »Annie...« Sie atmet schwer. »Wer ist dieser Mann?«

»Du bist ihm schon zweimal begegnet. Neulich in der Nacht und heute. Nach eurem Kampf bist du ihm wohl entwischt, und er wäre beinahe verblutet. Er hat mir gesagt, dass du ihm mit einer Flex in den Arm geschnitten hast. Alle Achtung, Rebecca, das war ziemlich mutig von dir. Er hat es mit letzter Kraft geschafft, mich hierher zurückzubringen, danach hat er den Notarzt gerufen. Bis vor Kurzem war er noch in der Klinik, die Ärzte haben ihn dort mühselig wieder zusammengeflickt. Zu meinem Glück ist er von dort abgehauen, sonst wäre ich hier unten verhungert. Ich musste drei Tage ohne Nahrung auskommen, hatte nur Wasser hier.« Sie schaut Rebecca an. »Und jetzt bist du bei mir. Was für eine seltsame Fügung, nicht wahr? Du hast geglaubt, ich bin tot, hab ich recht? Alle scheinen das zu glauben. Annie Friedmann existiert nicht mehr. Dabei haust sie in diesem Keller.«

»Drück dich nicht um die Antwort. Wer ist derjenige, der dich eingesperrt hat?«

Sie schluckt, als würde sie sich schämen. »Ich hab dir nie von ihm erzählt.«

»Du kennst ihn? Von früher?«

Annie schlägt die Augen nieder.

Rebecca lässt nicht locker. »Was ist an Halloween passiert?«

Zögernd beginnt sie zu erzählen. »Es war in jener Nacht. Nach unserem Streit. Als es um den Rubin ging. Den Rubin meiner Mutter.« Ihr läuft eine Träne über die Wange, die sie energisch wegwischt. »Adam hat uns dabei beobachtet. Er war ganz in der Nähe. Er sah mit an, wie ich abgestürzt bin.«

»Wie hast du den Sturz überlebt?«

»Ich prallte auf einen Felsvorsprung. Nur zwei, drei Meter unterhalb der Höhle. Dort befindet sich dichtes Gestrüpp. Das hat meinen Sturz abgefedert.«

»Der Felsvorsprung, also doch. Ich hab mir die Gegend noch einmal genauer angesehen. Nur eines begreife ich nicht. Ich hab doch nach dir gerufen. Das müsstest du gehört haben.«

»Du hast gerufen, ja. Aber ich habe nicht geantwortet, weil ich wütend auf dich war.«

Rebecca starrt sie an.

»Bis auf ein paar Prellungen war ich nahezu unverletzt. Ich bin, von dir unbemerkt, von dem Vorsprung hinuntergeklettert. Ein Stück weiter unten ist ein Pfad. Der führt hinab ins Tal. Ich hatte Schmerzen, Arme und Beine waren aufgeschürft, aber ich ging rasch weiter. Ich wollte allein sein.« Sie seufzt. »Du musst verstehen, Rebecca, ich war deinetwegen überaus zornig. Mit meinem Verhalten wollte ich dich bestrafen. Und das wurde mir zum Verhängnis, denn nur kurz darauf…« Sie bricht ab.

»Was ist geschehen?«

»Er stand plötzlich vor mir. Wie aus dem Nichts tauchte er auf. Nie werde ich seinen Gesichtsausdruck vergessen. Dieses höhnische Grinsen. Er hielt eine Schere in der Hand. Er sagte zu mir: ›Entweder du tust, was ich sage, oder ich steche dich ab.‹«

Pause. Rebecca registriert erneut ein gedämpftes Geräusch aus dem vergitterten Lüftungsschacht, offenbar ein Ventilator, der monoton rotiert.

Mit rauer Stimme spricht Annie weiter. »Er legte mir Handschellen an und brachte mich zu seinem Wagen. Ich habe versucht, beruhigend auf ihn einzureden, aber er schnitt mir jedes Mal das Wort ab. Ich habe gehofft, dass ich die Situation irgendwie entschärfen könnte. Selbst als er mich in diesen Kellerraum gestoßen und die Tür hinter mir abgeschlossen hat, dachte ich, es gäbe noch einen Ausweg.«

Schweigen.

Schließlich sagt sie resigniert: »Aber es gibt keinen Ausweg. Und keine Hoffnung, Becca, auch für dich nicht. Damit musst du dich abfinden.«

Ihr stockt der Atem. »Wer ist es? Du scheinst ihn gut zu kennen, nicht wahr?«

Abermals antwortet Annie nicht. Stattdessen streicht sie ihr zärtlich das Haar aus der Stirn. »Weißt du, früher warst du mir viel zu aufdringlich. Ich habe es gehasst, wenn du heimlich in mein Zimmer gegangen bist und unerlaubt meine Sachen genommen hast. Ich fühlte mich von dir belästigt, bedrängt. Aber jetzt bin ich unendlich froh, dass du bei mir bist.«

Sie legt sich zu ihr auf das schmale Bett und drückt sich an sie. »Wir werden beide sterben«, flüstert sie. »Nicht mehr lange, und Adam wird uns umbringen. Vielleicht noch heute Nacht. Vorher wird er uns lange mit seinen Scheren quälen. Er ist krank, musst du wissen. Komplett wahnsinnig. Meine Mutter ist schuld daran. Und ich trage eine Mitschuld.«

»Du? Deine Mutter? Ich verstehe nicht.«

»Wir hätten Adam mehr beachten müssen. Wir haben die Warnsignale nicht erkannt. Wollten ihn totschweigen. Haben uns versündigt. Oft erzählt er mir in allen Einzelheiten, wie er mich töten wird. Er zögert es absichtlich hinaus, um mich zu quälen. Es ist seine furchtbare Rache und seine grausame Lust. Er ist verrückt.«

Rebecca fröstelt.

Lange Zeit liegt sie wie erstarrt in Annies Armen. Früher hätte sie den Moment genossen, doch jetzt scheint sie in einem Albtraum gefangen zu sein, der niemals vergeht.

Sie kneift die Augen zu und denkt an Ben. Ob er überhaupt noch am Leben ist? Was hat dieser Adam mit ihm angestellt?

Annie drückt sich fester an sie.

Sie schluckt. »Sprich es aus, Annie. Ich will endlich die Wahrheit wissen.«

Schließlich berichtet ihr Annie mit stockenden Worten von einem furchtbaren Familiengeheimnis.

Und allmählich begreift Rebecca, wer das Zimmer hinter dem Schrank bewohnt hat.

Ich bin sechzehn Jahre alt, als ich eines Nachts mit der großen Schneiderschere in der Hand am Bett meiner Eltern stehe. Mein Vater gibt leise Schnarchtöne von sich, meine Mutter liegt friedlich da und sieht in ihrem weißen Nachthemd aus wie ein Engel. Ihr Haar auf dem Kissen, rotbraun wie Kirschholz, eine Pracht, die sie Annie vererbt hat. Die Wangen rosig vom Schlaf. Ihre Wimpern lang und zart.

Doch der Schein ist trügerisch. Sie wirkt zwar so unschuldig, als würde sie niemals nur einen einzigen bösen Gedanken hegen. Aber ist es nicht böse, was ihre Hand sonntags im Bad mit mir anstellt?

Jeden verdammten Sonntag befingert mich ihr Frotteehandschuh. Jeden verdammten Sonntag stillt sie an mir ihre verkommene Lust.

Lange habe ich über meinen Plan nachgedacht. In dieser Nacht soll er Wirklichkeit werden. Mutter wird ihre gerechte Strafe erhalten. Ich bin fest entschlossen, ihr die Augen auszustechen, damit sie nie wieder einen begehrlichen Blick auf mich werfen kann. Ich habe vor, sie mit der Scherenspitze zu durchbohren wie all die kleinen Tiere zuvor, die draußen im Wald in meine selbst gebastelten Fallen geraten sind und stellvertretend für sie leiden mussten.

Ich trete näher an sie heran. Sie bewegt sich leicht im

Schlaf. Träumt sie? Und wenn ja, wovon? Von ihrem unbekleideten Sohn, umschmeichelt von Badeschaum? Ist sie animiert von seinem jugendlichen Körper? Taucht sie den Waschlappen ins wohltemperierte Wasser, um seine Erregung zu befühlen, für die er sich in Grund und Boden schämt?

Ihre Lider beginnen zu zucken. Vielleicht irritiert sie mein Schatten. Offenbar hat sie diffuse Vorahnungen. Schon schreckt sie hoch. Mit einem leisen Aufschrei sieht sie erst mich, und dann erblickt sie die Schere, die ich hebe, um mit Wucht auf sie einzustechen.

Sie verschränkt die Arme schützend vor ihrem Gesicht und bricht in ein jämmerliches Geheul aus, während sie von der Scherenspitze getroffen wird, wieder und wieder, und warmes Blut aus ihr herausspritzt.

Leider treffe ich nur ihre Arme, nicht ihre Augen.

Und dann ist da mein Vater, der sich auf mich wirft. Mir entgleitet die Schere. Ich gehe zu Boden. Er kniet sich auf meine Schultern und brüllt mich an. Er rammt mir seine Faust ins Gesicht. Ich verspüre keinen Schmerz, nur Leere.

Vom Lärm aufgeschreckt, kommt Annie ins Zimmer. Sie trägt ihren weißen Pyjama mit den feinen roten Längsstreifen. Hübsch sieht sie darin aus. Entsetzt schaut sie auf ihre Mutter, die sich blutend und wimmernd auf dem Bett windet. Und dann fällt ihr kalter Blick auf mich.

Mutters Wunden werden genäht und bandagiert. Beim Arzt erfindet sie wohl vage Ausreden. Ich vermute, dass sie ihre Verletzungen als Folge eines peinlichen häuslichen Unfalls ausgibt, nicht wert, genauer erläutert zu werden.

Bitter für mich, dass ich dieser Unfall bin. Die erzwungenen Sitzungen bei der Psychologin sind jedenfalls Vaters Idee, ihre ist es nicht. Heute ist mir klar, dass Mutter große Angst davor hatte, ich könnte der Therapeutin die Wahrheit erzählen.

Aber ich schweige, und ihre Taten bleiben letztlich ungesühnt. Die Scham verbietet mir, über das sonntägliche Baderitual zu sprechen, das sie seit vielen Jahren an mir vollzogen hat.

Die Narben auf ihren Armen verblassen, die auf meiner Seele nicht.

Das Gutachten der Psychologin muss vernichtend ausgefallen sein, denn nur wenige Wochen nach meiner nächtlichen Scherenattacke werde ich zu meinem Vater gerufen. Mit ernster Miene verkündet er mir, der Familienrat habe getagt und beschlossen, dass ich fortan in diesem Haus unerwünscht sei. Sein Bruder Theodor habe sich bereiterklärt, mich bis zu meiner Volljährigkeit bei sich aufzunehmen, und das auch nur widerstrebend und gegen Zahlung einer höheren Geldsumme. Ich solle schleunigst meine Sachen zusammenpacken und aus Blaubeuren verschwinden.

Ich trat meiner Mutter nicht mehr unter die Augen. Ich ging auch nicht zu ihrer Beerdigung, als sie Jahre später einem Krebsleiden erlag. Ebenso gehorchte ich meinem Vater und verschonte ihn künftig mit meinem Anblick.

Nur auf Annie richtete ich stets meine Hoffnungen. Bis zu einer Halloweennacht vor sieben Jahren musste ich mich gedulden.

Doch seitdem sind Bruder und Schwester endlich wieder vereint.

Und das weitaus enger und leidenschaftlicher als je zuvor.

Mein Onkel Theodor ist ein hagerer Typ, blass und unscheinbar. Kaum noch Haare auf dem Kopf, stets in beigefarbene Klamotten gekleidet, das komplette Gegenteil von meinem Vater, der sich nach außen hin gern als strahlender Schönling gibt. Vermutlich stecken in mir mehr die ungünstigen familiären Gene, die auch bei Theodor zu krummen Schultern und einem griesgrämigen Gesichtsausdruck geführt haben.

Sein kleines Haus liegt in einem Kaff, etwa dreißig Kilometer von Blaubeuren entfernt. Die Einrichtung ist so trübselig wie sein Besitzer. Ich schätze, Theodor war noch nie in seinem Leben mit einer Frau zusammen. Auch auf Männer scheint er nicht zu stehen. Auf mich wirkte er damals völlig asexuell, so konnte ich mich wenigstens vor weiteren Übergriffen in Sicherheit wähnen.

Er wies mir einen Raum neben der Waschküche zu. Der war zwar etwas größer als mein Zimmer daheim, aber es gab kaum Tageslicht. Ein winziges Fenster, darunter ein schäbiges Klappsofa, ein paar weitere Möbelstücke aus Altbeständen, kein Handyempfang, kein WLAN in Reichweite.

»Damit eines klar ist«, sagte Theodor zur Begrüßung, »ich hab diesem Arrangement nur zugestimmt, weil ich das Geld von deinem Vater brauche. Aber sobald du volljährig bist, will ich dich hier nicht mehr sehen.« Er verzog den Mund und bedachte mich mit einem strafenden Blick. »Was du deiner Mutter angetan hast, ist schändlich. Ich finde, man hätte dich in eine Irrenanstalt einliefern sollen.«

Fortan verbringe ich meine Nachmittage auf dem Klappsofa und starre zum Fenster hinauf, hinter dem sich ein verkümmerter Ginsterbusch befindet. Träge beobachte ich, wie die Dämmerung hereinsickert. Ich knipse das Licht an und halte still, bis Onkel Theodor um Punkt zweiundzwanzig Uhr zur Tür hereinkommt, um mir zu sagen, dass nun Schlafenszeit sei. Er hält das für eine wichtige erzieherische Maßnahme. Er dreht die Sicherung für die Beleuchtung heraus. Erst um halb sechs in der Frühe darf ich sie wieder einschalten. Das ist für mich die Zeit, um zur Schule zu fahren.

Der Weg nach Blaubeuren im Überlandbus ist weit und umständlich. Wenn ich um acht Uhr morgens endlich im Klassenzimmer angekommen bin, will ich am liebsten den Kopf aufs Pult legen und schlafen.

Ich bin voller Hass. Hass auf meine Mutter. Hass auf meinen Vater und Hass auf Onkel Theodor. Verzweifelt klammere ich mich an den Gedanken, dass Annie die Einzige ist, die Verständnis für meine Situation aufbringt. Schließlich kann ihr doch nicht entgangen sein, was Sonntag für Sonntag im Badezimmer geschehen ist.

Zugegeben, sie hat mir bisher nicht viel Beachtung geschenkt, aber in diesem Fall hoffe ich auf ein bisschen geschwisterliche Solidarität. Ich begegne ihr häufig auf dem Schulhof, sie ist zwei Klassen unter mir, das hübscheste Mädchen weit und breit, und ich suche ihren Blick.

Sie aber tut so, als sei ich ein Fremder, und ich verstehe die Welt nicht mehr. Okay, sie hat einmal mitgekriegt, wie ich an einem Eichhörnchen ein paar chirurgische Eingriffe vornahm. Sie hat mir ins Gesicht geschrien, ich sei ein abartiger Perversling. Ich wollte ihr damals gerade von Mutters abscheulichen Taten erzählen, da wandte sie sich empört von mir ab.

Ich lauere auf Gelegenheiten, um mit ihr zu sprechen. Weil ihr meine Gegenwart vor ihren Klassenkameraden offenbar peinlich ist, versuche ich, sie eines Nachmittags allein am Schultor abzufangen. Sie aber geht einfach wortlos an mir vorbei, so dass mir nichts anderes übrig bleibt, als ihr zu folgen.

Es ist mein alter Heimweg, den Hang hinauf und durch den Wald. Ich sehne mich nach meinem schönen Zuhause, nach dem Garten, den Apfelbäumen, der Scheune. Und vor allem sehne ich mich nach Annie.

Als wir den Bergkamm erreicht haben, dreht sie sich empört zu mir um.

»Was willst du von mir, du Freak?«

Erschrocken bleibe ich stehen. Ihre Stimme ist hasserfüllt, und ich zucke innerlich zusammen.

»Mit dir zusammen nach Hause gehen«, bringe ich schließlich leise hervor.

»Das ist nicht mehr dein Zuhause.«

»Aber ich bin doch dein Bruder.«

»Du hast auf Mama mit einer Schere eingestochen. Du hättest sie töten können.«

»Wenn ich im Badezimmer war... sie hat... sie hat mich... an jedem Sonntag war...« Ich bin unfähig weiterzusprechen. Hitze steigt mir ins Gesicht.

Annies Augen verengen sich zu Schlitzen. »Was auch immer du ihr vorwirfst, es ist bestimmt eine Lüge.«

»Nein, Annie, hör doch...«

Sie weicht einen Schritt vor mir zurück, angewidert, als sei ich ein Monster. »Du bist nicht mehr mein Bruder. Und nur damit du es weißt, wir haben dein Zimmer verrammelt. Nichts soll mehr an dich erinnern. Wir haben sämtliche Fotos gelöscht, auf denen du zu sehen warst. Du existierst nicht mehr für uns.«

Sie geht weiter.

Ich schaue ihr nach, bis sie hinter der nächsten Wegbiegung verschwunden ist.

»Es ist keine Lüge«, rufe ich, doch natürlich hört mich niemand.

ZWEIUNDVIERZIG

»Dein Bruder?«

Annie schweigt betreten. Rebecca lässt fassungslos ihre Blicke durch das Verlies schweifen. Alles ist kalt und abstoßend bis auf die beinahe kindlich wirkenden Malereien an der Wand. Dann schaut sie zu ihrer Freundin. Blass, mit hängenden Schultern, die Augen trüb, glanzlos das Haar, so hockt sie neben ihr auf dem Bett.

»Dein eigener Bruder sperrt dich hier unten ein?«

»Seit sieben Jahren, ja. Und wir sind nur wenige Kilometer von meinem Zuhause entfernt. Niemand weiß es. Keiner ahnt, dass ich noch am Leben bin. Wir befinden uns hier in einem Haus, das er von der Försterei gepachtet hat. Adam hat eine Ausbildung zum Forstwirt gemacht. Er teilt meine Liebe zum Wald, das ist aber auch das Einzige, was uns beide verbindet, obwohl wir Geschwister sind.«

»Das ist so entsetzlich. Es ist ... abartig ... mir fehlen die Worte. Ist denn nie jemand auf den Gedanken gekommen, er könnte etwas mit deinem Verschwinden zu tun haben?«

»Vielleicht mein Vater. Er hat ja gewusst, wie er tickt. Aber Adam hat es geschickt angestellt. Er hat mir mal erzählt, dass er sich an der Suche nach mir beteiligt hat. Tagelang hat er zusammen mit anderen freiwilligen Helfern die Wälder durchkämmt.« Sie blickt Rebecca an. »Warst du eigentlich dabei?«

»Ich stand unter Schock. Ich konnte mich an nichts mehr erinnern. Sie haben mich in eine Klinik gebracht. Ich war völlig fertig. Die Polizei hat mich verdächtigt, weil ich als Letzte mit dir zusammen war. Außerdem trug ich noch deinen roten Regenmantel.«

Sie seufzt. »Rotkäppchen. Mein Halloweenkostüm.«

»Ja. Und deinen Rubin hab ich übrigens behalten. Es tut mir so leid, Annie.«

»Mutters Rubin, um den wir uns gestritten haben. Wie belanglos mir das heute erscheint nach allem, was danach vorgefallen ist.«

»Ein paar Sekunden, die ein ganzes Leben verändern können.«

»Du konntest immerhin zurück nach Berlin fahren und weiterstudieren. Und ich? Ich wollte so gerne Kunstlehrerin werden. Stattdessen sitze ich in diesem Keller und brüte vor mich hin.«

»Ich hab es nicht beendet.«

»Du hast das Studium geschmissen?«

»Leider, ja. Ich hab versagt. Und wofür ich mich am meisten schäme: Ich hab deinen Namen angenommen.«

»Was?«

»Ich nannte mich Annie Friedmann und kleidete mich so wie du.«

»Das ist total verrückt.«

»Ich weiß.«

»Unglaublich. Du hast also gewissermaßen stellvertretend für mich da draußen weitergelebt.«

»So kann man es auch sagen, ja.«

Nach einer Pause legt Annie ihren Arm um sie. »Ich bin dir nicht böse, Becca. Nicht mehr. In so einem Kellerverlies bekommt das Leben eine andere Dimension. Ich versuche, von Tag zu Tag zu denken. Ganz in der Gegenwart zu sein. Keinen Gedanken an den nächsten Morgen zu verschwenden. Denn jeden Moment kann es vorbei sein. Alles hängt von Adams Launen ab. Immer wieder spricht er von meinem Tod. Und welche Schmerzen er mir zufügen wird.«

Rebecca spürt, wie heftig ihr Herz schlägt. Sie hat Angst um Ben. Ihr fehlt jegliches Gefühl, wie viel Zeit vergangen ist, seitdem sie das verborgene Zimmer in dem Haus entdeckt haben. Sie bereut ihre Lügen. Da ist noch so viel, was sie ihm sagen wollte.

Vor allem, dass sie ihn liebt. Er ist der Mensch, bei dem sie gelernt hat, wieder zu vertrauen.

»Wo ist Adam jetzt?«, fragt sie ängstlich, nachdem sie länger schweigend dagesessen haben.

»Oben, nehme ich an.«

»Was hat er vor?«

»Er will uns quälen.«

Sie zuckt zusammen und schnappt nach Luft. »Und das sagst du so ruhig?«

»Ich bin alles andere als ruhig. Aber ich habe mich mittlerweile an seine Spielchen gewöhnt. Im Augenblick steht er unter dem Einfluss starker Schmerzmittel. So eine Attacke mit einem Winkelschleifer bleibt nicht ohne Folgen. Du hättest ihm beinahe den Arm abgetrennt.«

Ihren Körper durchläuft ein Zittern. »Er wird sich an mir rächen.«

»Natürlich wird er das. Er ist voller Hass.«

Sie hat auf einmal so große Angst, dass ihre Zähne aufeinanderschlagen.

Annie streicht über ihre Wange. »Ist schon gut. Ich bin bei dir.«

»Ich wünschte, ich könnte die Zeit zurückdrehen. Ich habe so viele Fehler gemacht.«

»Du wolltest immer so sein wie ich, nicht wahr? Hast mich um mein Aussehen beneidet, um das Haus meiner Eltern, das mir überlassen wurde, das Pferd, das sie mir geschenkt haben. Du warst eifersüchtig auf die Freunde, mit denen ich mich umgab. Du giertest nach meiner Beliebtheit, meinem Lachen. Und du hast geglaubt, wenn du meine Kleider trägst und dir die Haare frisierst wie ich, würdest du auf meine Art durchs Leben kommen, leicht und elegant, erfolgreich und begehrt. Dabei hast du nicht gemerkt, wie es in mir drin aussieht. Das Geheimnis meiner Familie habe ich gut vor dir versteckt. Und nicht nur vor dir. Niemand hat geahnt, dass meine Fröhlichkeit und mein charmantes Auftreten davon ablenken sollten, dass sich hinter meiner Fassade ein Abgrund auftut. Selbst vor dir, die du mich so genau beobachtet hast, konnte ich verheimlichen, mit wem ich groß geworden bin. In meinem Elternhaus, im Zimmer am Ende des Flurs, wuchs ein Mensch heran, der sich allmählich zum Monster entwickelte. Und es war nicht seine eigene Schuld, die Familie hat ihn dazu gemacht. Meine Mutter, indem sie ihn verführte, mein Vater und ich, indem wir wegschauten. Jahrelang. Und den finalen Schlag versetzten wir ihm, als wir ihn verstießen.«

»Du bringst erstaunlich viel Verständnis für ihn auf.«

»Ich hatte sieben Jahre lang Zeit, über ihn nachzudenken. Davor war ich bloß damit beschäftigt, die Anzeichen für die nahende Familientragödie zu verdrängen. Glaubst du etwa, mir ist entgangen, was meine Mutter Sonntag für Sonntag mit ihm angestellt hat? Meinst du, ich hätte mich nicht gewundert, warum sie sich regelmäßig mit ihm im Badezimmer eingeschlossen hat? Er war kein kleines Kind mehr.«

Nach einer weiteren Pause sagt sie: »Auch Mutter war ein Monster. Auf ihre Weise. Still. Angeblich liebevoll. Extrem fürsorglich. Erdrückend in ihrer Zuneigung zu ihrem Sohn. Auf ihn fixiert, weil mein Vater... Die beiden führten nur nach außen hin eine glückliche Ehe, in Wahrheit war ihre Liebe längst verkümmert. Ich habe meinen Vater verehrt, nahezu vergöttert. Du hast ja sein Foto gesehen, dieser gut aussehende Mann, sein gewinnendes Lächeln, kaum jemand konnte seinem Charme widerstehen. Die Kehrseite ist, dass er zahlreiche Affären hatte. Er hat meine Mutter hemmungslos betrogen. Doch auch das wollte ich nicht wahrhaben.«

Schweigen. Rebecca hört ihr Herz pochen. Im Hintergrund surrt es leise aus dem Lüftungsschacht.

Annie senkt die Stimme. »Mutter hat ihre Frustrationen an Adam ausgelassen. Sie hat ihn sich zu einem Ersatzpartner abgerichtet, und er konnte sich all die Jahre nicht dagegen auflehnen. Seine Scherenattacke war letztlich ein Hilfeschrei. Und ich frage mich, warum ich nicht seine bedürftigen Blicke als solche deuten wollte. Ich ahnte, dass er mehr Zeit mit mir verbringen wollte. Vermutlich hat er verzweifelt nach Wegen gesucht, mich irgendwie ins Vertrauen zu ziehen. Ich denke, er wollte mit seiner Schwester über all die beschämenden Ereignisse sprechen. Ich aber strafte ihn mit Nichtachtung. Ich habe mich nie wirklich für meinen Bruder interessiert, dafür war ich zu selbstsüchtig. Und das sollte sich bitter rächen. Jetzt bin ich ihm völlig ausgeliefert. Er hat die Situation seiner Ohnmacht einfach umgekehrt. Nun ist er der Mächtige, und ich bin das Opfer.«

Annie atmet laut aus. Eine Weile hängt sie ihren Gedanken nach.

Dann sagt sie: »So ist es also in Wahrheit um mich bestellt. Das sind meine Wurzeln. Die Abgründe meiner Herkunft. All das wollte ich mit gespielter Unbeschwertheit vor dir und vor anderen verbergen. Erkennst du mich überhaupt noch wieder?«

»Einmal«, entgegnet Rebecca, »als du mir erzähltest, deine Mutter sei an Krebs gestorben, habe ich so etwas wie einen Schatten bemerkt, der sich über dich warf. Und ein paar Augenblicke lang warst du nicht mehr die strahlende Annie, der ich stets nachgeeifert habe.«

»Ich traue mich kaum, es zuzugeben, aber in besonders düsteren Momenten kommt mir der qualvolle Krebstod meiner Mutter wie eine gerechte Strafe vor. Dafür, dass sie die Seele ihres Sohns zerbrochen hat.«

»Hattest du eigentlich jemals daran gedacht, wieder Kontakt zu deinem Bruder aufzunehmen, nachdem er von euch verstoßen worden war?«

»Nein, nie. Damals stand ich noch ganz auf der Seite meiner Mutter. Ich sah sie immerzu vor mir, wie sie auf dem Bett lag, ihre Arme blutüberströmt, während sich mein Vater auf Adam warf, um sie vor ihm zu retten. Ich sah das verzerrte Gesicht meines Bruders, die blutbefleckte Schere am Boden. Ich war so entsetzt, dass ich ihm nie wieder unter die Augen treten wollte. Anfangs versuchte es mein Vater noch auf die vernünftige Tour. Er hat ihn zu einer Psychologin geschickt, doch die erwies sich als völlig unfähig und bekam nichts aus ihm heraus. Und es war ja auch so viel einfacher, die Angelegenheit zu vertuschen und ihn wegzuschicken, als sich der verstörenden Wahrheit zu stellen.«

Annie lässt die Schultern sinken.

»Manchmal, wenn ich oben sein darf und wir zusammen essen, spricht er mit mir darüber, wie es sich für ihn angefühlt hat, als er sein Elternhaus nicht mehr betreten durfte. Er sagt, von diesem Moment an sei alles in ihm zerbrochen. In ihm hat sich so viel Hass angestaut, dass er sich nur noch seinen Tötungsfantasien hingeben kann. Es ist unheimlich, zuweilen glaube ich, ihn mit meinen Worten erreichen zu können, irgendwie eine beinahe beruhigende Wirkung auf ihn auszuüben, dann aber, schlagartig, von einer Sekunde zur anderen, kippt seine Stimmung, und er hat so ein Funkeln in den Augen. Dann fängt er an, mir genüsslich und in allen Einzelheiten zu erzählen, wie er mich eines Tages abstechen wird. Er faselt von seinen zahlreichen Scheren und wie er damit schneiden wird.«

Rebecca stößt die Luft aus. »Großer Gott, Annie...«

»Das ist längst nicht alles. Er erniedrigt mich auch auf andere Art. Ich bin zwar seine Schwester, aber das hält ihn nicht davon ab, widerliche Fotos von mir zu machen. Ich muss vor ihm posieren, in Unterwäsche und manchmal auch nackt. Zum Glück lebt er seine Besessenheit lediglich über die Fotos aus. Das heißt, er hat mich bisher noch nicht berührt. Allerdings hindert es ihn nicht daran, mir zu schildern, was er mit zwei anderen Frauen getan hat, die mir ähnlich sahen. Er hat sie vergewaltigt und danach so lange mit Scherenstichen traktiert, bis sie starben.«

Rebecca starrt sie an. »Hör auf, bitte.«

Doch gnadenlos fährt Annie fort: »Die eine Frau hat er im Wald abgestochen, die andere hier unten im Keller. In einem Nebenraum. Ich habe ihre Schreie gehört. Als er fertig war, kam er zu mir und sagte: ›Nun weißt du, was dir eines Tages blüht.‹«

»Aber warum? Nicht du hast ihn missbraucht, sondern deine Mutter.«

»Ja, Rebecca. Aber Mutter lebt nicht mehr. Und für einen Wahnsinnigen wie ihn ist es nur folgerichtig, dass auch diejenige, die weggeschaut hat, unter seiner Rache leiden muss.«

Rebecca erhebt sich vom Bett und geht zur Eisentür. »Du

darfst dich nicht deinem Schicksal ergeben, Annie. Wir müssen etwas unternehmen.«

»Das ist zwecklos. Wir haben nicht die geringste Chance gegen ihn.«

Nach dem Regen, nachts. Annie ist im Garten, barfuß. Ihre Schritte rascheln im feuchten Gras. Helles Mondlicht, ihr Haar scheint zu leuchten. Sie trägt den weißen Pyjama, ihre nackte Haut schimmert hervor. Sie wendet sich zu mir um, lächelt mich an. »Es ist schön hier«, sagt sie leise.

Ich atme auf. »Gut, dass es dir gefällt.«

Der Farn steht hoch, sie streicht über seine Blätter. Wasserperlen stieben auf, funkelnd unter dem prächtigen Mond.

»Du hast den Garten eigens für mich angelegt?«

Ich nicke.

»Das ist lieb von dir.«

»Vermisst du jemanden?«, frage ich.

»Nein.«

»Deine Freunde?«

Sie schüttelt den Kopf.

»Vater?«

»Nein.« Sie beugt sich zu einem Blumenbeet hinab. Lilienblüten, von Regentropfen benetzt, verströmen ihren süßlichen Duft.

»Auch Mutter nicht«, sagt sie. »Ihren Tod hat sie verdient.«

Sie streckt sich, hebt das Kinn. Ihr Blick schweift hinauf zu den Sternen.

»Nun sind wir ganz allein, wir zwei.«

»Ja.« Sie greift nach meiner Hand. Zusammen stehen wir da, staunend vor dem endlosen Sternenmeer.

»Weißt du«, murmelt sie, »ich habe dich bisher völlig falsch eingeschätzt. Du bist ein guter Mensch, Adam.« Sie sieht mich an. »Es tut mir leid, dass ich so abweisend zu dir war. Ich hätte dir helfen sollen. Kannst du mir verzeihen?«

Ihre Worte rühren mich an. Es ist, als würde sich ein Knoten in meiner Brust lösen.

»Ja, Annie.«

Sie haucht mir einen Kuss auf die Wange. Dann löst sie sich von mir und wandelt tänzerisch, wie beseelt durch den Garten.

»Was für eine wundervolle Nacht«, höre ich sie sagen.

Sie teilt die Zweige der Farne, die ihr bis zu den Schultern reichen, und ich schaue ihr nach.

Hinter ihrer weiß schimmernden Silhouette beginnt die schwarze Zone des Walds.

Ich weiß von den Tieren, die dort hausen. Ich kenne sie genau. Ihre Gewohnheiten sind mir vertraut.

Ich habe sie gejagt, ihnen Fallen gestellt. Ich habe sie erlegt und ausgeweidet. Ihre dampfenden Innereien troffen warm in meiner Hand.

Zuvor habe ich sie gequält. Mich an ihren Schreien erfreut.

Auch Menschen litten unter meiner Wut. Ich habe zwei Frauen getötet und erst kürzlich einen Mann.

Meine Scheren sind geschärft. Wie die Zähne des Wolfs.

»Mein Hass war grenzenlos, Annie, doch du hast mir verziehen.«

Beglückt lasse ich mich ins Gras fallen. »Annie«, seufze ich, »meine Annie.«

Plötzlich aber höre ich ihre Schritte nicht mehr. Ich richte mich auf. Die Farne sind niedergedrückt. Sie hat sich eine Schneise in den Wald gebahnt.

Annie ist fort.

Ich springe auf und renne los.

Ich hechte über den stachligen Zaun, der den Garten von den düsteren Gebieten abtrennt.

Ich brülle ihren Namen.

Nachtvögel flattern auf. Ihre garstigen Flügel streifen mein Gesicht.

Immer und immer wieder rufe ich nach meiner Schwester.

Doch sie ist mir entflohen.

Ihre Worte waren nichts als Lügen.

Ihr Kuss eine List, die mich betäubt hat.

Ich dürste nach Blut und wetze im Laufen meine Scheren.

Mit einem Schrei auf den Lippen wache ich auf.

Mein Herz rast.

Ich bin schweißgebadet. In meinem verletzten Arm scheint ein Feuer zu toben.

Ich habe eine Tablette eingenommen, muss davon eingeschlafen sein.

Aber ich muss wachsam bleiben.

Ein Pochen, Zerren, Schneiden auf der linken Seite, wo mich das Sägeblatt des Winkelschleifers traf.

Die Schmerzen sind kaum auszuhalten. Teile des Oberarmknochens sind abgesplittert, Sehnen und Nerven verletzt. Eine Operation war erforderlich. Und doch musste ich mich schon nach drei Tagen aus der Klinik davonstehlen, sonst wäre Annie in ihrem Verlies verhungert.

Ich schaffe es kaum, den Verband allein zu wechseln. Der Arm ist mit einer Schiene stabilisiert worden. Eigentlich muss er absolut ruhig gestellt sein. Jede Bewegung bereitet mir unendliche Qualen.

Mein Vorrat an Schmerzmitteln ist fast aufgebraucht. Ich weiß nicht, an welchen Arzt ich mich wenden soll. Schon in der Klinik haben sie mir unangenehme Fragen gestellt. Die Ärzte wollten mir nicht glauben, dass ich mich mit der Flex selbst verletzt habe. Nicht an dieser Stelle. Normalerweise werden bei derartigen Unfällen die Hand oder der Unterarm getroffen.

Zudem wunderten sie sich, dass ich mich erst so spät in die Notaufnahme habe bringen lassen. Der Blutverlust war enorm und hätte mich beinahe gekillt.

Ich behauptete, ich hätte mich furchtbar ungeschickt angestellt und wäre nach dem Unfall kurzzeitig ohnmächtig gewesen. Ihre Reaktion bestand aus ungläubigem Kopfschütteln, und ich musste befürchten, sie würden die Angelegenheit womöglich der Polizei melden.

Die Aussicht auf eine vollständige Heilung ist ungewiss. Eventuell kann ich meinen gelernten Beruf als Forstwirt nicht mehr ausüben. Bleibt der Arm lädiert, kann ich niemals wieder eine Motorsäge betätigen oder ein Gewehr anlegen. Dabei liebe ich meinen Job. Den ganzen Tag draußen im Wald zu sein ist eine der wenigen Freuden, die mir geblieben sind.

Ich schlucke eine weitere Tablette. Ich habe den Überblick verloren, wie viele es heute schon waren.

Völlig erschöpft liege ich auf dem Sofa im Wohnzimmer meiner kleinen Behausung mitten im Wald und starre durchs Fenster in die Dunkelheit hinaus. Es ist ein kühler, wolkenloser Abend.

Für gewöhnlich empfinde ich die Stille als wohltuend, jetzt aber lastet sie schwer auf mir. Ich zermartere mir das Hirn darüber, ob ich an diesem aufreibenden Tag nicht irgendeinen Fehler gemacht habe.

Der entsetzliche Vorfall mit dem Winkelschleifer ist kaum eine Woche her. Heute war ich zum ersten Mal wieder einigermaßen bei Kräften. Und sofort musste ich mich um viele Dinge kümmern. Am dringlichsten war es, zu meinem Elternhaus zu fahren, um nachzusehen, wer sich dort Zutritt verschafft haben könnte. Der Schock war groß, dass ich dabei gleich auf zwei Personen traf. Die junge Frau, die mir erst neulich entwischt ist und mich beinahe umgebracht hätte, zusammen mit einem männlichen Begleiter.

Der Mord an dem Mann musste sehr schnell gehen. Vielleicht wäre es besser gewesen, seine Leiche tiefer im Wald zu verscharren. Allerdings fehlte mir dafür die Zeit.

Nun muss ich mir die Frau vom Hals schaffen, die ich vorübergehend bei Annie unten im Keller eingesperrt habe. Ich würde damit gern noch ein wenig warten, bis ich mich von meiner Verletzung erholt habe. Ich will ausgeruht und fit dafür sein. Schließlich soll es mir Lust bereiten, sie zu töten.

Jedoch bin ich extrem unruhig. Ich weiß nicht, mit wie vielen Leuten die Frau bereits über den nächtlichen Vorfall in meinem Elternhaus geredet hat.

Ich könnte auffliegen. Allmählich scheint mir alles aus den Händen zu gleiten. Dabei ist es dringend notwendig, die Kontrolle zu behalten.

Was mich am meisten beschäftigt, ist die Frage, ob es nicht längst an der Zeit ist, auch Annie zu töten. Vermutlich war ich zu nachgiebig. Auf jeden Fall war es ein Riesenfehler, ihr den kurzen Aufenthalt in ihrem Zimmer zu gewähren.

Tagelang lag sie mir mit ihrem Wunsch in den Ohren. Anfangs habe ich noch kategorisch ausgeschlossen, ihn ihr jemals zu erfüllen. Es war zu gefährlich. Das Risiko, entdeckt zu werden, war immens.

Doch allmählich gefiel mir die Vorstellung, mit Annie gemeinsam heimzukehren. Und sei es nur für eine halbe Stunde. Sich dreißig Minuten lang der Illusion hinzugeben, Bruder und Schwester seien friedlich vereint im Haus ihrer Kindheit.

Diesmal jedoch unter anderen Voraussetzungen als damals. Ohne eine Mutter, die übergriffig wird, ohne einen Vater, der nichts dagegen unternimmt.

Nur ich und Annie, die plötzlich Verständnis für mich hat. Mich beachtet. Mir Aufmerksamkeit und Zuneigung schenkt. All das, wonach ich mich schon immer gesehnt habe.

In letzter Zeit habe ich mich allzu oft diesen Tagträumen überlassen. Zum Beispiel wenn ich sie aus dem Verlies führte, um mit ihr gemeinsam das Abendessen einzunehmen. Anfangs legte ich ihr zur Sicherheit noch die Handschellen an. Schließlich aber ließ ich es bleiben. Wenn wir dann zusammen bei Tisch saßen und uns anschauten, sie dankbar dafür, eine Weile nicht mehr in dem beengten Keller sein zu müssen, ich froh über ihre Anwesenheit, war es beinahe wie in einem Märchen aus uralten Zeiten.

Brüderlein und Schwesterlein allein in einem eigenen Zuhause im tiefen Wald, fernab von den bösen Eltern.

Manchmal wünschte ich mir, dass sie nach meiner Hand griff. Mich anlächelte. Gelegentlich stellte ich mir vor, wir könnten gemeinsam in einem Bett schlafen. So ließ ich von meinem ursprünglichen Plan, sie eines Tages zu töten, nach und nach ab. Stattdessen machte sich die Illusion in mir breit, Annie würde freiwillig bei mir leben. Mir gefiel der Gedanke, sie könnte ihre Selbstsucht aufgegeben und eingesehen haben, wie wertvoll ihr Bruder für sie ist. Ein liebevoller Mensch an ihrer Seite, der sie bewundert, dazu bereit, ihr jeden Wunsch von den Lippen abzulesen. Wie großartig, sich auszumalen, nicht mehr die Person im Hintergrund zu sein, von ihr mit Nichtachtung gestraft, sondern derjenige, dessen Wert sie endlich erkannt hat.

Süß ist die Hoffnung, Annie könnte dereinst in mir den Mann sehen, der ihr vollends genügt. Wir brauchen niemanden mehr an uns heranzulassen. Wir zwei sind uns in diesem einsamen Forsthaus im Wald Gesellschaft genug.

Beseelt von meinen Träumereien, gab ich schließlich nach, und so kam es zu der verhängnisvollen Nacht, da ich sie, mit den Handschellen an mich gekettet, in ihr altes Zimmer brachte. Für ein paar Minuten ließ ich sie frei, und sie konnte sich auf ihr Bett legen und hinauf zu den phosphoreszierenden Sternen an der Decke schauen.

Die Tür zum Zimmer meiner Kindheit ist mit einem Schrank versperrt, und Annie hat nichts dagegen unternommen. Auch sie wollte, dass nichts mehr in dem Haus an mich erinnert. Doch ich bin bereit, ihr zu vergeben, wenn sie mir sagt, dass sie mich liebt.

Kurzzeitig tauchen die Bilder aus meinem Traum auf. Annie und ich im mondhellen Garten. Die Wärme ihrer Hand. Die Zartheit ihres Kusses.

Die Tabletten machen mich schläfrig. Verlockend ist der Impuls, mich fallen zu lassen und aufzugeben.

Aber nein, ich muss stark bleiben. Und der Traum ist bloß ein Trugbild. Es gibt keine Erlösung.

Meine Mission ist noch längst nicht erfüllt.

Die Frau unten im Keller. Ich werde sie töten. Noch heute Nacht.

Und gleich danach ist Annie dran. Es ist Zeit für die Scheren.

Die Scheren sind die Zähne des Wolfs.

DREIUNDVIERZIG

Samstag. Später Nachmittag. Der Tamaskan Husky stöbert durch den Wald. Margot Weiler folgt ihm. Kaum nähert sie sich der Stelle, wo der Hund vor ein paar Tagen die Frau im roten Regenmantel aufgespürt hat, wird sie von einer diffusen Unruhe ergriffen.

Seit jenem Morgen kreisen ihre Gedanken nahezu unablässig um das seltsame Auftreten der verwirrten Person, die die Nacht hier draußen unter einem Laubhaufen verbracht hat – ihre Gedächtnislücken, die Angst vor der Polizei, das Blut in ihrem Gesicht und an der Kleidung. Nach wie vor ist Margot ein wenig verärgert darüber, dass sie trotz ihrer Hilfsbereitschaft von ihr bestohlen wurde. Und natürlich würde es sie interessieren, wohin diese Annie mit ihrem Geld verschwunden ist. Aus der Gegend von Blaubeuren kam sie wohl eher nicht.

Wer ist diese Frau? Was ist ihr zugestoßen? Woher kam sie? Und wo ist sie jetzt?

Wegen ihrer Schwierigkeiten, sich an irgendwelche Einzelheiten zu erinnern, konnte sie nicht gerade viel über sich preisgeben.

Und das lässt Margot Raum für Spekulationen. Wieder gerät sie ins Grübeln. Sie ertappt sich dabei, dass es sie noch häufiger als sonst mit ihrem Hund in den Wald zieht. Als sei die rätselhafte Frau noch immer hier.

Schlimmer sogar: Als befinde sie sich weiterhin in Gefahr.

Zuweilen kommt es Margot vor, als würde die fremde Frau ihr von irgendwoher zurufen: »Helfen Sie mir! Helfen Sie mir!«

Natürlich ist das nicht möglich. Es müssen ihre Nerven sein. Margot hat die Aufregung von Montagmorgen nur schwer verkraftet. Seitdem schläft sie schlecht. Auch ihr Hund Artur wirkt unruhiger als sonst.

Manchmal fragt sie sich, ob er womöglich, seinen tierischen Instinkten folgend, nach ihr sucht. Dann wieder ruft sie sich zur Ordnung. Am besten wäre es, den Vorfall zu vergessen.

Das ist auch der Rat ihrer besten Freundin Ludmilla, mit der sie täglich telefoniert. Selbstverständlich hat sie ihr von der Frau im roten Regenmantel erzählt. Keine Frage, dass auch Ludmilla besorgt war.

Nur mittlerweile versucht sie öfter das Thema zu wechseln, wenn Margot wieder von jenem Montag anfängt, da die ängstliche junge Frau im Wald ihren Hund für einen Wolf hielt.

Ihr würde es leichter fallen, großzügig über die Angelegenheit hinwegzusehen, wenn sie sich nicht ständig fragen müsste, was genau diese Annie zu ihr im Auto gesagt hat.

Es war eine beiläufige Bemerkung, kurz nachdem Margot ihr vorgeschlagen hatte, sich bei ihr zu Hause ein wenig aufzuwärmen.

Sie hatte ihr ihren Namen und das Alter genannt. *Annie. Ich heiße Annie. Ich bin dreißig Jahre alt.*

Offenbar alles, woran sie sich erinnern konnte.

Aber sie hatte noch etwas gesagt. Margot erinnert sich, dass sie kurz stutzig wurde.

Sie weiß noch, dass sie für einen Moment ziemlich bestürzt war. Annies Bemerkung hatte Angst bei ihr ausgelöst.

Für den Bruchteil einer Sekunde. Dann hatte sie sich wieder gefangen und die Sache als Unsinn abgetan.

War das eine Art Verdrängung? Was ist nur mit ihr los? Normalerweise müsste sie sich doch an Annies Wortlaut erinnern.

Leichte Vergesslichkeit. Keine Amnesie, nichts Dramatisches, jedenfalls nicht wie bei dieser jungen Frau.

Margot seufzt. Vermutlich bloß eine Alterserscheinung. Kein Grund zur Sorge. Irgendwann wird es ihr noch einfallen.

Artur blickt treuherzig zu ihr auf. Margot tätschelt seinen Kopf, dann stürmt der Tamaskan Husky weiter durch den Wald, das bunte Herbstlaub aufwirbelnd an diesem kühlen ersten Novembertag.

Gestern Nacht war Halloween. Auch vor Margots Tür haben kostümierte Kinder gestanden und »Süßes oder Saures« gerufen.

Abrupt bleibt sie stehen. Halloween. Hatte Annie womöglich darüber etwas gesagt?

Nein, unmöglich. Warum sollten sie denn über Halloween gesprochen haben?

Rasch geht sie weiter. Ihre Freundin Ludmilla hat recht. Diese Grübeleien tun ihr nicht gut. Sie sollte das Thema endlich abhaken.

Nach einem frühen Abendessen denkt sie jedoch noch immer darüber nach.

Annie. Ich heiße Annie. Ich bin dreißig Jahre alt.

Die Sätze hallen fortwährend durch ihren Kopf. Sie hat starkes Herzklopfen. Die Unruhe will nicht vergehen.

Der Hund blickt sie an und stellt die Ohren auf. Er scheint zu spüren, dass etwas mit ihr nicht stimmt.

»Weißt du, Artur«, sagt sie zu ihm, »ich werde langsam alt und vergesslich. Die junge Frau, die du im Wald aufgespürt hast, hat mir eine wichtige Information gegeben, die ihr vielleicht helfen könnte. Sie war doch so verzweifelt, wusste nicht, woher sie kam.«

Artur schaut. Ein kluger Hund. Aber natürlich kann er nicht antworten.

»Seit sie bei uns war«, murmelt Margot, »finde ich einfach keinen Frieden mehr.«

Plötzlich durchzuckt es sie. *Frieden.*
Annies Bemerkung hatte damit zu tun.
Frieden.
Moment.
Frieden?
Aber ja. Das ist es!
Mit einem Ruck fällt es ihr wieder ein.

Sie erhebt sich vom Sofa und atmet schwer. Der Tamaskan Husky bellt.

Aufgeregt sucht sie das schnurlose Telefon. Endlich findet sie es. Sie drückt eine Kurzwahltaste.

Ludmilla meldet sich erst nach dem zehnten Klingelton. Sie ist nicht mehr die Schnellste. »Hallo?«

»Ich bin es. Margot.«

»Was ist passiert? Du klingst ja ganz atemlos.«

»Die Frau in dem roten Regenmantel. Ich weiß jetzt, was sie zu mir gesagt hat.«

Ein leises Seufzen. »Wieder diese Geschichte. Margot, du steigerst dich in etwas hinein.«

»*Friedmann.* Sie sagte zu mir: ›*Annie. Ich heiße Annie Friedmann. Ich bin dreißig Jahre alt.*‹ Es ist mir unbegreiflich, wie ich das vergessen konnte. Vielleicht weil es ... mit ... mit einer furchtbaren Tragödie verbunden ist.«

Schweigen am anderen Ende der Leitung.

»Verstehst du denn nicht, Ludmilla? Sie hat mir auch ihren Nachnamen genannt. *Friedmann.* Nur ausgerechnet der ist mir entfallen.«

»Ja, aber das ist...«

»...sonderbar, nicht wahr? Die junge Frau, die vor einigen Jahren verschwand. Es war in einer Halloweennacht. Ihr Name war Annie Friedmann, dessen bin ich mir gewiss. Erinnerst du dich?«

»Ich weiß von dem Vorfall. Es stand in den Zeitungen.«

»Es war Stadtgespräch. Tagelang hat man nach der armen Frau gesucht. Vergeblich. Sie ist seit damals verschollen.«

»Und sie hieß wirklich...?«

»Friedmann, ja!«

»Und du meinst...?«

»Ich weiß nicht, aber... es wäre zumindest denkbar, dass sie nach all den Jahren...«

»...wieder aufgetaucht ist? Und sich an nichts mehr erinnern kann?«

»Sie stand unter Schock. Sie war... sie hatte Blut im Gesicht.«

Ein paar Sekunden vergehen. Schließlich sagt Ludmilla zögerlich: »Hör mal. Das muss nicht zwingend mit der Geschichte von damals zusammenhängen. Bei dem Namen bin ich mir jedenfalls nicht so sicher.«

Margot hält verwirrt inne. Sollte Ludmilla recht haben? Sind ihre Nerven womöglich überreizt? *Annie Friedmann.* War das nun der Name oder nicht? Jäh kommen ihr Zweifel. Vielleicht bringt sie ja wirklich einiges durcheinander.

Schließlich hat sie eine Idee. »Das Internet!«

»Was?«

»Heutzutage steht alles im Internet. Und du kennst dich

doch damit aus. Schau mal nach, bitte. Gib den Namen ein, und dann wissen wir mehr.«

»Na schön. Warte einen Moment.«

Margot vernimmt durch das Telefon Geräusche im Hintergrund. Sie stellt sich vor, wie Ludmilla, die ziemlich beleibt ist, sich behäbig an ihren altmodischen Schreibsekretär setzt und den Laptop hochfährt. Eine Technik, mit der sich Margot einfach nicht anfreunden kann.

Heute ist sie dankbar dafür, dass ihre Freundin weiß, wie man mal eben eine Online-Recherche tätigt.

Ungeduldig wartet sie ab, bis sich Ludmilla zurückmeldet. »Ich hab hier was gefunden.«

»Und?« Ihr Herz schlägt höher.

»Ein längerer Artikel über die Vermisstensache.«

Pause.

»Sag schon!«

Ludmillas Stimme klingt nun auch aufgeregt. »Du hast recht, Margot. Hier steht es: ›Annie Friedmann, 23 Jahre alt.‹ Das war… Moment… es ist sieben Jahre her… also müsste sie jetzt…«

»… dreißig sein. Das hat sie mir gesagt.«

»In dem Artikel wird sogar erwähnt, wo die Halloweenfeier stattfand. Die jungen Leute starteten eine Schnitzeljagd im Haus von Annie Friedmanns Eltern.« Wieder eine Pause. Leicht außer Atem fährt sie fort. »Großer Gott, und hier steht noch etwas.«

»Was?«

»Annie Friedmann trug in der Nacht ihres Verschwindens einen roten Regenmantel. Dieser wurde bei ihrer Freundin gefunden.«

»Sie ist es also!«

»Jonas Friedmann wird zitiert, ihr Vater.«

»Jonas Friedmann? Ist das nicht der Innenarchitekt?«
»Richtig. Ist ebenfalls in dem Eintrag vermerkt.«
»Die Friedmanns haben doch das schöne Haus da oben ...«
»... am Felsenlabyrinth«, ergänzt Ludmilla.
Margot überlegt nicht lange, dann sagt sie: »Ich fahre sofort dorthin.«
»Um Himmels willen, nein. Tu das nicht. Es ist schon dunkel draußen.«
»Aber was sollte mir denn zustoßen? Ich will doch nur mal an der Tür klingeln. Wenn jemand aus der Familie daheim ist, kann ich berichten, was ich gesehen habe.«
»Ist das vernünftig? Ich hab ein wenig Angst.«
»Ich muss mit jemandem sprechen, der dieser jungen Frau nahesteht. Das ist das Mindeste, was ich tun kann.«
»Du könntest auch die Polizei informieren.«
»Natürlich. Wenn ich niemanden antreffe.« Sie holt tief Luft. »Ich nehme Artur mit. Ich fahre gleich hin.«
Ludmilla hört sich wenig begeistert an. »Aber melde dich gleich wieder bei mir, wenn du zurück bist.«
»Mach ich, meine Liebe. Bis später.«
Sie drückt die rote Taste und holt ihren Mantel.
Artur springt freudig auf.
»Komm«, sagt sie zu ihm, »wir müssen noch mal raus.«

VIERUNDVIERZIG

Sie parkt ihren Wagen am Ende einer schmalen asphaltierten Straße, nimmt eine Stableuchte aus dem Handschuhfach und steigt aus. Sie lässt Artur heraus, verriegelt die Türen und knipst die Lampe an. Gemeinsam biegen sie in einen Wanderweg ein, der an Feldern vorbei auf den Wald zuführt.

Es ist einige Zeit her, dass Margot an dem Haus der Friedmanns vorbeikam. Es liegt so versteckt, dass sie sich nicht ganz sicher ist, ob sie es überhaupt findet.

Der Lichtkegel tanzt vor ihr auf dem Weg. Sie bemerkt, dass ihre Hand leicht zittert.

Woher ihre Unruhe? Sind das böse Vorahnungen? Was ist Annie Friedmann zugestoßen? Handelt es sich bei der verstörten jungen Frau tatsächlich um die seit Jahren vermisste Person?

Der Hund läuft eilig voran. Margot versucht, mit ihm Schritt zu halten. Sie ist kurzatmig, beginnt zu frösteln. Allmählich verlässt sie der Mut.

Sie erreichen ein Waldstück. Das Blätterdach ist dicht. Ihr ist, als würden sie von der Dunkelheit verschluckt werden. Sollten sie nicht lieber umkehren? Starr richtet sie den Blick auf den flackernden Schein ihrer Leuchte. Die Batterien sind schwach, sie hat sie schon lange nicht mehr benutzt.

Warum setzt sie sich eigentlich den Strapazen dieser fragwürdigen Unternehmung aus? Sie könnte den Samstagabend doch auch gemütlich vorm Fernseher verbringen. Ist ihr Leben vielleicht zu ereignisarm, dass sie sich wie Miss Marple in einen Fall einmischt, der sie letztlich nichts angeht? Wenn es denn überhaupt eine kriminelle Angelegenheit ist. Möglich, dass sie mit ihren Vermutungen völlig falschliegt. Fakt ist, dass ihr die junge Frau aus dem Wald irgendwie sympathisch war. Wahrscheinlich sah sie in ihr die Tochter, die sie nie hatte. Leider war es ihr nie vergönnt gewesen, Kinder zu kriegen.

Das Waldstück endet nach ein paar hundert Metern, und Margot kann wieder den Abendhimmel sehen. Sterne funkeln. Der Mond schimmert hinter Wolkenfetzen hervor. Sie spürt ihren Herzschlag, hart und schnell.

Als sie etwa zwanzig Minuten später am Wegesrand eine Eiche erblickt, die Äste hoch und weit, bleibt sie stehen. War es hier?

Auch der Hund hält inne.

Margot richtet den Strahl ihrer Taschenlampe auf den mächtigen Baum. Dabei fällt ihr das Gartentor auf. Offenbar ist sie am Ziel. Ihr Herz schlägt noch schneller.

»Komm«, sagt sie zu dem Hund.

Doch als sie vor dem Zaun angelangt ist und auf das Grundstück späht, beginnt sie zu zögern. Sie erkennt zwar die Umrisse des alten Bauernhauses, aber nirgendwo brennt ein Licht. Was, wenn niemand daheim ist?

Soll sie es dennoch auf einen Versuch ankommen lassen?

Auf einmal stellt der Tamaskan Husky die Ohren auf und knurrt. Gleich darauf bricht er in ein wildes Gebell aus.

»Was ist los, Artur? Ruhig, ganz ruhig!«

Er springt am Zaun hoch, dann läuft er aufgeregt auf und ab, weiterhin kläffend. Ohne länger darüber nachzudenken, öffnet Margot das Tor, und schon prescht der Hund an ihr vorbei und verschwindet bellend auf dem Grundstück.

Sie folgt ihm. Plötzlich ist er weg. Sie ruft nach ihm. Hört ihn nicht mehr. Nervös fuchtelt sie mit der Lampe herum und steuert auf das Haus zu.

Dunkel und drohend ragt es vor ihr auf. Sie nähert sich der Eingangstür. Ein messingfarbener Klingelknopf. Sie drückt ihn. Danach klopft sie an. Nichts rührt sich. Ängstlich leuchtet sie durch eines der Fenster im Erdgeschoss hinein. Da ist niemand.

Sie wendet sich von dem Gebäude ab und ruft erneut nach ihrem Hund.

Schließlich vernimmt sie schwach sein Gebell. Es scheint von der Rückseite des Hauses zu kommen. Margot leuchtet auf den Kiesweg und folgt ihrem Gehör.

Schließlich erreicht sie den Garten.

»Artur!«

Das Gebell dringt aus weiter Ferne zu ihr. Die Silhouetten einiger Obstbäume tauchen vor ihr auf, ihre Äste knarren im Wind. Margot tastet sich achtsam voran, um ja nicht zu stürzen. Sie erschrickt vor einer Schaukel, die in einem der Bäume hängt.

Jäh erkennt sie darauf eine Frau.

Sofort muss sie an Annie in dem roten Regenmantel denken. Ist sie das? Schon glaubt sie, ihre Stimme zu vernehmen.

Helfen Sie mir! Helfen Sie mir!

Doch es ist nur ein Schatten. Und die Stimme ist nichts weiter als der wispernde Wind.

Margot ringt nach Luft.

Eine Weile muss sie verschnaufen. Ihre Nerven haben ihr einen Streich gespielt.

Tapfer gibt sie sich einen Ruck und geht weiter. Wo ist der Hund? Was hat ihn so aufgebracht?

Nachdem sie den Obstgarten durchquert hat, sieht sie eine Scheune. Augenblicklich reißt der Himmel auf, fahles Licht fällt auf das spitze Dach.

Ein Windstoß, und das Hundegebell wird stärker.

»Hierher, Artur!«

Rasch verschwindet der Mond hinter den Wolkenschleiern, und wieder ist die Umgebung in Finsternis gehüllt.

Margot umklammert die Stableuchte fester.

Arturs Gekläffe ist immer deutlicher zu vernehmen. Sie beschleunigt ihre Schritte, passiert das Gebäude und steuert auf das unebene Gelände dahinter zu.

Da fällt der Schein ihrer Lampe auf den Hund.

»Artur, komm her!«

Er reagiert nicht.

»Bei Fuß!«

Er wendet nicht einmal den Kopf in ihre Richtung.

Etwas direkt vor ihm scheint ihn dermaßen zu irritieren, dass er unablässig anschlägt, heiser, kehlig, aufs Äußerste gespannt. Er scharrt heftig mit den Pfoten.

Margot nähert sich ihm, zittrig, schwer atmend.

Plötzlich fällt ihr Lichtstrahl auf etwas, das sich bewegt.

Was ist das? Sie traut ihren Augen nicht.

Es ist eine menschliche Hand, die aus dem Boden emporragt.

Margot stößt einen Schrei aus.

Der Hund bellt und bellt.

Für einen Moment wird ihr schwindlig.

Die Lampe entgleitet ihr, und sie sinkt auf die Knie.

Ihr Herz verkrampft sich. Hat sie den Verstand verloren? Das kann nur ein Trugbild sein.

Abermals stößt sie einen Schrei aus, als sich vor ihr ein Arm aus dem Erdreich streckt. Danach taucht ein Gesicht auf. Hohlwangig. Ein Augenpaar starrt sie aus dunklen Höhlen an.

Sie braucht einige Zeit, bis sie sich wieder halbwegs gefangen hat. Auf allen vieren kriecht sie auf die Gestalt zu.

Sie vernimmt ein leises Röcheln.

Das Gesicht des Mannes ist mit Erde und Blut verschmiert. Der Rest seines Körpers steckt tief im Acker.

Was ist das hier? Ein frisch zugeschaufeltes Grab?

Erneut ein schwaches Röcheln. Der Mann scheint mit dem Tod zu ringen.

Endlich schafft es Margot, sich aufzurappeln. Beherzt greift sie nach ihrem Handy und drückt die Notruftaste.

FÜNFUNDVIERZIG

Die Eisentür wird geöffnet, und Adam betritt das Verlies.
Rebecca weicht entsetzt vor ihm zurück. Ängstlich kauert sie sich neben ihrer Freundin auf dem Bett zusammen.
»Komm«, sagt er zu ihr.
Sie schnappt nach Luft und mustert ihn wie gelähmt. An ihm ist kaum eine Ähnlichkeit mit seiner Schwester auszumachen. Ein blasser Typ, das ungekämmte Haar von einem schmuddeligen Braun, die Augen beinahe farblos. Er wirkt abgekämpft, sein Gesicht verhärmt. Offenbar leidet er unter großen Schmerzen. Blutflecken sind durch den Verband an seinem linken Arm gesickert.
»Na los!«
»Adam«, sagt Annie mit schriller Stimme, »tu ihr nichts, bitte. Wir können doch ...«
»Sei still«, unterbricht er sie. Er wirft Rebecca einen kalten Blick zu. »Los jetzt.«
Sie versucht aufzustehen, doch ihre Beine gehorchen ihr nicht.
Er eilt auf sie zu, und sie rutscht vom Bett.
Wie aus weiter Ferne vernimmt sie, dass Annie verzweifelt auf ihren Bruder einredet. Adam aber lässt sich nicht erweichen. Er packt Rebecca mit seiner gesunden Hand und schleift sie aus dem Kellerverlies.
Mit der unversehrten Schulter schiebt er die Eisentür

hinter sich ins Schloss. Gedämpft sind Annies Schreie zu hören, während er Rebecca im Nebenraum auf eine Pritsche zerrt.

Ihr entsetzter Blick gleitet über einen Tisch, auf dem zahlreiche Scheren bereitliegen, drei Stricke und ein zu einem Knebel zusammengedrehtes Tuch.

Sie wimmert, während er sie brutal auf die Metallpritsche wirft. Danach zieht er einen Strick durch einen Eisenring, wirft ihre Arme nach hinten und fesselt ihre Handgelenke.

Anschließend schlingt er den zweiten Strick um ihr rechtes und den dritten um ihr linkes Fußgelenk. Er bindet ihre Beine an der Pritsche fest. Um die Hand seines verletzten Arms zu schonen, nimmt er beim Festzurren der Knoten die Zähne zu Hilfe.

»Nein«, schreit Rebecca, »hören Sie auf damit, ich flehe Sie an.«

Er aber zieht die Stricke gnadenlos fester.

Pausenlos stößt sie spitze Schreie aus. Sie hört, wie Annie nebenan mit den Fäusten gegen die Eisentür hämmert. Ihr Puls rast. Sie riecht ihren eigenen Angstschweiß.

Als er fertig ist, schaut er kühl lächelnd auf sie herab.

Sie brüllt, fleht um Gnade, doch er scheint es nur zu genießen. Schließlich versagt ihr die Stimme. Sie ringt nach Luft. Ihr Herz verkrampft sich.

Seine Blicke wandern gierig über ihren gefesselten Körper. Er scheint wild entschlossen zu sein.

Er nimmt eine Schere vom Tisch. Sie sieht aus wie ein Werkzeug aus einem Operationssaal.

Er beugt sich über sie und lässt dicht vor ihrem Gesicht die Klingen auf- und zuschnappen. »Wirst du still sein?«

Sie wimmert.

»Oder soll ich dich knebeln?«

»Bitte. Nicht. Lassen Sie mich gehen.«

»Wo willst du denn hin? Zu deinem Freund? Der ist tot. Ich hab ihn erstochen.«

Ihr Blick flackert. Ist das wahr? Ben ist nicht mehr am Leben? Abermals beginnt sie zu schreien.

Adam greift nach dem Knebel und stößt ihn ihr so tief in den Mund, dass sie würgen muss.

Danach schneidet er mit der Arztschere ihre Kleidung auf.

Nach dieser verstörenden Prozedur greift er zu einem anderen Werkzeug. Diesmal ist es eine lange und spitze Tapetenschere. Adam bewegt sich tänzelnd vor ihr, während er die Klingen schnappen lässt. Gelegentlich deutet er einen Stich an, den er knapp vor ihrem Körper abstoppt.

Dabei scheint er in Ekstase zu geraten. Er führt einen unheimlichen Scherentanz vor ihr auf.

Schnipp, schnipp, schnipp, schnapp, schnipp, schnipp, schnapp, schnapp.

Er wechselt die Scheren, präsentiert ihr nacheinander eine Zackenschere, eine Geflügelschere, eine Haushaltsschere und eine wuchtige Schneiderschere.

Schnapp, schnipp, schnipp, schnapp, schnapp.

Er führt ihr weitere Operationsscheren vor, eine grausamer und furchteinflößender als die andere.

Schnapp, schnipp, schnapp, schnapp, schnipp, schnipp.

Schließlich hat er eine Nagelschere in der Hand. Er lässt sie mit einem Grinsen vor ihren Augen kreisen.

Plötzlich zieht er sich einen Stuhl heran und berührt ihren linken Fuß. Rebecca versucht, sich aufzubäumen, doch die Stricke hindern sie daran.

In Panik erwartet sie den ersten schmerzhaften Stoß. Stattdessen beginnt Adam, ihr die Fußnägel zu schneiden. Er tut es gründlich und langsam. Dabei atmet er erregt. Sein Mund ist geöffnet.

Genüsslich bearbeitet er Zehennagel um Zehennagel, danach nimmt er sich ihren rechten Fuß vor.

Es dauert quälend lang, bis er damit fertig ist.

Er verrückt den Stuhl, setzt sich ans Kopfende der Pritsche und nimmt sich nun ihre Finger vor.

Danach schaut er sie an und lächelt schmal.

Er beugt sich über sie.

Sie hat seinen Atem auf ihrer Haut.

Verzweifelt zerrt sie an den Stricken. Sie wendet ihre letzten Kräfte auf. Dabei denkt sie an Ben.

Sie hätte ihm sagen sollen, wie sehr sie ihn liebt.

Nun ist es zu spät.

Durch den Knebel presst sie Laute hervor, während sie Adams kalte Hand auf ihrem Körper spürt. Trotz ihrer Fesseln versucht sie, sich auf die Seite zu drehen, weg von ihm. Unter Mühen gelingen ihr einige Bewegungen. Sie hebt das rechte Schulterblatt an, und der Strick schneidet sich noch tiefer in ihr Handgelenk.

Plötzlich lässt Adam von ihr ab.

Sie schlägt die Augen auf.

Er reißt ihr den Knebel aus dem Mund.

»Was soll das?« Er packt sie unter der rechten Achsel und berührt eine Stelle auf ihrer nackten Schulter.

Sie starrt ihn an.

»Sag schon. Was hat das zu bedeuten?«

»Ich verstehe nicht...« Stöhnend saugt sie Luft in ihre Lunge.

»Diese Tätowierung.«

Mit einiger Verzögerung begreift sie, was ihn irritiert.

»Warum trägst du das Tattoo meiner Schwester?«

Der Wolf. Sie hat sich das Motiv an der gleichen Stelle stechen lassen wie Annie.

»Antworte mir!«

SECHSUNDVIERZIG

Ihr Körper zuckt fortwährend. Sie ist voller Adrenalin. Ihre Haut ist mit Schweiß bedeckt.

Noch immer hat sie den Geschmack des Knebels im Mund. Das Atmen fällt ihr schwer.

Mit brüchiger Stimme fragt sie: »Hat sie Ihnen das denn nicht erzählt?«

»Nein.«

»Ich habe ihr nachgeeifert. Seitdem ich sie kenne, wollte ich so sein wie sie.«

»Du siehst ihr ähnlich.«

Sie spürt ihren rasenden Puls an den Schläfen. Unter Mühen sagt sie: »Ja, aber das ist nur zum Schein. Meine Haarfarbe ist nicht echt. Ich trage farbige Kontaktlinsen. Und mein Kleidungsstil ist dem von Annie nachempfunden. Stets war ich bemüht, ihr möglichst ähnlich zu sein.«

»Warum?«

»Weil ich sie schon immer bewundert und beneidet habe. Wenn ich mir nicht einbilden konnte, in ihrer Haut zu stecken, hab ich mich selbst gehasst.«

Sie bemerkt sein Zögern. Jeder Aufschub seines grausamen Tuns ist ihr nur recht, darum spricht sie rasch weiter.

»Zuvor war ich ein Nichts. Aber von dem Tag an, da ich mir selbst und meiner Umwelt vorgaukelte, ich sei Annie, war ich plötzlich beliebt und begehrt. Glauben Sie mir, ich war verrückt nach Ihrer Schwester. Ich sah in ihr einen Stern, der mich zum Leuchten bringen sollte. Ich wollte ihr ähnlich sein, mit ihr verschmelzen. Ich war besessen von ihr.«

Er runzelt die Stirn. Sie überlegt fieberhaft, wie sie ihn beeinflussen kann.

Und dann hat sie eine Eingebung: *Sei ein Chamäleon. Pass dich ihm an. Mach es so, wie du es bei Annie getan hast. Werde zu einem Abbild von ihm. Suggeriere ihm, dass er in seinem Wahnsinn nicht allein ist.*

Nach ein paar hektischen Atemzügen fährt sie fort. »Adam. Darf ich Du sagen? Du bist wie ich. Wir sind uns sehr ähnlich. Wir beide lieben Annie und hassen sie zugleich. Es hat uns nicht gutgetan, sie all die Jahre zu vergöttern. Uns blieb immer nur ein blasser Rest von ihrem Glanz. Was haben wir nicht für Anstrengungen unternommen, um bloß einen Hauch ihrer Aufmerksamkeit zu erhaschen. Stets waren wir von ihren Launen abhängig. In seltenen Momenten gewährte sie uns ein Lächeln, aber die meiste Zeit waren wir Luft für sie. Das ist quälend, und das haben wir nicht verdient. Ich habe lange gebraucht, um zu begreifen, dass es nur eine Lösung gibt. Man muss sich von ihr befreien. Und dabei sollte man zu drastischen Mitteln greifen.«

Er blickt sie schweigend an.

»Nach jener Halloweennacht hoffte ich, sie sei für immer aus meinem Leben verschwunden. Doch nun muss ich feststellen, dass sie hier unten in diesem Keller weiter existiert. Warum, Adam? Warum ist sie nicht längst tot? Ich hasse sie. Mittlerweile hasse ich sie mehr, als ich sie jemals geliebt habe. Denn sie verachtet uns. Selbst in einem Verlies schaut sie auf uns herab. Merkst du nicht, wie viel Macht sie noch immer auf uns ausübt? Warum hast du sie verschont, Adam?«

Er hebt das Kinn. »Sie ist als Nächste dran.«

»Bist du dir sicher?«
Er antwortet nicht.
»Sie manipuliert dich. Sie wird dafür sorgen, dass du es weiter hinauszögerst. Annie verblendet uns.«
»Sie ist selbstsüchtig.«
»Ja, das ist sie.«
»Selbstsüchtig und eingebildet.«
»Ganz genau.«
»Sie glaubt, sie kann sich alles erlauben. Immerzu stand sie im Mittelpunkt. Nur für ihren Bruder hat sie nie etwas übriggehabt. Nicht einmal, als mich meine Eltern verstoßen haben, stand sie mir bei. Sie hat sich überhaupt nicht dafür interessiert, was für furchtbare Dinge in dieser Familie vorgefallen sind. Sie denkt nur an sich selbst.«
Rebecca pflichtet ihm bei. »Ihr Egoismus ist grenzenlos. Und sie genießt es, andere bloßzustellen. Zu Halloween hat sie mich vor ihren Freunden gedemütigt. Anfangs hat es ihr geschmeichelt, wie ich sie verehrt hab. Ich war ihre kleine hässliche Begleiterin, die ihr schmachtende Blicke zuwarf. Und dann, als die anderen kamen, war es ihr eine Freude, mich öffentlich vorzuführen.«
»Ich habe ganz ähnliche Erfahrungen gemacht.«
»Das kann ich mir gut vorstellen, Adam. Du warst bestimmt das schwächste Glied in der Familie.«
Er nickt betreten.
»Sie hat sich als aufreizendes Rotkäppchen verkleidet, während ich die unansehnliche Fledermaus sein sollte.«
»Mich hat sie nicht ein Mal eingeladen. In all den Jahren nicht. Bei keiner Halloweenfeier war ich dabei. Nicht ein einziges Mal.«
»Das ist unglaublich. Bis vor Kurzem wusste ich gar nicht, dass sie einen Bruder hat.«

»Sie tut nur so charmant. In Wahrheit ist sie bösartig.«

»Ja.«

»Sie hat dich benutzt. Du warst die unscheinbare Freundin, die sie nach Belieben herumschubsen konnte.«

»Genau. Ich war ein willkommenes Opfer für sie. Sie wusste, dass ich ihr niemals die Show stehlen würde. Und meine Bewunderung für sie konnte innerhalb von Sekunden in Hass umschlagen. Denn sie hat meine Liebe nie erwidert. Irgendwann wurde mir klar, dass ich mich von ihr befreien muss. Ich hätte sie in jener Halloweennacht umbringen sollen. Doch ich hab es einfach nicht fertiggebracht.«

»Weil du sie trotz allem liebst.«

»Ja, und das macht mich verrückt.«

Abermals nickt er ihr zu.

»Ich wünschte«, sagt Rebecca atemlos, »sie hätte sich bei ihrem Sturz das Genick gebrochen. Aber nein, Annie ist seit ihrer Geburt vom Glück begünstigt. Sie fällt weich und steht wieder auf. Und mich lässt sie mit Schuldgefühlen zurück.«

»Sie schafft es, dass ich mich in ihrer Gegenwart schlecht fühle.«

»Ja, Adam. Und darum musst du einen klaren Schnitt machen. Andernfalls kommst du nie von ihr los.«

Er holt tief Luft. »Ich Idiot erfülle auch noch ihre Wünsche. Wie konnte ich sie nur ins Freie führen. Sie nach Hause begleiten in ihr hübsches Zimmer. In ein Haus, in dem nichts mehr an mich erinnern soll.«

Rebecca wittert eine minimale Überlebenschance. Wenn es ihr nur gelingt, weiter auf ihn einzureden.

»Wir sind uns wirklich sehr ähnlich, Adam. Wir schaffen es einfach nicht, Annie aus unseren Gedanken zu streichen. Hast du dich eigentlich gefragt, warum ich neulich Nacht in dem Haus war?«

»Warum?«

»Ich wollte mich der Illusion hingeben, wieder in ihrer Nähe zu sein. Mich mit ihren Kleidern schmücken und in ihrem Spiegel betrachten, in der Hoffnung, dass ein wenig Glanz von ihr auf mich abfällt. Ist das nicht jämmerlich? Siehst du nicht, wie abhängig wir von ihr sind? Selbst wenn sie gar nicht im Raum ist, übt sie ihren Einfluss auf uns aus. Sie beherrscht uns. Das muss aufhören.«

Sie kann ihm ansehen, welche Wirkung ihre Worte auf ihn haben. Offenbar hat sie ins Schwarze getroffen.

Unter Hochdruck spricht sie weiter. »Du warst wieder der fügsame Bruder, als du sie dorthin geführt hast. Sie hat das schönste Zimmer. Dir blieb bloß eine Kammer, die jetzt verrammelt ist. Ihr hat man das Haus vermacht, du wurdest verstoßen. Sie hat ein eigenes Pferd, das noch immer im Stall auf sie wartet. Und was hast du? Nichts als deine Verehrung für sie. All die Jahre hast du es nicht übers Herz gebracht, sie zu töten, oder? Immer wieder hast du die Entscheidung aufgeschoben. Und vermutlich wirst du es weiterhin tun. Doch irgendwann, das prophezeie ich dir, wird sie die Oberhand gewinnen, und dann sperrt sie dich in den Keller ein. Soll es so weit kommen?«

Es zuckt um seine Mundwinkel.

»Du hast dich unnötig erweichen lassen.« Sie zerrt an ihren Fesseln. »Lass mich dir helfen. Lass sie uns gemeinsam töten. Und zwar jetzt.«

Gespannt wartet sie seine Reaktion ab. Doch er verzieht keine Miene.

Ihr Herz pocht wie wild.

Plötzlich sagt er leise. »Das ist ein Trick von dir. Für wie bescheuert hältst du mich eigentlich?«

Sie stöhnt auf. »Nicht doch, Adam. Mich sollst du auch

töten. Ich bitte dich sogar darum. Aber tu es erst, wenn du sie erledigt hast.«

Er verengt die Augen zu Schlitzen.

Die Sekunden verstreichen. Sie hat große Angst, dass er sie durchschaut.

Doch auf einmal lächelt er. »Eine Schülerin wie dich habe ich mir schon immer gewünscht. Eine, die gehorsam ist.«

»Dann lass mich dir helfen.«

Er atmet heftig.

»Begreifst du denn nicht? Es war Bestimmung, dass wir uns in deinem Elternhaus begegnet sind. Zu dumm, dass ich dir dabei beinahe den Arm abgetrennt habe. Es traf den Falschen. Annie sollte das Opfer sein.«

Er lacht auf. »Du bist herrlich verrückt.«

»Wir sind seelenverwandt.«

»Sind wir das?«

»Ja. Wir machen sie gemeinsam fertig.«

»Eine Blutorgie zu dritt?«

»Ganz genau.«

Sie starrt ihn an, atmet tief durch.

Noch zögert er.

Doch kurz darauf wirft er lachend den Kopf zurück. »Also schön.«

Sie atmet auf.

Er nimmt ein Paar Handschellen von einem Regal. »Aber du wirst dabei angekettet sein. Glaub ja nicht, dass du mich reinlegen kannst.«

SIEBENUNDVIERZIG

Er löst ihre Stricke, legt ihr die Handschellen um und fesselt sie damit an ein Heizungsrohr. Danach öffnet er die Eisentür.

Kurz darauf führt er Annie herein.

Sie ist bleich. Ihre Augen sind vor Angst geweitet.

Sie sagt kein Wort.

Zitternd muss Rebecca mit ansehen, wie Adam seine Schwester auf die Pritsche zwingt und nun sie an ihrer Stelle mit den Stricken an den Eisenringen festbindet, die Arme weit nach hinten gestreckt.

Auch bei ihr zieht er trotz seiner Armverletzung die Knoten überaus gründlich zu und nimmt dabei abermals die Zähne zu Hilfe.

Als er fertig ist, schiebt er den Tisch mit den Scheren außer Reichweite.

Dann öffnet er Rebeccas Handschellen, kettet sie an seinen gesunden Arm und führt sie zu Annie.

»Deine Freundin hier«, sagt er, »möchte, dass du zuerst stirbst. Zuvor aber will sie dich ein wenig quälen.« Er lacht leise auf. »Ich bin durchaus damit einverstanden. Ich glaube, sie ist ein ziemlich verrücktes Luder. Das wird Spaß machen.«

Annies Mund öffnet sich zu einem Stöhnen. »Adam. Tu das nicht.«

»Bedank dich bei ihr. Sie ist scharf darauf, dir Schmerzen zuzufügen.« Wieder stößt er ein Lachen aus.

Er öffnet seinen Teil der Handschellen, streift sie sich ab, stößt Rebecca auf die Knie und kettet sie ans Fußteil der im Boden verankerten Pritsche.

Sie hat nur einen Arm frei.

Auch an den Tisch mit den Scheren kommt sie nicht heran.

Adam scheint nicht das geringste Risiko eingehen zu wollen.

Er wählt eine Operationsschere aus, reicht sie ihr und tritt mehrere Schritte zurück.

»Keine Tricks, sonst bist du dran.«

Rebecca versucht, Annies Blicke auf sich zu ziehen. So möchte sie stumm ihr Vorhaben signalisieren, Adam irgendwie zu überlisten. Doch ihre Freundin hat die Augen geschlossen. Sie atmet stoßweise. Es ist mehr ein Hecheln, als würde sie jeden Moment kollabieren.

Rebecca hat nicht damit gerechnet, dass sich Adam so weit von ihr entfernt. Offenbar ist er extrem misstrauisch, was ihre wahren Motive anbelangt.

Die Schere in der freien Hand überlegt sie fieberhaft, wie sie ihn damit angreifen soll.

Doch auf die Knie gezwungen und an die Pritsche gekettet, hat sie wenig Bewegungsspielraum.

»Schneid ihr die Klamotten auf«, sagt er.

Rebecca zögert.

»Na los. Fang an.«

Annie schnappt nach Luft.

Erneut sucht Rebecca verzweifelt Blickkontakt mit ihr, jedoch vergeblich. Annie keucht heftig, die Augen nun starr an die Decke gerichtet.

Es hilft alles nichts. Sie muss sich zum Schein auf das grausame Spiel einlassen und auf eine günstige Gelegenheit hoffen, bei der sie Adam mit der Schere attackieren kann.

Also beginnt sie vorsichtig, Annies Hosenbeine aufzutrennen.

»Auch das Oberteil«, befiehlt er.

In ihrer angestrengten Haltung auf den Knien, unten am Fußteil der Pritsche, muss sie sich dafür weit vorstrecken. Die Schere reicht nur knapp bis über Annies Bauchnabel.

»Mach weiter!«

Sie tut es.

»Sehr gut. Hast du Spaß?«

»Ja«, lügt sie.

»Klingt nicht überzeugend. Willst du es wirklich?«

Sie schluckt. »Klar doch.«

»Gut. Dann lass sie jetzt bluten.«

Entsetzt blickt sie auf Annies halb nackten Körper.

»Na los!«, ruft Adam.

Sie ist wie gelähmt. Was soll sie nur tun?

Adam spricht weiter auf sie ein. Annie scheint gegen eine Ohnmacht anzukämpfen.

In Rebeccas Kopf ist Leere.

Sie hält die Schere zitternd in der Hand.

»Worauf wartest du noch?«

Ihr bleibt keine andere Wahl.

»Zustechen!«, ruft Adam.

Annie hebt den Kopf. Endlich treffen sich ihre Blicke.

Ein letztes Blinzeln, dann holt Rebecca aus.

Ein Röcheln, und Annies Kopf sinkt zurück.

ACHTUNDVIERZIG

Ihre Nerven sind zum Zerreißen gespannt. Das Blut tost in ihren Ohren, während sie auf ihre reglose Freundin starrt. Schließlich sagt sie kaum hörbar: »Sie ist tot.«
»Was?«
»Sie hat keinen Puls mehr.«
»Das ist nicht möglich. Du hast doch gar nicht richtig zugestochen.«
»Sie ist vorher kollabiert.«
»Blödsinn.«
»Es ist wahr.«
Er atmet in ihrem Rücken. »Mach mir nichts vor.«
»Doch, Adam.« Ihre Stimme kippt. »Sie lebt nicht mehr.«
»Ich glaub dir kein Wort.«
»Annie ist tot.«
Schritte hinter ihr. Sie umklammert die Schere.
Ihr bleibt nur eine Sekunde.
Schon steht er vor der Pritsche. Er beugt sich über seine Schwester. Ihre Augen sind geschlossen.
»Annie?«
Keine Reaktion.
Er streckt die Hand aus, um ihren Puls zu fühlen.
Jetzt!
Blitzartig schnellt Rebecca vor. Ein spitzer Schrei.
Mit aller Kraft sticht sie zu.
Adam gibt einen keuchenden Laut von sich.

Blut spritzt. Sprudelnd stößt es aus ihm hervor.
Er taumelt.
Lähmende Sekunden, in denen er sie anstarrt.
Dann sinkt er zu Boden.
Die Schere steckt tief in seinem Hals.

Annie schlägt die Augen auf.
Gemeinsam starren sie auf Adam hinab. Ströme von Blut. Eine Lache, die sich stetig vergrößert. Rebeccas Knie werden von ihr benetzt.
Er kämpft. Zuckt.
Mehr und mehr Blut quillt aus seiner Wunde hervor.
Seine Augen brechen. Er rührt sich nicht mehr.
Stille.
Annie findet als Erste ihre Sprache wieder. »Du hast es geschafft«, murmelt sie.
Rebecca atmet schwer.
»Er ist... er ist nicht mehr... wir können... Rebecca, du bist...«
»Großer Gott...«
»Danke, Rebecca, du hast ihn...«
Sie würgt.
»Für einen Moment hab ich geglaubt, du wolltest mich wirklich erstechen!«
Sie unterdrückt einen Brechreiz.
»Du bist umwerfend, ich weiß nicht, wie ich...«
Bitterer Gallensaft schießt ihre Kehle hoch.
»Schneid mich los, schnell. Wir müssen hier raus.«
Sie schluckt, blickt auf die Schere. Sie muss sie herausziehen. Doch ihr fehlt die Kraft. Ihre Glieder sind mit einem Mal wie taub.
Annie sagt etwas, das sie nicht versteht.

Sekundenlang ist ihr schwarz vor Augen.

»Bleib bei mir! Nicht aufgeben!«

Sie keucht. Schüttelt sich. Die Schere. So tief in ihm. Sie kann nicht glauben, wie sie das geschafft hat.

Ihr ist schwindlig. Ihr Kopf sinkt auf die Brust.

»Becca, nicht!«

Sie will sich mit der freien Hand am Boden abstützen, aber da ist überall Blut.

»Zieh die Schere raus, bitte. Schneid meine Fesseln auf, dann kann ich dir helfen.«

Nach einer Weile nickt sie ihrer Freundin tapfer zu. Nun ist sie wieder ganz bei sich. Ihre Hand nähert sich Adams Leichnam. Es gibt ein hässliches, schmatzendes Geräusch, als sie die Schere aus seinem Hals herauszieht.

Sie streift das Blut an seiner Kleidung ab.

»Gut so, Rebecca. Du bist großartig. Du hast uns beiden das Leben gerettet.«

Wortlos schneidet sie die Stricke an Annies Fußgelenken auf.

»Danke. Und jetzt meine Hände.«

Rebecca streckt sich. Zerrt an der Handschelle, mit der sie an die Pritsche gekettet ist.

»Ich komme nicht ran.«

»Versuch es.«

Sie reckt sich, so weit es geht.

Doch da Annies Arme nach hinten gestreckt, ihre Hände an die Eisenringe an der Wand gefesselt sind, ist die Entfernung für sie am anderen Ende der Pritsche zu groß.

»Unmöglich«, murmelt Rebecca, »ich schaffe es nicht.«

Sie gibt auf. Hilflos blicken sie sich an.

»Der Schlüssel für die Handschellen«, sagt Annie. »Wo ist der?«

Es kostet Rebecca einige Überwindung, bis sie die Hosentaschen des Toten durchsuchen kann.

»Hier sind sie nicht.«

Sie blickt sich suchend im Keller um. Wo hat Adam den Schlüssel gelassen? Schließlich entdeckt sie ihn auf dem Tisch. »Da ist er.«

»Kommst du ran?«

»Nein. Er ist zu weit weg.«

Abermals tauschen sie verzweifelte Blicke.

»Annie«, sagt Rebecca mit dünner Stimme, »was sollen wir jetzt tun?«

Ihre Freundin schweigt.

»Lass dir was einfallen, bitte.«

Annie zerrt an ihren Fesseln. »Ich weiß nicht ... wir können doch nicht ...«

»Wir werden hier unten elendig verhungern.«

»Nein!«

Rebecca greift zu der Schere und streckt sich erneut. Doch sosehr sie sich auch bemüht, sie reicht aus ihrer Position mit der Schere nicht an Annies Fesseln heran.

»Du musst die Handschellen aufbrechen«, sagt ihre Freundin. »Nimm die Spitze der Schere dazu.«

»Okay.«

Rebecca verändert ihre Haltung und atmet tief durch. Zittrig, auf Knien, halb benommen in der Blutlache des Toten, führt sie die Scherenspitze in das Schloss der Handschellen ein.

Sie unternimmt mehrere Versuche. Vergeblich.

»Es geht nicht.«

»Lass dir Zeit.«

Sie bebt am ganzen Körper.

»Ganz ruhig, Becca, du schaffst es.«

Fahrig stochert sie mit der Schere in dem winzigen Schließmechanismus herum.

»Und?«, fragt Annie einige Zeit später.

Rebecca schluchzt erschöpft auf.

»Ruh dich für einen Moment aus.«

Sie lässt ihren freien Arm sinken, legt die Schere weg und schüttelt ihr Handgelenk aus. Sie versucht, gleichmäßig zu atmen. Aber ihr ist so übel. Es riecht kupfrig nach Blut. Unwillkürlich fällt ihr Blick auf den Leichnam, seine starren Augen, die klaffende Wunde am Hals, und ihr Zittern verstärkt sich.

»Mach dir keine Sorgen«, redet Annie auf sie ein, »du hast einen Schock, der geht gleich vorüber. Das ist überhaupt kein Problem. Das Zittern wird vergehen. Du schaffst es. Denk an etwas Schönes, ja?«

Angestrengt denkt sie an Ben. Aber die schöne Zeit mit ihm ist wohl nun vorbei. Adam hat gesagt, dass er ihn umgebracht hat. Und warum sollte das nicht der Wahrheit entsprechen?

Ihre Muskulatur verkrampft sich. Sie stößt ein leises Wimmern aus.

»Ruhig, Becca, ganz ruhig.«

Die Minuten verstreichen. Schließlich versucht sie es erneut. Sie konzentriert sich ganz auf den Schließmechanismus.

Mit der Scherenspitze berührt sie die winzigen Stifte im Innern des Schlosses. Ihr Handgelenk schmerzt. Schweiß tropft von ihrer Stirn.

Nichts geschieht.

Ihr schießen Tränen in die Augen.

»Becca?«, fragt Annie leise.

Die Schere gleitet aus ihrer Hand. »Und wenn wir laut um Hilfe schreien?«

»Niemand wird uns hören.«

»Dann ist es mit uns vorbei. Wir werden hier unten sterben.«

»Sag das nicht. Du bist stark, Rebecca, unendlich stark. Dir ist es gelungen, Adam zu überwinden. Also wirst du auch dieses Schloss knacken können.«

»Meinst du wirklich?«

»Du musst nur daran glauben.«

»Also gut.«

»Sammle deine Kräfte.«

»Ja.«

»Tief einatmen.«

Sie tut es.

»Zähle bis zwanzig. Dann bist du bereit.«

Sie nickt. Zählt lautlos.

Danach reibt sie den Schweiß von ihrer Hand, nimmt die Schere und führt die Spitze erneut ins Schloss ein.

Sie schließt die Augen, stellt sich die Stifte im Innern vor.

Die Zeit vergeht. Eine Stunde. Vielleicht auch mehr.

Rebecca ist hoch konzentriert.

Sie hat nur noch ein Ziel vor Augen: *Ich werde Annie retten. Ich werde meine geliebte Freundin befreien.*

Plötzlich klickt es.

Und das Schloss springt auf.

EPILOG

Ein Jahr später

Beim Versuch, die Wohnungstür aufzuschließen, fällt ihm der Schlüssel aus der Hand. Ben flucht. Sich zu bücken ist die größte Herausforderung für ihn. Er holt tief Luft, dann versucht er es. Klammert sich mit der Rechten an seinem Gehstock fest, während er die Linke zum Boden ausstreckt. Die Schmerzen schießen ihm wie Messerstiche in den Rücken.

Er keucht, richtet sich ein wenig auf. Wartet ab. Dann startet er einen neuen Versuch.

Angestrengt fingert er nach dem Schlüsselbund. Als er ihn endlich greifen kann, steht ihm vor Erschöpfung der Schweiß auf der Stirn.

Im Innern der Wohnung angelangt, legt er seine Umhängetasche ab und schlüpft unter Mühen aus seiner Jacke. Den Stock lehnt er an die Wand. Er hat sich fest vorgenommen, zu Hause ohne ihn auszukommen. Sein Physiotherapeut lobt ihn dafür. Es sei wichtig, sich stets neue Ziele zu setzen.

Ob er sein rechtes Bein jemals wieder richtig bewegen kann, ist ungewiss. Nach Aussage der Ärzte hat Ben trotz allem enormes Glück gehabt. Bei einer massiven Rückenmarksverletzung hätte ihm eine Querschnittslähmung gedroht. Angeblich trennten ihn nur wenige Millimeter von diesem Schicksal.

In der Küche trinkt er ein Glas Wasser. Danach inspiziert er den Kühlschrank. Eigentlich hat er keinen Hunger, aber während seines langen Klinikaufenthalts hat er zehn Pfund abgenommen. Er muss sich regelrecht zum Essen zwingen.

Er brät sich zwei Spiegeleier, setzt sich an den Tisch, tunkt Toastbrot in das Eigelb und verspeist die Mahlzeit mit wenig Appetit.

Seufzend schaut er auf die Uhr. Es ist gerade mal Viertel nach zwei. Wegen seiner Rückenschmerzen schafft er es nur halbtags ins Büro. Er verspürt das dringende Bedürfnis, sich hinzulegen. Andererseits schämt er sich dafür, da es noch so früh ist.

Ben hasst es, das Leben eines Invaliden führen zu müssen. Positiv denken, ermahnt er sich. Und er beschließt, am nächsten Tag fünf Minuten länger im Büro zu bleiben. Dann zehn, dann fünfzehn Minuten, bis er sich wieder an das volle Pensum gewöhnt hat.

Langsam erhebt er sich und hinkt durch den Flur. Als er sich im Schlafzimmer auf dem Bett ausstreckt, atmet er auf. Allmählich entspannt sich seine Muskulatur.

Er nimmt die Halskette mit dem Rubin vom Nachttisch und lässt sie durch seine Hand gleiten.

Das beruhigt ihn.

Bald darauf fallen ihm die Augen zu, und er schläft ein.

Der Albtraum, der ihm die Luft zum Atmen nimmt, läuft nach dem gewohnten Muster ab. Er liegt reglos auf dem Rücken und starrt in den Himmel hinauf. Erdbrocken stürzen auf ihn herab, es werden mehr und mehr. Danach ist alles finster. Er spürt ein zentnerschweres Gewicht auf seiner Brust. In Todesangst beginnt er zu graben. Seine Hände stoßen durch das Erdreich. An den Fingerspitzen kann er die kühle Nachtluft spüren. Doch sein Kopf steckt noch tief im Erdreich. Er zählt die Sekunden. Seine Lunge giert nach Sauerstoff. Sein Schädel scheint zu platzen. Die Hände suchen nach Halt, doch er schafft es nicht hinaus.

Sein Herz rast. Erschrocken blickt er sich im halbdunklen Zimmer um. Offenbar hat er bis zum Abend geschlafen.

Den Rubin hält er noch in der Hand.

»Ich bin am Leben«, sagt er leise zu sich selbst. »Ich habe es geschafft.«

Doch Nacht für Nacht, und sogar während er sich tagsüber hinlegt, verfolgen ihn die Träume von der Grube.

Als er in der Klinik nach drei Tagen aus dem künstlichen Koma geholt wurde und er wieder ansprechbar war, fragte er eine Krankenschwester nach dem Wolf, der ihn aufgespürt hatte.

Die Schwester blickte ihn irritiert an. »Ein Wolf?«

Erst nach und nach begriff er, dass es ein Hund gewesen war. Der Tamaskan Husky einer älteren Dame hatte ihn gefunden. Bens Überlebenswille schien grenzenlos gewesen zu sein. Andernfalls hätte er es mit seinen schweren Verletzungen niemals aus seinem Grab geschafft.

Seitdem ist er jeden Tag dankbar dafür, dass er am Leben sein darf.

»Sie sind ein Glückspilz«, hat der behandelnde Arzt zu ihm gesagt.

Sein größtes Glück aber begegnete ihm Tage nach seiner wundersamen Rettung.

Ben dämmert eine Weile vor sich hin, bis er ein Geräusch an der Tür hört.

Er hält die Augen geschlossen.

Schritte nähern sich.

Dann beugt sich jemand über ihn.

»Ben, Liebling, wie geht es dir?«

Er schlägt die Augen auf. Ihr schimmerndes Haar, das sanfte Lächeln. Es durchströmt ihn warm, wenn er sie bloß anblickt.

»Ganz gut«, sagt er.

»Hattest du Schmerzen?«

»Nicht der Rede wert.«

»Du bist so tapfer.«

»Du aber auch.«

Sie küsst ihn. Er setzt sich auf.

»Hast du schon gegessen?«, fragt sie.

»Nur eine Kleinigkeit.«

Während sie in der Küche gemeinsam das Abendessen zubereiten, erkundigt er sich nach ihrem Tag in der Kunsthochschule.

»Es war einfach wunderbar«, sagt sie. »Es tut so gut, wieder zu studieren.«

Aufgeregt berichtet sie ihm von ihren Seminaren.

»Wenn alles klappt, bin ich in vier Jahren fertig. Dann bin ich Mitte dreißig. Meinst du, ich habe dann noch Chancen auf dem Arbeitsmarkt?«

»Natürlich.«

Er schenkt den Wein ein und hebt sein Glas. »Auf dich. Und darauf, dass du alles nachholen kannst, was du versäumen musstest.«

»Auf deine Genesung, Ben.«

Sie stoßen an, trinken und genießen ihr Essen bei Kerzenschein.

Mit ernster Stimme erzählt sie, wie die heutige Sitzung bei ihrem Therapeuten verlaufen ist. Dreimal in der Woche geht sie zu ihm. »Ich habe noch unendlich viel aufzuarbeiten.«

»Fällt es dir schwer?«

»Natürlich. Am liebsten würde ich einen Schlussstrich unter die Vergangenheit ziehen. Aber so einfach ist das nicht.«

»Es ist sehr mutig, dass du dich all dem stellst.«

»Wie ist es bei dir? Hast du noch immer diese Albträume?«

»Ich komme klar.«

»Ben. Versprichst du mir eines?«

»Was?«

»Dass du mir immer sagst, wenn dich etwas bedrückt?«

»Das will ich, ja.«

»Heute wirkst du auf mich sehr nachdenklich. Was beschäftigt dich?«

»Nur das Übliche.«

»Und das wäre?«

»Ich kann mein Glück nicht fassen. Manchmal ist mir, als würde ich träumen. Dann muss ich mich kneifen, um mich zu überzeugen, dass ich nicht mehr in dieser Grube bin. Oder in der Klinik liege, betäubt, im künstlichen Koma, kurz davor aufzuwachen, allein, als einziger Überlebender. Ich schaue dich an und frage mich: Bist du es wirklich? Oder bist du nur ein Trugbild? Fantasiere ich etwa, dass ich mit dir hier am Tisch sitze, mit dir zusammen bin und später in deinen Armen liegen darf?«

Sie nimmt seine Hand und drückt sie. »Es ist real, Ben. Wir sind am Leben. Und jeder Tag ist ein Geschenk.«

»Ja.«

Sie mustert ihn. Für einen Moment überlegt er, ob er ihr von dem sonderbaren Anruf erzählen soll, den er im Büro erhalten hat. Doch aus verschiedenen Gründen lässt er es bleiben.

Erneut hebt er sein Glas und prostet ihr zu. »Auf dich. Und auf die Wirklichkeit.«

Es ist tief in der Nacht. Sie schläft neben ihm, doch Ben findet keine Ruhe. Im halbdunklen Zimmer betrachtet er sie.

Sie ist so wunderschön.

Er kann es kaum fassen, dass diese Frau zu ihm gefunden hat.

Ein paar Tage nachdem er wieder bei Bewusstsein war, saß sie plötzlich an seinem Krankenbett. Zunächst hatte er sie verwechselt.

»Nein, ich bin nicht Rebecca«, sagte sie zu ihm.

Da erst bemerkte er seinen Irrtum.

»Annie? Annie Friedmann?«

»Ja.«

»Sie sind es wirklich?«

Sie nickte.

»Verzeihen Sie, ich... ich bin ein wenig durcheinander... Rebecca war doch eben erst hier... sie ist... sie hat...«

Sie drückte seine Hand. »Es geht ihr gut. Wir haben es durchgestanden.«

Natürlich, durchfuhr es ihn, Rebecca ist ja in Wahrheit aschblond, und ihre Augen sind nicht grünblau, sondern grau. Es fiel ihm schwer, sich an diesen Umstand zu gewöhnen. Er war zum Opfer einer Täuschung geworden.

Rebecca hatte ihm gleich bei ihrem ersten Besuch in der Klinik von Adams Tod und Annies Befreiung erzählt. Er war froh, dass sie noch am Leben war, doch es hatte ihn überrascht, sie in ihrer wahren Gestalt zu sehen. Und er musste zugeben: Sie war ihm fremd geworden.

»Ich bin hier, um mich bei Ihnen zu bedanken«, sagte Annie.

»Wofür?«

»Dass Sie mir das Leben gerettet haben.«

»Aber das war Rebecca, nicht ich.«

»Nein.« Sie schüttelte den Kopf. »Ohne Sie wäre Rebecca gar nicht erst nach Blaubeuren zurückgekehrt. Ihnen ist es zu verdanken, dass sie ihre Erinnerung wiedergefunden hat. Das hat sie mir selbst gesagt. Und darum bin ich hier.« Sie lächelte ihn an. »Sie haben dafür gesorgt, dass ich nicht vergessen wurde. Dank Ihrer Beharrlichkeit, Ben, stecke ich nicht mehr in diesem Kellerloch.«

Er sah sie verblüfft an. Alles an ihr war ihm vertraut. Rebecca hatte Annie perfekt kopiert. Nicht nur ihr Aussehen, sondern auch ihre Art zu sprechen, jede Geste hatte sie so genau einstudiert, dass kaum ein Unterschied zwischen den beiden auszumachen war.

In diesem Moment wurde ihm schmerzhaft bewusst, wie sehr ihn Rebeccas Lügen getroffen hatten.

Ihre Beziehung hatte keine Zukunft mehr.

Er hatte sich in eine Annie verliebt, nicht in eine Rebecca.

Die Frau mit dem kirschholzfarbenen Haar erkundigte sich nach seinem Gesundheitszustand.

»Die Ärzte sagen, es sei noch zu früh, eine Prognose zu stellen.«

Sie schlug die Augen nieder. »Mein Bruder war ein Monster. Und ich trage eine Mitschuld daran. Es tut mir unendlich leid, was er Ihnen angetan hat.«

»Wieso eine Mitschuld? Sie können doch nichts dafür.«

Sie drückte seine Hand fester. »O doch, ich hätte die Zeichen früher deuten müssen.«

Stille im Schlafzimmer. Nur ihre gleichmäßigen Atemzüge sind zu vernehmen.

Er denkt an seine Rückkehr nach Berlin. Die mühevolle Rehabilitation. Anstrengende Übungen mit seinem Physiotherapeuten. Die Besserung in winzigen Schritten. Hoffnung und Verzweiflung wechselten sich ab.

Rebecca wollte ihn sehen. Anfangs schützte er Ausreden vor. Schließlich willigte er ein, sie zu treffen.

Nie wird er ihren zornigen Blick vergessen, als er ihr sagte, dass es mit ihnen aus sei.

»Du triffst dich mit Annie«, stieß sie hervor. »Ich habe euch beobachtet.«

Er war so überrascht, dass es ihm kurzzeitig die Sprache verschlug. Schließlich sagte er: »Sie hat mich wegen eines steuerlichen Problems in meinem Büro aufgesucht, das ist alles.«

»Mach mir nichts vor, Ben. Du bist schon zweimal mit ihr ausgegangen.«

Sie sprang auf und verließ das Café.

Seitdem fühlt er sich von ihr verfolgt. Oftmals ist es bloß eine Ahnung. Auf der Straße spürt er Blicke in seinem Rücken und dreht sich dann um. Aber da ist niemand. Er steigt aus seinem Wagen, und jemand drückt sich in den Schatten eines Baums. Das Telefon läutet, er hebt ab, und es sind nur Atemgeräusche zu hören.

Ich habe euch beobachtet.

Ja, Annie hat seine Büroadresse im Internet ausfindig gemacht. Er war überglücklich, als sie ihn anrief. Sie trafen sich. Er beriet sie tatsächlich in einer steuerlichen Angelegenheit. Sie lebte jetzt wieder in Berlin.

Er brachte all seinen Mut auf, um sie zu fragen, ob sie mit ihm essen gehen wolle.

Sie lächelte. »Nichts lieber als das, Ben.«

Zwei Monate später wurden sie ein Paar.

Warum gerade ich? Das fragt er sich seitdem immerzu. Hat sie etwa Mitleid mit ihm? Ist es wegen seines Hinkens?

Fühlt sie sich dafür verantwortlich, dass ihr Bruder ihn beinahe umgebracht hätte?
Er schaut die Schlafende an.
Einerlei, was sie dazu bewegte, zu ihm zu kommen. Er will sein Glück nicht mehr verlieren.
Das Leben mit ihr ist wie ein Traum, und doch scheint es endlich Wirklichkeit zu sein.

Der Brummton seines Handys reißt ihn aus seinen Gedanken. Er nimmt es vom Nachttisch und liest die eingetroffene Nachricht.

STEH AUF, BEN. ICH WARTE UNTEN AUF DICH. ANNIE

Ihm stockt der Atem. Mühsam richtet er sich auf.
Er hinkt zum Fenster, schiebt den Vorhang zur Seite.
Ihr Haar leuchtet im Schein der Straßenlaterne. Sie hat es wieder gefärbt.
Rebecca trägt den roten Regenmantel und blickt zu ihm herauf.

Sie wartet, bis er an der Haustür auftaucht. Er hat sich eine Jacke übergeworfen. Dazu trägt er seine Pyjamahose und Slippers. Auf seinen Gehstock gestützt, überquert er die Straße.
Schließlich stehen sie sich wortlos gegenüber.
Er sieht müde aus. Seine Gesichtshaut ist grau. Er scheint um Jahre gealtert zu sein, seitdem er diese schweren Verletzungen davongetragen hat.
Sie möchte ihn umarmen. Ihm sagen, wie sehr sie ihn liebt, doch sie bringt keinen Ton hervor.
Denn in seinen Augen funkelt der Zorn.

»Warum tust du das?«, stößt er hervor.

»Was meinst du?«

»Deine Haare. Dieser Mantel. Du nennst dich wieder Annie.«

»Du zwingst mich dazu, Ben. Ich habe mir große Mühe gegeben. Ich wollte mich ändern. Ich war so mutig, dir als Rebecca unter die Augen zu treten. Ich habe dir mein wahres Gesicht gezeigt. Und was machst du? Du stößt mich weg.«

»Es tut mir leid. Ich habe deine Lügen nicht länger verkraften können.«

»Jeder Mensch verdient eine zweite Chance.«

»Es ist aus. Unsere Beziehung ist vorbei. Damit musst du dich abfinden.«

»Du machst einen schrecklichen Fehler. Du lässt dich von dieser Frau blenden. Sie spielt mit dir, Ben. Sie ist selbstsüchtig und gemein.«

»Misch dich nicht in mein Leben ein. Hör auf, mir nachzulaufen und mich anzurufen. Schick mir keine SMS mehr mitten in der Nacht.«

»Ich hatte mich gebessert. Ich wollte von nun an aufrichtig zu dir sein.«

»Dafür ist es zu spät.«

»Ich habe dich mehrmals um Verzeihung gebeten.«

»Liebe kann man nicht einklagen.«

»Es ist so verletzend für mich, dass du jetzt ausgerechnet mit ihr zusammen bist. Warum sie, Ben?«

»Weil sie authentisch ist. Sie muss sich nicht verstellen. Sie ist, wie sie ist. Sie ist Annie, und ich liebe sie.«

»Du irrst dich. Sie hat dich reingelegt. Sie hat dich nur geködert, um mich zu verletzen.«

»Das ist nicht wahr!«

»O doch. Ich habe sie durchschaut.«
»Du verdrehst die Tatsachen. Du bist hier die Verrückte.«
»Ich habe ihr das Leben gerettet. Und das ist nun der Dank dafür.«
»Du bist krank, Rebecca. Du musst dir dringend Hilfe suchen.«
»Ben, ich flehe dich an. Komm zu mir zurück.«
»Schau in den Spiegel. An dir ist nichts echt. Gerade mal ein paar Wochen hast du es in deiner Haut ausgehalten.«
»Das ist allein deine Schuld. In dem Moment, da ich mich dir gegenüber zu öffnen begann, versetzt du mir diesen vernichtenden Hieb.«
»Du kannst nicht immerzu andere für deine Probleme verantwortlich machen. Werd endlich erwachsen, Rebecca.«
Sie ruckt mit dem Kopf. »Ich heiße nicht Rebecca. Untersteh dich, mich so zu nennen.«
Er atmet verächtlich aus. Danach dreht er sich wortlos um und hinkt zurück zur Haustür.
»Sie ist bloß aus Mitleid mit dir zusammen«, ruft sie ihm nach. »Sie hat Schuldgefühle. Ihre verkorkste Familie hätte dich beinahe das Leben gekostet.«
Er zuckt zusammen. Der Schlag hat gesessen.
Darum setzt sie gleich nach. »Euer Glück wird nicht von Dauer sein. Dafür werde ich sorgen.«
Mit hängenden Schultern verschwindet er im Haus.
Oben in seiner Wohnung wird das Licht eingeschaltet. Die andere Frau tritt ans Fenster.
Ihre Blicke sind Gift für sie. Empört wendet sie sich ab.
Sie darf niemals aufgeben. Einmal wurde sie schwach. Ein einziges Mal fiel sie aus ihrer Rolle.
Das wird nie wieder vorkommen.
Eine gute Schauspielerin kennt keine Zweifel. Sie spielt

ihren Part weiter, Szene für Szene, Akt für Akt, bis der Schlussapplaus aufbrandet.

Sie hebt das Kinn. Ihr Gang ist federnd.

»Sei stark, Annie Friedmann«, sagt sie leise zu sich selbst, »am Ende wirst du die Gewinnerin sein.«

DANKSAGUNG

Das Schreiben eines Buchs ist für mich wie eine Fahrt hinaus aufs offene Meer. Stürme und unbekannte Ufer erwarten mich, aber auch beglückende Weite und angenehme Strömungen. Zudem gibt es viele Menschen, die mich auf meiner Reise unterstützen.

Ganz besonders möchte ich meiner Lektorin Claudia Negele danken. Ihre klugen und behutsamen Anmerkungen sind für mich von unschätzbarem Wert. Von der ersten Idee bis zum Feinschliff am Manuskript steht sie mir zur Seite, und das erfüllt mich mit großer Freude.

Ebenso wichtig ist mir die Zusammenarbeit mit meiner zweiten Lektorin Regina Carstensen. Ihr genauer Blick und ihre gezielten Fragen helfen mir bei der finalen Überarbeitung.

Ein herzlicher Dank gilt meinem Literaturagenten Michael Gaeb für sein Engagement.

Grusche Juncker und dem gesamten Team vom Goldmann Verlag danke ich für ihre großartige Arbeit, namentlich Manuela Braun, die sich um meine Lesungen kümmert, Katrin Cinque und Barbara Henning von der Presseabteilung sowie Daniela Sarter vom Online-Marketing.

Erwähnen möchte ich auch die Mitarbeiter aus der Werbung und dem Vertrieb, die sich so wundervoll für mich einsetzen.

Ich danke meinem Sohn Elias für die anregenden Gespräche, die wir diesmal wegen seines Auslandssemesters per Skype führen mussten.

Von Herzen danke ich meiner Frau Christina. Sie war es, die mich an den magischen Ort geführt hat, an dem dieser Roman spielt.

Und sie inspiriert mich jeden Tag aufs Neue.

Um die ganze Welt des
GOLDMANN Verlages
kennenzulernen, besuchen Sie uns doch
im Internet unter:

www.goldmann-verlag.de

Dort können Sie
nach weiteren interessanten Büchern **stöbern**,
Näheres über unsere *Autoren* erfahren,
in *Leseproben* blättern, alle *Termine* zu Lesungen und
Events finden und den *Newsletter* mit interessanten
Neuigkeiten, Gewinnspielen etc. abonnieren.

Ein *Gesamtverzeichnis* aller Goldmann Bücher finden
Sie dort ebenfalls.

Sehen Sie sich auch unsere *Videos* auf YouTube an und
werden Sie ein *Facebook*-Fan des Goldmann Verlags!

www.goldmann-verlag.de
www.facebook.com/goldmannverlag